Ann-Kathrin Wasle

Bittersüßer Nachtschatten

Weitere Romane der Autorin

Nachtschattengewächse:
Bittersüßer Nachtschatten
Weißer Stechapfel

Historische Romane:
Das Lied des Gaukelspielers

Ann-Kathrin Wasle wurde 1987 geboren und wuchs in der Gegend um Heidelberg auf. Noch während ihres Mathematikstudiums begann sie, historische Romane zu schreiben – eine Aufgabe, der sie sich bald gänzlich widmete.
Nachdem sie ihre ersten Bücher bei verschiedenen Verlagen veröffentlicht hat, publiziert sie ihre neue Reihe *Nachtschattengewächse* nun im Eigenverlag unter dem Label *TintenSchwan*. Heute lebt sie zusammen mit ihrem Mann, ihrem Sohn und zwei Freundinnen in einer quirligen Hausgemeinschaft am Rand der Karlsruher Rheinauen.

»Jetzt will ich, dass wir abrechnen«

– Claire Zachanassian

Der Besuch der alten Dame

Friedrich Dürrenmatt

Glaub mir, du kennst die Situation.

Sagen wir, du bist ein Mann, ein ganz normaler Typ, und möchtest am Samstagabend etwas erleben. Du hast eine harte Woche hinter dir – na ja, nicht richtig hart, aber doch anstrengend genug. Dein Chef hat dich angemault, nur weil diese blöde Tusse aus der Buchhaltung keinen Spaß versteht. Ist doch nicht deine Schuld, dass ... Ach, egal. Auf jeden Fall willst du nun in die Stadt gehen, etwas abhängen, vielleicht noch in eine vernünftige Kneipe auf ein Bier. Ein Mädel aufreißen wäre nett, vielleicht ein kleines Abenteuer ... Das wäre jetzt genau das Richtige, um abzuschalten und die beschissene Woche zu vergessen.

Zum Glück ist in der Stadt heute etwas los. Die Osterferien haben angefangen und vor zwei Tagen hat sich das Wetter gebessert, sodass nun Gott und die Welt nach Prag strömen, um das Wochenende abzufeiern. Vor dem ersten Laden stehen so viele Leute, dass du es gar nicht erst versuchst. Aber im *Roten Hut* kennst du den Türsteher und als du ihm einen Schein zusteckst, schiebt er dich unauffällig an der Schlange vorbei.

Aufatmend setzt du dich im Untergeschoss an den Tresen, ein Bier in der Hand, und schaust zu den Tanzenden hinüber. Die meisten Mädchen sind mit ihren eigenen Typen beschäftigt – nein, es hat keinen Zweck, sich an denen die Finger zu verbrennen. Da drüben tanzen ein paar junge Dinger in einer Traube beisammen. Schon besser, aber für den Anfang etwas stressig ... Später vielleicht. An der Wand lehnt ein dunkelhaariges Weibsbild, Typ Femme fatale, doch die sieht aus, als würde sie jeden Mann auffressen, der sich ihr nähert.

Aber dort vorne, wenige Schritte entfernt, bewegt sich eine niedliche Blondine selbstvergessen zur Musik. Sie ist jung, aber nicht zu jung, ihr kurzes Kleidchen sitzt locker und sie ist hübsch genug, dass du es mal versuchen könntest. Also lehnst du dich zurück und betrachtest die Kleine – wie sie sich zum Rhythmus der Musik bewegt, wie sie die langen Haare schwingen lässt, mit verträumtem Gesicht und hüpfenden Brüsten. Du schaust ihr zu und wartest ab, bis sie zwei Lieder später schwer atmend zur Bar herüberkommt, um sie dann ganz beiläufig von der Seite anzuquatschen.

»Alle Achtung; so wie du tanzt, weiß man gar nicht, wo man zuerst hinschauen soll.« Der Satz kommt gerade richtig heraus, so als wäre er dir gerade erst eingefallen.

Die Kleine sieht sich zu dir um, unsicher, ob du wirklich sie gemeint hast. Als eure Blicke sich kreuzen, lächelt sie kurz und schaut wieder zur Bar. »Ein großes Glas Wasser, bitte.«

»Ach was, du, ich lade dich ein.« Souverän winkst du den Barkeeper herüber. »Ein *Hugo* für die junge Dame!«

»Nein, bitte, ich ...« Sie sieht, wie der Barkeeper schon nach den Zutaten greift, und verzieht kurz das Gesicht, dann nickt sie dir zu. »Vielen Dank.«

»Ist doch kein Ding. Komm, setz dich zu mir. Also, wenn du keine Angst vor mir hast.« Du lachst, auf eine nette, unverfängliche Art. Es ist dein Lieblingstrick; wenn eine Anmache am Ende doch zu dreist ist, kannst du den Spruch immer noch als Witz abtun.

Die Kleine verzieht die Lippen. »Ich bin mit einem Begleiter hier.« Sie blickt sich suchend um, aber da reicht ihr der Barkeeper schon den *Hugo*. Jetzt bleibt ihr nichts übrig, als das übervolle Glas in der Hand zu balancieren und vorsichtig daran zu nippen.

»Na, schmeckt's?« Du schenkst ihr ein freundliches Lächeln. Zeit, zum Angriff überzugehen. »Ich habe dich eben tanzen sehen – das war echt der Hammer. Wie sieht's aus: Wollen wir gleich mal zusammen rübergehen?«

Das Mädchen lacht verlegen und nimmt einen großen Schluck. Du bemerkst nicht, wie sich ihre Finger um das Glas verkrampfen, wie sie deinem Blick auszuweichen sucht ... nein, deine Aufmerksamkeit gilt ganz ihrem Ausschnitt und dem dünnen Kleid, das ihre Rundungen wunderbar betont. Der DJ legt einen neuen Song auf, irgendwas Langsam-Schnulziges – perfekt.

Da schiebt sich ein schlaksiger Typ mit Brille herüber und spricht die Kleine erleichtert an. »Hey, Rita, ich hab dich gesucht.«

Ihr Begleiter – verflixt, den gibt es also wirklich. Kurz überlegst du, einen Rückzieher zu machen, aber nein ... Der andere Kerl traut sich kaum, das Mädchen zu berühren, geschweige denn, sie von dir fortzuziehen. Also richtest du dich auf, legst deinen Arm auf den Tresen und streifst dabei wie von ungefähr ihre Finger, während du den Typ ansiehst. »Hey. Deine Freundin und ich waren gerade im Gespräch.«

Selbst in der düsteren Barbeleuchtung kannst du sehen, wie der schmächtige Kerl rosa anläuft. »Oh, nein, wir sind nicht zusammen ...«

»Na dann, umso besser.« Mit einem Lächeln drehst du dich wieder zu ihr um. »Wie wär's, Lust zu tanzen?«

Da ist es wieder, ihr unsicheres Lachen: Ganz offensichtlich weiß sie nicht, wie sie auf die Frage reagieren soll. Wahrscheinlich wartet sie nur darauf, dass du endlich den ersten Schritt tust und sie auf die Tanzfläche ziehst. Du streckst die Hand aus, um ihre Finger zu ergreifen – da spürst du, wie dich jemand von hinten an der Schulter packt und herumdreht.

»Hey, Arschloch.«

Es ist die Femme fatale von vorhin, mit ihrer hochgeschlossenen Bluse und dem dunklen Lippenstift. Was zum Teufel will die nun von dir?

Das Weibsbild – das bin übrigens ich – hält dich an der Schulter gepackt und sieht dich kalt an. »Warum lässt du deine Pfoten nicht einfach bei dir?«

»Hackt es bei dir oder was?« Wütend reißt du dich los. »Was geht es dich an, was ich treibe? Ich hab nur Spaß gemacht.« Aus dem Augenwinkel siehst du, wie sich das Blondchen mit ihrem Begleiter im Schlepptau aus dem Staub macht.

Die elende Zicke lächelt und kommt noch einen Schritt auf dich zu, sodass sie dich fast berührt. »*Spaß gemacht,* am Arsch. Weißt du, was mir Spaß macht? Typen wie dich bei den unverschämten Eiern zu packen und so fest zuzudrücken, dass du die nächsten Monate gar keiner Frau mehr hinterhersteigen willst.«

Sprachlos starrst du mich an, mit offenem Mund und leerem Blick. Du weißt nicht, was dich getroffen hat.

Seien wir doch ehrlich: Das wisst ihr nie. Wenn eine von uns sich mal wehrt, kommt es euch immer so vor, als sei euch der Himmel auf den Kopf gefallen.

Was denn – du bist gar kein aufdringliches Arschloch, das sich an nichtsahnende Frauen heranmacht? Wenn du einen Kerl dabei beobachtest, wie er sich derart zum Affen macht, dann schüttelst du nur den Kopf – über die Dreistigkeit des anderen und ein wenig auch darüber, dass diese Masche bei so vielen Frauen funktioniert? Vielleicht stehst du auch schon in den Startlöchern, um einzugreifen und dich als strahlenden Helden zu präsentieren … Na ja, wenn es denn etwas einzugreifen gibt. Hier ist ja noch gar nichts Schlimmes passiert und schließlich hilft es niemandem, wenn du wegen so einer Kleinigkeit einen Aufstand machst.

Nein, niemand will einen Aufstand. Nicht der Barkeeper, der sich während der ganzen Sache um seine eigenen Angelegenheiten kümmert, nicht das Arschloch, dem ich gerade die Leviten gelesen habe, und das nun mit eingezogenem Schwanz das Weite sucht. Auch die junge Frau, die sich längst mit ihrem Begleiter verkrümelt hat, hat keine Lust, wegen der Sache einen Aufstand zu machen. Sie wohl am allerwenigsten – dabei wäre ein wenig Aufstand vielleicht genau das Richtige für sie.

Am Ende bleibt es wieder an mir hängen, mich hinzustellen und den Status quo etwas aufzumischen. Keine Sorge, ich bin es gewohnt.

Wer einen Aufstand will, muss bereit sein, den ersten Stein zu werfen.

Rita ist nach drüben zur Treppe geflüchtet, fort aus dem Sichtbereich der Bar. Immer noch spürt sie die Blicke des Mannes auf sich, wie ein Jucken auf Armen und Wangen. Und gleichzeitig hat sie ein schlechtes Gewissen, weil sie das Getränk einfach stehenlassen hat – ob sie den Kerl nun mochte oder nicht, sie hasst es, unhöflich zu sein.

»Hey, ist alles in Ordnung?«

Michal – den hat sie fast vergessen. Sie bemüht sich, ein Lächeln aufzusetzen, und dreht sich zu dem jungen Mann um. »Natürlich, alles okay.«

Ihr Begleiter wirkt erleichtert. »Gut. Ich dachte schon … Also, ich wusste nicht, ob ich …« Er hebt die Hand, will sie ihr vielleicht tröstend auf die Schulter legen, aber ihre abweisende Haltung hält ihn davon ab. »Kann ich dir irgendwas Gutes tun?«

»Nein danke.« Rita lächelt knapp. Mit einem Mal will sie nur noch allein sein, weit weg von irgendwelchen Männern, die ihr an die Wäsche wollen. Das Date mit Michal war ein Fehler, sie hat es gleich gewusst.

»Wollen wir vielleicht hinausgehen?«, fragt er nun ungeschickt. Er bemüht sich um ein Lächeln. »Ich wollte dir ja noch die Fledermäuse zeigen, unten an der Moldau.«

Warum muss er es ihr so schwer machen? Seufzend schüttelt sie den Kopf. »Sei mir nicht böse, aber ich möchte jetzt lieber allein sein. Es war ein schöner Abend …«

Seine Miene verzieht sich enttäuscht. »Oh … Ich verstehe. Soll ich dich dann nach Hause fahren?« Er öffnet den Mund zu einem Grinsen. »Das erinnert mich an einen Witz: Zwei Flöhe kommen von einer Party und wollen nach Hause gehen. Draußen regnet es aber in Strömen. Da ...« Ein Blick auf Rita lässt ihn innehalten. Offenbar hat sie ihre Ungeduld allzu deutlich gezeigt. Lahm bringt Michal den Satz zu Ende: »Da fragt der eine den anderen: ›Hüpfen wir zu Fuß oder nehmen wir uns einen Hund?‹«

Rita lächelt gequält. »Sehr lustig. Vielen Dank für das Angebot, aber ich werde noch etwas hierbleiben.« Bei seinem betroffenen Gesichtsausdruck ringt sie sich ein »Vielleicht ein andermal« ab.

»Ja, vielleicht.« Mit einem unglücklichen Lächeln rückt Michal sich die Brille zurecht. »Ich wünsche dir noch ein schönes Wochenende.« Er nickt ihr auf seine seltsam förmliche Art zu, dann dreht er sich um und stapft die Treppe hinauf, nach oben ins Erdgeschoss.

Rita sieht ihm nach, bis er auf dem Treppenabsatz verschwunden ist. Dann lehnt sie sich an die Wand und lässt den Kopf gegen die kalten Steine sinken. Was für ein komischer Typ ... und was für ein mieser Witz! Sie nimmt einen tiefen Atemzug, wie um sich zu stählen – dabei könnte sie nicht einmal sagen, was genau sie nun so fertiggemacht hat.

Endlich öffnet sie die Augen wieder und geht zurück zur Tanzfläche. Vielleicht wenn sie es noch einmal versuchen würde ... in den Flow kommen ...

Als sie das beleuchtete Gewölbe erneut betritt, trifft die Musik sie wie eine Welle und der tiefe Bass wummert in ihrem Innern wie ein zweiter Herzschlag. Kurz fürchtet sie, dass der Kerl an der Bar ihr weiter auflauern könnte, doch dann vertreibt sie den Gedanken; irgendetwas sagt ihr, dass der für heute genug hat. Also wandert Rita an den Rand der Tanzfläche. Sie braucht etwas

Zeit, sich zu akklimatisieren – sie muss die Musik fühlen, auf den richtigen Moment, den richtigen Rhythmus warten.

Es ist eine Schnapsidee gewesen, mit Michal ausgerechnet hierher zu kommen. Wenn es eine Sache gibt, die Rita heilig ist, dann ist es das: allein in der Menge zu versinken, im Rhythmus der Musik, den Bass in ihren Gliedern zu spüren und zu tanzen, als wäre sie der einzige Mensch auf Erden. Die Augen halb geschlossen, bewegt sich Rita zum Takt der Musik, sie lässt sich von den dumpfen Schlägen durchdringen, bis ihre Füße schmerzen, bis sie sicher ist, dass sie diesen Augenblick niemals vergessen wird. Das hier, das ist die wahre Rita, nicht das verschüchterte Ding, dem eben an der Bar die Wangen gebrannt haben.

Doch etwas stimmt nicht – irgendetwas ist anders als sonst. Rita findet nicht zurück in den Flow. Ungeduldig öffnet sie die Augen und schaut sich im blitzenden Scheinwerferlicht um. Fast sofort sieht sie sie: Dort vorne, neben dem DJ-Pult steht eine dunkelhaarige Frau, die Arme verschränkt und den Blick auf die Menge gerichtet. Natürlich, das ist die, die dem aufdringlichen Typen drüben an der Bar die Meinung gegeigt hat. Seltsam, für einen Moment hat Rita die Sache fast vergessen. Mit schräggelegtem Kopf mustert sie die andere Frau. Die scheint kaum hierher zu passen; ihre Haltung ist steif, geradezu geschäftsmäßig, und ihr Blick schweift prüfend über die Tanzenden – als sei sie nicht hier, um Spaß zu haben, sondern um die Gästeschar genau zu beobachten.

Unauffällig löst sich Rita aus der Menge und schlendert zu der Frau hinüber. Sie mag den Kleidergeschmack der anderen, das hochgeschlossene Oberteil und die grüne Faltenhose, die etwas aus der Zeit gefallen wirkt. Dem Aussehen nach ist sie Ende zwanzig, ein paar Jahre älter als Rita selbst. Auch wenn die

Frau nicht in ihre Richtung schaut, ist Rita doch sicher, dass sie sie bemerkt hat. Wie von ungefähr lehnt Rita sich gegen das DJ-Pult und beugt sich zu ihr hinüber.

»Du bist von der Security, stimmt's?«

Die Frau dreht sich um und sieht Rita neugierig an. »Wie kommst du darauf?«

»Na ja, wie du eben den Kerl zurechtgestutzt hast ... Das war ziemlich cool. Danke dafür.« Sie lächelt. »Ich heiße übrigens Rita.«

»Erika.«

Die Frau streckt ihre Hand aus, in einer Geste, die höflich und spöttisch zugleich wirkt. Instinktiv greift Rita zu.

»Und«, fragt Erika, »wo hast du deinen Freund gelassen?«

»Oh, Michal? Er ist nicht mein Freund«, antwortet Rita rasch. Dieses Mal ist sie sicher, dass ein spöttisches Lächeln um Erikas Mundwinkel zuckt. Rita verzieht das Gesicht. »Er ist ein netter Kerl ... Wir kennen uns eigentlich nur von meiner Arbeit. Aber das hier war eine dumme Idee. Ich glaube, er hat sich schrecklich unwohl gefühlt ...«

Die Frau hebt ihre Braue. Trotz der düsteren Beleuchtung ist ein Funkeln in ihren grünen Augen zu sehen. »Er hat dich allein hier zurückgelassen, ohne dich auch nur nach Hause zu begleiten?«

»Oh, nein«, beeilt sich Rita zu erklären, »ich wollte noch ein wenig hierbleiben.« Etwas an Erikas Tonfall weckt in ihr den Drang, Michal zu verteidigen. »Ehrlich gesagt, bin ich am liebsten allein hier. Es war ein Fehler, ihn mitzunehmen.«

Verlegen streicht sie sich über die bloßen Oberarme – und schreckt dann zusammen. »So ein Mist, meine Jacke! Ich habe sie in Michals Auto gelassen.«

»Warum bist du lieber allein?«, hakt Erika nach, so als hätte sie Ritas letzte Worte gar nicht gehört. »Du wirkst nicht unbedingt wie eine Einzelgängerin.«

»Nein, wahrscheinlich nicht ...« Rita lacht verlegen. Mit einem Mal ist es ihr unangenehm, dass sie überhaupt von dem Thema angefangen hat. Sie bemüht sich, die richtigen Worte zu finden: »Mit anderen zusammen ist es nicht das Gleiche. Wenn ich allein hier bin, auf der Tanzfläche ... na ja, dann fühle ich mich *lebendig.* Beim Tanzen kann ich meinen ganzen Körper spüren, mein Kopf sirrt, als wäre ich betrunken ... Es ist, als könnte ich den Moment einfangen, sodass ich ihn nie wieder vergesse.«

»Und andere Menschen stören dabei nur?«

»So ungefähr.« Rita mustert die Frau abschätzend. »Sag mal, du bist nicht wirklich von der Security, oder? Du klingst, als wärst du nicht aus der Gegend. Was treibst du hier in der Stadt?«

Erika lacht auf, mit schräggelegtem Kopf sieht sie Rita an. »Ach, Süße ... Ich könnte dir erzählen, dass ich für den Leibhaftigen höchstpersönlich arbeite, und du hättest es in fünf Minuten vergessen. Aber du hast recht: Ich bin nur auf der Durchreise in Prag. In einer Woche ziehen wir weiter.« Bei diesen Worten wird ihre Miene ernst. Noch einmal betrachtet sie Rita von Kopf bis Fuß. Sie scheint einen Moment zu überlegen, dann beugt sie sich zu ihr herüber: »Hör zu, ich habe einen Rat für dich. Du tanzt gerne? Dann solltest du uns besuchen. Wir veranstalten eine Party, diesen Freitag, in einer uralten Basilika unter der Stadt.«

»Unter der Stadt?«, wiederholt Rita zweifelnd. »Du meinst einen privaten Keller, so wie hier?«

»Nicht ganz – der Ort, von dem ich rede, gehört schon lange

niemandem mehr. Man kommt durch ein Netz aus versteckten Kellergewölben dorthin, über das Untergeschoss einer alten Weinschenke nicht weit von hier.« Erika schenkt ihr ein verheißungsvolles Lächeln. »Ich glaube wirklich, dass es dir dort gefallen könnte.«

»Ich …« Rita versucht, ihre Gedanken zu sammeln. Endlich schüttelt sie den Kopf. »Das ist nett von dir, danke für den Tipp. Aber das klingt nicht unbedingt nach meiner Art von Party …«

»Überleg es dir. Du kennst doch die Sternzeichen-Symbole, drüben auf der Rathausuhr?« Als Rita verneint, greift die andere nach ihrem Arm. »Darf ich?«, fragt Erika kurz, dann zückt sie ihren Lippenstift und zeichnet ihr damit einen Kringel auf den Unterarm. »Schau nach diesem Zeichen: *Libra,* die Waage; ein Omega mit einem doppelten Strich darunter.«

Rita runzelt die Stirn, während sie mit den Fingerspitzen über den Arm streicht – eine dunkelbraune Schleife ist dort zu sehen, beinahe wie ein Muttermal. Als sie wieder aufblickt, zwinkert Erika ihr zu.

»Bis bald.«

Noch ehe Rita reagieren kann, löst sich die Frau von ihrem Platz neben dem DJ-Pult und schlendert zur Treppe hinüber.

Stumm blickt Rita ihr hinterher, die rechte Hand immer noch an ihrem Unterarm. Sie atmet tief ein und aus, wie nach einem allzu realen Traum. Dann schüttelt sie sich und fährt sich mit den Fingern durch die Haare. Was für ein Abend. Erst die Sache mit Michal und nun …

Langsam geht Rita hinüber zur Bar, um sich ein Glas Wasser zu holen. Das frische Nass tut ihr gut; ihr Kopf kann sich wieder einigermaßen sortieren. Die Jacke ist bei Michal im Auto geblieben – sie muss also trotz der Frühlingskälte mit bloßen Armen nach Hause laufen. Bei dem Gedanken holt sie sich gleich noch ein zweites Glas – ist es nicht eine Frechheit, dass die Gläser in Clubs immer so klein sind? –, dann macht sie sich auf den Heimweg.

Genug getanzt für einen Tag.

Am nächsten Morgen erwacht Rita mit drückendem Kopfweh. Seltsam, sie hat doch sonst nie einen Kater. Schließlich hat sie ja nicht einmal etwas getrunken – die zwei Schluck *Hugo* sind sicher nicht genug, um ihre Gliederschmerzen zu erklären. Vielleicht hat sie sich auf dem Heimweg verkühlt, als sie ohne Jacke mit der Metro nach Hause gefahren ist. Sei's drum; sie kann sich gerade keinen Fehltag erlauben. Stöhnend steht Rita auf und verflucht nicht zum ersten Mal ihren Job, bei dem sie auch am Sonntagvormittag pünktlich zur Arbeit erscheinen muss.

Die Fahrt mit der Metro zehrt mehr als gewöhnlich an ihren Nerven. Ihr gegenüber sitzen zwei halbstarke Kerle, die wohl gerade erst von ihrer Sauftour zurückkommen. »Hey, du«, ruft der eine ihr zu, »stress dich nicht so, es ist Wochenende!« Rita wendet den Kopf zum Fenster, wo die dunkle Tunnelwand an ihnen vorbeirauscht, und streicht sich über den Arm.

Trotz der Kälte nimmt Rita den Weg über die Kampa-Wiese, am Flussufer entlang. Das Lokal, in dem sie arbeitet, liegt am Teufelsbach, einem schmalen Seitenarm der Moldau. Rechts neben der Brücke, die über den Bach führt, hängt ein großes Mühlrad im Wasser und auf der anderen Seite ragt die Terrasse über den Strom hinaus. Rita runzelt die Stirn: Die Tische auf der Terrasse sind nicht mehr zugedeckt; offenbar hat ihr Chef vor, trotz der Frühlingskälte den Außenbereich zu öffnen. Sie schaut an sich herunter, auf den kurzen Rock und die Satinbluse, die sie trägt. Auch zusammen mit ihrer weißen Schürze wird das sie kaum vor der Kälte schützen. Ein missmutiger Zug legt sich auf ihre Lippen.

Schnell hat Rita entschieden, dass der Tag gelaufen ist, noch bevor er richtig begonnen hat. Sie zittert in dem viel zu kalten Aufzug, während sie sich zwischen den Tischen hindurchschiebt, ihre neuen Schuhe stolpern über die Terrasse und es kommt ihr vor, als wäre heute jeder Gast darauf aus, sie persönlich zu schikanieren.

»Hallo, hören Sie mich? Ich warte jetzt schon seit zehn Minuten!«

Ein blasierter Typ im Business-Anzug wedelt mit der Kreditkarte, um sein Mittagessen zu bezahlen. Auf Ritas freundliches Lächeln, als sie ihm die Rechnung gibt, reagiert er nicht – also kein Trinkgeld für sie. Seufzend schiebt sie die Karte in das Lesegerät. Dabei wirft sie einen langen Blick auf die Kreditkarte. Rita hat ein besonderes Talent dafür, sich Zahlenreihen zu merken, eine Fähigkeit, die nicht nur beim Aufnehmen der Bestellungen von Vorteil ist. Sie schürzt die Lippen. Soll *Herr Ondřey Beneš* sein Trinkgeld doch später bezahlen.

Als sie nach drinnen geht, um das Lesegerät zurückzubringen, kommt Natálie mit einem Stapel Geschirr und wirft ihr einen mitfühlenden Blick zu. »Du siehst echt nicht gut aus, Liebes, weißt du das?«

Rita verzieht das Gesicht. »War ein langer Abend gestern. Und die Kerle da draußen …« Mit einer Grimasse steckt sie den Zahlungsbeleg in die Schublade zu den anderen – nicht ohne sich die Ziffern auf der Karte noch einmal ins Gedächtnis zu rufen.

Natálie bringt das dreckige Geschirr in die Küche, dann kommt sie zurück, ein gequältes Lächeln auf den Lippen. »Ganz ehrlich, deine Probleme möchte ich haben. Wenn ich noch einmal so aussehen könnte wie du … Da dürften die Männer sich gerne das

Maul zerreißen. Wart's nur ab, wenn du erst in meinem Alter bist, kräht dir kein Hahn mehr nach.«

»Red doch nicht solchen Unfug. Als würden dir die Kerle nicht genauso hinterherstarren wie mir! Nur traut sich bei dir keiner, etwas zu sagen.« Neidisch schielt Rita zu ihrer Kollegin hinüber. Mit ihrer fülligen Figur und dem aufrechten Gang strahlt Natálie ein Selbstbewusstsein aus, von dem Rita nur träumen kann. Dabei schadet es nicht, dass die andere Frau einen halben Kopf größer ist als sie selbst.

»Und ob sie was sagen – wenn sie denken, ich würde sie nicht hören.« Natálie nickt zu einem der Tische hinüber, an dem zwei junge Kerle mit ihren gertenschlanken Freundinnen sitzen und tuschelnd die Köpfe zusammenstecken. Mit grimmiger Miene wendet sie sich wieder um. »Und da sind sie nicht die Einzigen. Mein werter Gatte scheint zurzeit auch in anderen Gewässern zu fischen ... Weißt du, was ich letzte Woche, als er aus Pilsen zurückgekommen ist, in seiner Manteltasche gefunden habe?« Sie greift in ihre Schürze und zieht eine Papierserviette heraus. »Pinker Lippenstift! Sag mir, wer trägt pinken Lippenstift?« In ihren Augen mischen sich Wut und schaler Triumph.

Mitfühlend verzieht Rita den Mund. »Das ist doch bestimmt nur ein Missverständnis. Rede am besten mit ihm und frag ihn, was los ist.« Sie streicht Natálie noch einmal über die Schulter, was die mit einem müden Lächeln quittiert. »Dein Mann hat einfach keine Ahnung, was er an dir hat!« Damit greift Rita sich einen der Lappen vom Tresen und macht sich auf den Weg nach draußen, um den Tisch für den nächsten Gast fertig zu machen.

Das Publikum am Vormittag ist ein anderes als abends: Statt der betrunkenen Mittzwanziger sitzen nun vor allem ältere Herrschaften im Lokal, die den Tag mit Spiegelei und Croissant einläuten wollen. Eigentlich mag Rita diese Art Kundschaft – gesetzte Rentner, die großzügige Trinkgelder verteilen, und freundliche Damen, die ihr bei ihrem verfrühten Kaffeeklatsch erzählen, sie würde sie an ihre Enkeltochter erinnern. Aber heute scheinen sie es allesamt darauf angelegt zu haben, Rita das Leben schwerzumachen. Jeder ältere Herr, der ihr ein zweideutiges Kompliment macht, jedes Muttchen, das sie fragt, ob sie denn wohl auch einen Freund habe, lässt sie die Zähne zusammenbeißen. Fahrig streicht sich Rita über den linken Unterarm und blickt auf das dunkle Zeichen darauf. Seltsam, sie kann sich nicht mehr erinnern, woher sie das Mal hat.

»Hallo, Fräulein? Kommen Sie vielleicht mal hier rüber?« Ein älterer Herr mit Zwicker greift sie an der Schürze und mit einer heftigen Bewegung reißt Rita sich los. Als er ihren Blick sieht, schüttelt der Mann den Kopf. »Da müssen Sie jetzt gar nicht so reagieren. Ich will ja nur bestellen.«

»Ich komme gleich.« Schwer atmend wendet Rita sich ab, die Hand zur Faust geballt. Erst als sie sicher aus seiner Sichtweite verschwunden ist, öffnet sie die Finger: Darin liegt der Schlüsselbund des Herrn, den sie im Vorbeigehen vom Tisch geschnappt hat, komplett mit Autoschlüssel und Anhänger. Rita erlaubt sich ein grimmiges Lächeln. Sie wird den Schlüsselbund ins Fundbüro bringen – sobald sie Zeit dafür findet. Bis dahin kann sich der Herr fragen, wie er sein Auto von dem Kurzzeitparkplatz fortbewegen soll.

Doch selbst dieser Vergeltungsschlag bringt ihr heute keine wirkliche Genugtuung. Was sich sonst anfühlt wie ein persönlicher Triumph, kommt ihr nun kleinlich und sinnlos vor. Mühsam zwingt Rita sich zu ihrem gewohnten Lächeln, während sie sich weiter an die Arbeit macht; sie verteilt Teller, stellt Rechnungen aus und sammelt das dreckige Geschirr ein. Als sie das nächste Mal neben Natálie an der Kasse steht, sieht sie die andere von der Seite an.

»Was würdest du tun, wenn du es ihnen reindrücken könntest?«, fragt Rita, während sich ihre Fingernägel in den Handballen pressen.

Irritiert sieht Natálie auf. »Meinem Mann?«

»Jedem!« Rita atmet ein. »Nein, nicht jedem – aber jedem Typen, der dich nervt. Du weißt schon, der dich blöd anquatscht oder so tut, als wäre er etwas Besseres. Was würdest du tun?«

Für einen Moment kraust Natálie die Stirn. »Keine Ahnung. Am besten wäre es, wenn die Arschlöcher einfach verschwinden würden.«

»Aber das tun sie nicht«, fährt Rita gereizt ein. »Also, wenn du einfach tun könntest, was du wolltest – was wäre das?«

Natálie hebt die Schultern. »Keine Ahnung.«

Als Rita an diesem Abend nach Hause fährt, fühlt sie sich wie gerädert. Stumm lehnt sie sich gegen die Scheibe der Metro, den Blick zur Schwärze der Felstunnel gewandt, die hinter dem Fenster vorüberrauschen.

Sie wohnt im Süden der Stadt, in den Wohngebieten hinter der Hochfeste. Der Himmel ist längst finster, als Rita schließlich die Metrostation verlässt und über leere Straßen und Hinterhöfe zu ihrem Mietshaus hinüberwandert, das zwischen den neueren Bürogebäuden und Hochhäusern ein wenig anachronistisch wirkt.

Den linken Arm mit der Hand massierend, schleicht Rita die Treppe hinauf zu ihrer Wohnung oben im zweiten Stock. Dabei setzt sie ihre Schritte vorsichtig, um die alten Stufen nicht zum Knarren zu bringen. Doch umsonst: Sie hat den letzten Treppenabsatz gerade erreicht, da geht im Stockwerk über ihr die Tür auf und die breite Gestalt ihrer Vermieterin schiebt sich über das Treppengeländer.

»Ach, die Frau Černá, gut, dass ich Sie sehe!«, flötet es ihr von oben entgegen. »Ich wollte Sie doch daran erinnern, beim nächsten Mal Ihre Schuhkartons kleinzumachen, ehe Sie sie in den Abfall tun. Nicht, dass die Tonne wieder so voll wird, dass am Ende der Deckel nicht schließt!«

Rita hebt den Kopf und nickt der Frau zu. »Natürlich, Frau Kučerová. Ich werde daran denken.« Mit diesen Worten will sie sich in ihre Wohnung verziehen – aber so schnell lässt ihre Vermieterin nicht von ihr ab.

»Ist aber gestern wieder mal ziemlich spät geworden, nicht

wahr?« Das Geländer knarzt protestierend, als die Frau ihren üppigen Busen über die Brüstung lehnt. »Wissen Sie, *mir* ist das ja egal. Aber Sie können sich ja denken, wie die Leute reden. Als Ihre Vermieterin fühle ich mich da quasi verantwortlich.« Sie schüttelt den Kopf. »Ich meine nur, als anständige Frau muss man ja nicht *jedes* Wochenende unterwegs sein.«

Rita seufzt innerlich auf. Wie gut würde es tun, der anderen einmal gebührend die Meinung zu geigen – und wenn es nur ein einziges Mal wäre. Aber stattdessen blickt sie hoch und zwingt ihre Mundwinkel zu einem Lächeln. »Ja, Frau Kučerová, da haben Sie sicher recht.«

Hastig, ehe ihre Vermieterin noch weitere Lebensweisheiten vom Stapel lassen kann, steigt sie die restlichen Stufen hinauf und verschwindet in ihrer Wohnung.

Die Kerzen flackern im Luftzug, der zwischen den Vorhängen durchs Fenster dringt. Sorgsam zündet Rita den letzten Stumpen an und stellt ihn am Fußende der Badewanne zwischen zwei Teelichtern hin. Für einen Moment schließt sie die Augen und lauscht auf das Rauschen des einlaufenden Wassers. Sie beugt sich hinab und lässt ihre Fingerspitzen durch den Schaum fahren, in ihrer Nase der Duft nach Flieder, der das Bad erfüllt. Heute Abend hat sie sich das gute Badeöl genehmigt – so wie sie sich fühlt, hat sie diesen Luxus verdient. Als das Wasser hoch genug eingelassen ist, schließt sie den Hahn.

Ein paar Herzschläge lang lauscht Rita auf die Stille, riecht den Fliederduft und spürt den seidigen Bademantel auf ihrer Haut. Ein kühler Windhauch dringt herein und lässt die Vorhänge tanzen. Die Kerzen flackern, ihr Licht fängt sich in der Rasierklinge, die in einem Holzkästchen neben der Badewanne liegt, und erhellt das alte Märchenbild an der Wand. Im unsteten Kerzenlicht sieht es aus, als würden sich die Figuren auf dem Bild bewegen – die Fürstin Libuše, wie sie vor dem hohen Rat den Ruhm der Stadt Prag vorhersagt. Ein leises Lächeln umspielt Ritas Züge. Mit einem zufriedenen Seufzen öffnet sie den Bademantel und lässt ihn zu Boden gleiten, dann steigt sie in die schaumgefüllte Wanne.

Eine Weile genießt Rita einfach nur das Gefühl des heißen Wassers, das ihren Körper umschmeichelt. Sie hebt die Hand und pustet den Schaum von ihren Fingern, sodass er in leichten Flocken durch den Raum schwebt, verweht durch die Brise, die von draußen hereindringt. Dabei bemerkt sie wieder das dunkle

Zeichen auf ihrem linken Arm – ein breiter Kringel, fast wie ein Muttermal. Rita runzelt die Stirn; sie weiß nicht mehr, woher das Zeichen stammt. Vergebens versucht sie, den Fleck mit Wasser und Seife abzuwaschen, aber er ist wie eingebrannt. So hebt sie schließlich die Schultern und lässt sich zurück ins Wasser sinken – warum einen weiteren Gedanken daran verschwenden?

Mit ruhigen Atemzügen lässt Rita alle Verkrampfung der letzten Stunden von sich abfallen, sie spürt nichts mehr außer dem heißen Wasser, das ihre Haut zart und schmeichelnd umgibt. Dann, als auch die letzte Anspannung verflogen ist, hebt sie die Hand aus dem Schaum und greift nach der Rasierklinge, die in dem Kästchen neben der Badewanne funkelt.

Rita seufzt leise auf, während sie die scharfe Klinge über ihren Daumen fahren lässt – nicht schneidend, nur austestend, wie eine Liebkosung. Sie sollte das Rasiermesser nicht benutzen, das weiß sie. Aber an manchen Tagen geht es eben nicht anders … Wenn Ärger, Frustration und Erschöpfung zu groß werden, dann bleibt ihr immer der Kuss der Klinge als Möglichkeit, wieder zu sich selbst zu finden. Ganz für sich allein, umgeben von duftigem Schaum und Kerzenlicht.

Langsam hebt sie das linke Bein aus dem Wasser und stützt es am Badewannenrand ab. Seifenschaum und Badewasser rinnen den Schenkel entlang, doch Rita macht sich nicht die Mühe, ihre Haut abzutrocknen; sie wartet geduldig ab, während die Abendbrise von draußen über ihr Bein fährt und das Wasser verdunsten lässt. Ihre Finger fahren die letzten Muster nach, die sich noch in hellem Rosarot auf ihrer Haut abzeichnen: die breite Schlangenlinie von dem Tag, als ihr Chef ihr die Standpauke gehalten hat, ein durchgekreuztes Herz für Georg, den süßen Kerl aus dem *Goldbaum,* der sich nach ihrer gemeinsamen Nacht nicht mehr gemeldet hat. Und dort, schon fast verblasst, eine Spirale an ihrer Hüfte für den letzten großen Streit mit ihrer Mutter.

Es dauert oft mehrere Wochen, manchmal Monate, bis die Male auf ihrer Haut endgültig verschwinden. Rita lächelt leise. Sie ritzt sich nicht, um sich zu entstellen oder zu bestrafen, im Gegenteil. Es macht ihr Freude, ihren Körper zu verschönern, ihm für ein paar Tage ein neues Muster zu bescheren. Natürlich ist es eine schlechte Angewohnheit – Rita braucht keinen Therapeuten, der ihr das erklärt. Aber manchmal, nach einem allzu anstrengenden Tag, ist es ihre einzige Möglichkeit, sich selbst wieder zusammenzuflicken. Wie ein Blutopfer an eine unbekannte Gottheit. Das Kerzenlicht wirft Schatten über das schaumbedeckte Bein, über Bad und Rasiermesser und das Libuše-Bild an der Wand.

Versonnen streicht sie mit dem Daumen über die scharfe Schneide. In ihrem Kopf schwirrt es – der Kerl ist da, der ihr am Samstagabend an der Bar aufgelauert hat, ihre Vermieterin mit ihren dummen Sprüchen und jeder Gast, der sie im Vorbeigehen wie zufällig berührt hat. Noch einmal fährt sie mit der Linken über die bloße, gerade erst getrocknete Haut. Dann hebt sie die Klinge, um ihren Körper aufs Neue zu zeichnen.

Montage sind freie Tage. Das ist das Beste an Ritas Job: das Gefühl, am Montagmorgen aufzuwachen und zu wissen, dass sie heute nicht arbeiten muss. Es ist ein angemessener Trost für den elenden Wecker am Sonntag.

Also schläft Rita aus, so lange, bis die Uhr am nahen Kirchturm Mittag schlägt. Langsam steht sie auf, klaubt sich aus dem Kühlschrank ihr Frühstück zusammen und schaut während des Essens zum Fenster hinüber. Zwischen den Häuserfronten blinzelt die Sonne zurück – der Frühling hält Einzug in die Stadt. Kurz überlegt Rita, ob sie ihre Mutter anrufen sollte, aber dann schiebt sie den Gedanken beiseite. Dafür ist heute Abend noch genug Zeit.

Sie packt die Reste des Frühstücks wieder in den Kühlschrank und wirft die leere Milchpackung in den Müll – ungefaltet, als kleinen Gruß an die Vermieterin. Dann schnappt sie sich Geldbeutel und Schlüssel, um sie in ihrer Handtasche zu verstauen. Ihr Blick fällt auf den Schlüsselbund, den sie gestern dem selbstgerechten Gast stibitzt hat, und ein Lächeln spielt um ihre Lippen. Vielleicht kommt sie heute noch dazu, beim Fundbüro vorbeizuschauen.

Der Gedanke erinnert sie an etwas und sie setzt sich noch einmal an den Computer, die Handtasche schon um den Arm. Nach kurzem Nachdenken sucht sie eine Spendenadresse für die Affen im Prager Zoo heraus, dann tippt sie die Kreditkartendaten des geizigen Geschäftsmannes ein, die sie sich gemerkt hat. 1000 Kronen sollten ausreichen – etwa so viel, wie er für seine Mahlzeit dagelassen hat.

Mit einem schmalen Lächeln schaltet sie den Computer wieder aus, um sich endgültig auf den Weg zu machen. Dabei summt sie leise *Schlemihl Emil* vor sich hin. Es tut immer gut, wenn die eigene Arbeit positive Auswirkungen hat.

Es ist wirklich ein sonniger Tag, auch wenn die Luft noch verflixt kühl ist. Gemütlich schlendert Rita durch die Straßen der Neustadt, um immer wieder vor einem der Schaufenster anzuhalten und die ausgestellten Schätze zu bewundern. Vielleicht sollte sie sich ein neues Kleid gönnen, jetzt zum Frühlingsanfang. Sie blickt an sich herab, mustert das lockere Kleidchen, den rosafarbenen Blazer. Wie wäre es zur Abwechslung mal mit etwas Strengerem – einer Faltenhose vielleicht oder einer hochgeschlossenen Bluse? Rita weiß nicht, wie sie auf den Gedanken kommt, doch die Idee gefällt ihr. Pfeifend geht sie in den nächsten Secondhandladen, wo eine dunkle Lederweste im Schaufenster lockt.

Ein paar Läden und eine volle Tüte später sitzt Rita in der Metro, auf dem Weg zurück nach Hause. Immer noch nagt der Gedanke an ihre Mutter an ihr. Wenn sie sie heute nicht anruft, dann wird Mama es womöglich später selbst versuchen. Und dann kann sich Rita wieder einmal anhören, dass sie sich ja nie melden würde, gefolgt von dem üblichen Reigen aus Missbilligung und versteckten Vorwürfen – allein bei dem Gedanken wird ihr flau im Magen. Die Gespräche mit ihrer Mutter sind anstrengend genug, auch ohne dass sie ihr gleich zu Beginn einen Anlass zur Beschwerde liefert.

Die Metro fährt in die Station ein und Rita steigt die Treppe hinauf. Noch zwei Straßen bis zu ihrer Wohnung ... Zu wenig, um jetzt direkt anzurufen. Wenn ihr die Vermieterin wieder auflauert, käme das einem Zweifrontenkrieg gleich; nichts, worauf Rita Lust hätte. Gerade heute, wo sie doch eigentlich gute Laune hat.

Die volle Tüte über der Schulter, steigt Rita hinauf in den zweiten Stock, fischt den Schlüssel aus ihrer Handtasche und öffnet die Wohnungstür. Seufzend lässt sie ihr Gepäck neben die Tür rutschen. Dann wendet sie sich zum Wohnzimmer – und fährt mit einem spitzen Schrei zusammen. Ein fremder Mann sitzt auf dem Sofa, mitten in ihrer Wohnung.

Nein, es ist kein Fremder. Rita atmet tief ein, bemüht, ihren Herzschlag wieder unter Kontrolle zu bringen. »Michal! Was tust du hier?«, herrscht sie ihn an.

Der schlaksige Kerl springt bei diesen Worten auf. Unsicher steht er nun vor ihr neben der Couch – ganz offenbar ist ihm sein Auftritt ebenso unangenehm wie ihr. »Es ... es tut mir leid«, bringt er stotternd hervor. Seine Hände gleiten hin und her, richten die Brille und streifen ihm durch die Haare, als wüsste er nicht, wohin damit. »Ich wollte nur ... Du hast deine Jacke vergessen. Ich dachte, du willst sie wiederhaben ...« Unglücklich weist er auf das Sofa. Wirklich: Dort liegt die verlorene Jacke ordentlich gefaltet auf einem der Kissen.

Für einen Moment weiß Rita nicht, was sie sagen soll. Nun erst spürt sie, dass ihre Finger unkontrolliert zittern. Nicht nur die Finger, ihr ganzer Körper fühlt sich an wie Wackelpudding. Mühsam widersteht sie dem Drang, die Arme schützend um sich zu schlingen.

Stattdessen ballt sie die Fäuste und fährt Michal wütend an: »Und was gibt dir das Recht, deswegen einfach bei mir einzubrechen? Hast du noch nie was von Privatsphäre gehört?«

Michal ist bei ihrem Ausbruch zurückgewichen, sodass er gegen das breite Sofa stößt. Eilig springt er zur Seite, als hätte er jetzt Angst, ihre Einrichtung auch nur zu berühren. »Ich wo... wollte nicht ...« Er verhaspelt sich und beginnt von Neuem:

»Ich hatte doch nur bei dir geklingelt. Da hat die Vermieterin mir aufgemacht und sie meinte, ich solle drinnen warten, und dann … Sag mal, kennst du den: Was ist der Unterschied zwischen einem afrikanischen und einem indischen Elefanten?«

Er sieht nun so verzweifelt aus, dass Rita beinahe Mitleid mit ihm hätte – beinahe. Wütend reibt sie sich über den linken Arm, dann schüttelt sie den Kopf. »Hast du sie noch alle? Du hast kein Recht, einfach hier hereinzukommen, ganz gleich, was irgendjemand sagt! Hast du irgendeine Ahnung, wie sich das anfühlt, wenn einfach ein fremder Mann in meiner Wohnung steht?« Ihre Stimme droht sich zu überschlagen, und grimmig presst sie die Lippen zusammen.

Für einen Moment öffnet Michal den Mund, dann schließt er ihn wieder, ohne etwas zu sagen. Mit vorsichtigen Schritten schiebt er sich an ihr vorbei zur Tür. »Tut mir echt leid«, murmelt er kaum hörbar, ehe er hinaushuscht und im Treppenhaus verschwindet.

Rita atmet aus und fährt sich mit den Fingern durch die Haare. Ist das zu glauben – *Elefanten!* Wie konnte sie sich von diesem Tropf nur zu einem Date überreden lassen? Er hat sie mit seiner Frage überrumpelt, letzte Woche im Lokal, und sie hat Ja gesagt, nur um der Situation zu entkommen.

Aber so albern es klingt: Irgendwie kommt sie sich nun, da Michal nicht mehr vor ihr im Zimmer steht, beinahe ungerecht vor. Er wollte ihr ja wirklich nur einen Gefallen tun. Wenn er sie dabei nur nicht so furchtbar erschreckt hätte!

»Michal, warte mal.« Sie dreht sich um, um ihm in den Hausflur zu folgen – doch da hört sie unten schon die Tür zufallen; Michal ist auf die Straße geflohen.

»Na, *den* haben Sie aber verscheucht«, klingt es zu ihr herunter.

Mit neuem Grimm dreht Rita sich um und blickt nach oben. Sie steigt den Absatz hinab und geht zur anderen Seite des Treppenhauses, sodass sie Frau Kučerová sehen kann, die sich über das Geländer beugt. »Sagen Sie«, ruft sie zu der Vermieterin hoch, »haben Sie den jungen Mann zu mir reingelassen?«

»Natürlich habe ich das, meine Liebe. Er meinte, er wollte Ihnen etwas zurückbringen.«

Der mütterliche Ton in der Stimme treibt Rita die Galle in den Hals. »Meinen Sie nicht, dass das etwas weit geht?«, bringt sie heftig heraus. »Einem Fremden einfach die Tür zu meiner Wohnung zu öffnen?«

»Aber erlauben Sie mal!« Die Stimme der Vermieterin wird hart, ihre Hände krallen sich um das Geländer. »Ich möchte mir doch diesen Tonfall verbitten. Der junge Herr hat gesagt, Sie seien vorgestern mit ihm ausgegangen – stimmt das etwa nicht?«

»Doch, aber –«

»Na also«, tönt die Frau triumphierend. »Also was wollen Sie eigentlich? Sie müssen sich schon vorher entscheiden, mit wem Sie nun Umgang pflegen!«

Mit einem Mal ist Rita ganz ruhig. Sie lässt die Rede ihrer Vermieterin an sich abperlen, als würden sie die Worte gar nicht betreffen. Ihr Blick hängt an dem Körper, der dort über die Brüstung gelehnt steht. Die schmalen Holzbalken, die unter dem Gewicht ächzen ... Rita stellt sich vor, wie das Gerüst jäh nachgibt, wie die Holzlatten splitternd brechen und die Frau hinunterfallen lassen, aus dem dritten Stock direkt nach unten ins Erdgeschoss ...

Die Vermieterin hält jäh in ihrem Redeschwall inne. Rita weiß nicht, was für einen Gesichtsausdruck sie selbst zur Schau trägt, doch die Miene von Frau Kučerová wird weicher. »Jetzt seien Sie doch nicht so. Ich wollte Sie ja auch gar nicht ärgern.« Teilnahmsvoll schüttelt sie den Kopf. »Ich dachte mir nur, es ist doch wohl ein patenter junger Mann. Und Sie werden ja auch nicht mehr jünger. Da ist man doch dankbar, wenn man mal so einen Fisch an der Angel hat ...«

Rita öffnet die Lippen und schließt sie wieder. *Natürlich,* sollte sie nun sagen, *wie Sie meinen, Frau Kučerová.* Aber sie dreht sich nur wortlos um und stapft die Treppe hinauf, um in ihrer Wohnung zu verschwinden.

Mit einem dumpfen Knall fällt die Tür hinter ihr ins Schloss. Rita muss sich zusammenreißen, nicht gleich das schwere Sofa davorzuschieben. Stattdessen lässt sie sich auf das Möbelstück fallen und schließt mit einem lauten Seufzen die Augen.

Sie will nur noch weg von hier; all die Vorwürfe und fremden Erwartungen hinter sich lassen. Wie sehr sie sich danach sehnt, einfach abzuschalten ... für sich alleine auf der Tanzfläche zu stehen, in irgendeinem Kellergeschoss, und zur lauten Musik den Kopf zu verlieren.

Diese Woche kann der Freitag wirklich nicht schnell genug kommen.

Der nächste Tag wird nicht besser. Gewöhnlich kommt Rita mit ihrem Job gut zurecht: Es macht ihr Spaß, die Bestellungen weiterzugeben, ihr liegt der Umgang mit den Gästen und sie fühlt sich gut, wenn sie am Abend mit schmerzenden Füßen in den wohlverdienten Feierabend geht. Aber diese Woche ist es anders; all die beiläufigen Komplimente, die Seitenblicke und Berührungen quälen sie wie winzige Nadelstiche. Immer wieder ballt sie die Hände zu Fäusten, bis ihre Fingernägel helle Male auf den Handballen hinterlassen. Wenn sie es nicht mehr aushält, flüchtet sie in die Küche oder zur Bar, um Rechnungen auszustellen – alles, um den Blicken dort draußen zu entkommen.

»Jetzt bemüh dich doch wenigstens mal.«

Irritiert blickt Rita auf. Drüben an der Bar steht Antonín, ihr Chef, und sieht sie strafend an.

»Was …« Rita schluckt. »Was hast du gesagt?«

»Na, ich sehe doch, wie du die Gäste schon den ganzen Tag anfährst. Gib dir wenigstens etwas Mühe, freundlich zu sein.«

Er beugt sich über den Tresen und greift nach ihrer neuen Bluse. Instinktiv schreckt Rita zurück.

»Ich bitte dich«, sagt Antonín in einem Tonfall, der ganz und gar nicht nach einer Bitte klingt, »mach zumindest den obersten Knopf auf. Die Jungs kommen doch nicht hierher, um an ihre Großmutter zu denken.«

Starr lässt Rita ihn gewähren. Mit vorgeschobener Lippe geht sie wieder hinaus, um der Gästeschar aufs Neue zu trotzen; all den dreisten Händen, den abschätzigen Blicken und den wohlmeinenden, aber etwas zu aufdringlichen Fragen.

Es ist spät am Abend, als sie sich schließlich auf den Heimweg macht. Nun, da das Wetter schöner wird, schließt das Lokal erst, lange nachdem die Sonne untergegangen ist. Als sie endlich in der Metro in Richtung Altstadt sitzt, lehnt sie sich zurück und streckt die Beine aus. Was für ein Tag! Jetzt nichts wie nach Hause, vielleicht noch ein Bad nehmen ... Der Gedanke treibt ihr trotz allem ein Lächeln auf das Gesicht.

Die Metro fährt in eine ungewohnte Station ein. Verwirrt schaut Rita nach dem Schild: *Náměstí Míru* – verflixt, sie hat die Haltestelle zum Umsteigen verpasst. Nun kann sie entweder auf die nächste Bahn warten, mit der sie zurückfahren kann, oder sie wandert hinüber zur *Pavlova*, um dort in die richtige Metrolinie einzusteigen. Was soll's, ein wenig frische Luft wird ihr guttun. Frische Luft und Einsamkeit und kein Mensch, der irgendetwas von ihr verlangt.

Es ist kalt geworden; die Abendluft trifft sie wie eine frostige Welle. Rita trägt eine Frühlingsjacke mit halblangen Ärmeln – ein Fehler, wie sie nun erkennt. Eng schlingt sie die Arme um den Leib, in dem Versuch, sich wenigstens ein Stück weit zu wärmen. Die Ampeln an den Kreuzungen blinken träge, als würden auch sie auf ihren Feierabend warten. Obwohl sie sich nicht weit vom Stadtzentrum befindet, sind die Straßen wie ausgestorben und die wenigen Menschen, die noch unterwegs sind, scheinen sich über die späte Passantin zu wundern.

Rita wendet sich nach Westen, in Richtung der nächsten Haltestelle. Überlaut klingen ihre Schritte von den steinernen Wänden wider, ein hohles Echo, das durch die Straßenschlucht hallt. Sie ist allein auf der Straße, nur begleitet von der Kälte und ihren eigenen Gedanken. Nein, nicht ganz allein – Rita spitzt die Ohren. Leise klingt ein anderes Schrittpaar hinter ihr, vielleicht ein paar Meter entfernt. Unwillkürlich suchen ihre Augen den Schatten, den sie selbst im Licht der Straßenlaternen wirft. Die Schritte kommen näher, der fremde Gang wird langsamer, angepasster.

»He, du!«

Rita zuckt zusammen. Ohne sich umzuwenden, geht sie weiter, den Blick zu Boden gesenkt. Neben ihrem Schatten ist ein zweiter Umriss erschienen, der sich im gleichen Takt bewegt, größer und breiter als ihr eigener.

»Du, warte doch mal. Kann ich dir irgendwie helfen?«

Die Stimme klingt nah; aus dem Augenwinkel kann Rita die fremde Gestalt erahnen. Ihre Gedanken gehen schnell – soll sie ihn ansprechen oder ignorieren? Hat sie ihn einmal angesprochen, wird es schwerer, den Fremden loszuwerden, aber wenn sie ihn nicht beachtet, kann ihn das aggressiv machen. Also wendet sie den Kopf und schenkt ihm die Andeutung eines Lächelns.

»Es geht schon, danke.«

Damit beschleunigt sie ihren Schritt, in der Hoffnung, dass er den Hinweis richtig versteht. Doch vergebens.

»Du, sei doch nicht so unfreundlich!« Der fremde Kerl geht nun neben ihr, zu nah, als dass sie ihn ohne Weiteres abschütteln könnte. »Musst gar nicht so rennen. Ich will dir ja nur helfen! Wo willst du denn hin?«

Rita presst die Kiefer zusammen. Warum zum Teufel fällt es manchen Männern so schwer, eine Frau, die allein unterwegs ist, einfach in Ruhe zu lassen? Ihre Hand wandert zu dem linken Arm, wo das Mal auf ihrer Haut zu jucken begonnen hat.

»Du, rede doch mit mir! Wie unhöflich ist das denn, mich hier einfach zu ignorieren?«

Der Ton ist härter; der Fremde berührt sie nun fast. Schon

streift seine Hand wie von ungefähr ihre Jacke und mit einer heftigen Bewegung zieht sie den Arm zur Seite. Ihr Schritt ist hastig, beinahe verfällt sie ins Lauftempo – aber nein, bloß nicht wegrennen. Wer weiß, was dem Kerl sonst einfallen würde?

Rita ist nun der Panik nahe, ihr Atem geht flach und ihre Hände sind in die Jackentaschen gekrallt. Ohne zu dem Verfolger zu blicken, marschiert sie weiter, die Straße entlang und dann nach links in die nächste Seitenstraße, ohne sich noch einmal umzudrehen. Ihr Herz schlägt heftig in ihrer Brust, während ihre Schuhe über das Pflaster schlagen – dicht gefolgt von dem dumpfen Schrittklang des fremden Mannes.

»Sag mal, hörst du mir eigentlich gar nicht zu? Du dumme Schlampe, jetzt bleib schon stehen!«

Ohne sich umzuwenden, schüttelt Rita den Kopf. Sie weiß nicht mehr, wo sie hinläuft, hat längst jedes Gefühl für die Richtung verloren. Sie hastet eine Treppe hinunter in eine Unterführung und auf der anderen Seite wieder hinauf, in der vagen Hoffnung, den Kerl auf diese Weise abzuschütteln. Aber nein, die Schritte hinter ihr sind nach wie vor zu hören. Rechts von Rita führt nun eine hohe Mauer an der Straße entlang, zu ihrer Linken ragen die Türme eines gotischen Baus drohend in die Nacht. Ihre Schultern sind hochgezogen und ihr Körper angespannt, jeden Moment auf einen Angriff gefasst. Ohne die Lippen zu bewegen, schickt sie ein Stoßgebet an jede höhere Macht, die sie vielleicht hören kann. Ihre Augen sind starr auf den Boden gerichtet, auf das allgegenwärtige Mosaikpflaster des Gehwegs. Und daneben sieht sie ein Paar heller Schuhe.

Beinahe stolpert Rita in die weiße Gestalt, die plötzlich vor ihr steht.

Ein heiserer Schrei dringt zwischen ihren Lippen hervor, sofort gebremst von den Fingern, die sie sich vor den Mund presst. Ihr Verfolger hat die fremde Erscheinung wohl genauso wenig vorhergesehen, denn er läuft nun geradewegs in Rita hinein.

»Scheiße, was soll das? Du kannst doch nicht einfach stehenbleiben«, fährt er sie an.

Das war's – der letzte Tropfen, der das Fass zum Überlaufen bringt. Gereizt blickt sich Rita zu dem unverschämten Kerl um, der ihr nun schon eine Viertelstunde folgt. »Verdammt nochmal«, herrscht sie ihn an, »was soll der Scheiß eigentlich? Ich will einfach nach Hause gehen. Kannst du mich bitte in Ruhe lassen – jetzt sofort?«

Dem Kerl gefällt es offenbar gar nicht, auf diese Weise angefahren zu werden, schon gar nicht, wenn jemand Fremdes dabei zuhört. »Was willst du eigentlich von mir, du blöde Schlampe«, herrscht er sie an. Trotz der Dunkelheit kann Rita die Wut in seinem Blick sehen. »Was glaubst du wohl, wer du bist?«

Da tritt die weiße Gestalt wie ein Schutzschild zwischen sie. »Oh, entschuldige bitte vielmals«, wendet er sich ruhig an den anderen Mann, »meine Freundin hier war auf der Suche nach mir. Wahrscheinlich hat sie dich gar nicht bemerkt.«

Atemlos betrachtet Rita den Neuankömmling, der nun zwischen ihr und ihrem Verfolger steht. Er hat dunkle Haare und trägt einen weißen Leinenanzug, der in keiner Weise in die nächtliche Umgebung zu passen scheint. Wenn sie ehrlich ist, wirkt er eher wie eine Vision denn wie ein gewöhnlicher Mensch.

Auch der andere Mann mustert sein Gegenüber nun zweifelnd. »Das ist dein Mädchen?«, fragt er nach und weist dabei auf Rita. »Sag das doch gleich. Sie hat getan, als wäre sie wer weiß was.« Noch ehe der Mann in Weiß antworten kann, wendet der andere sich um und geht die Straße zurück, wie ein Kater, der plötzlich das Interesse verloren hat. »Blöde Schlampe«, murmelt er noch einmal, ehe er um die nächste Ecke biegt.

»Was für ein charmanter Zeitgenosse.« Der Mann blickt dem Fliehenden einen Moment hinterher, dann wendet er sich zu Rita um. Mit seinen langen Fingern dreht er eine dunkelblaue Nelke, die in seinem Jackettaufschlag hängt. »Es war mir eine Ehre, dir behilflich zu sein ...«

»Was sollte das?«, herrscht Rita ihn an. Die Worte purzeln wie von selbst heraus, während sie sich über den Unterarm reibt. »Ich bin nicht deine Freundin! Und ich brauche auch keinen Schutz – ich sollte ihn zumindest nicht brauchen. Ich sollte mit so einem Widerling alleine fertigwerden! Wieso ist er überhaupt abgehauen, nur weil du ... weil du gesagt hast ... weil ich ...«

Die Worte stocken, gehen in ein hysterisches Schluchzen über. Jetzt erst bemerkt Rita, dass sie am ganzen Körper zittert. Wütend tritt sie einen Schritt von dem anderen Mann – ihrem Retter – fort; die Arme vor der Brust verschränkt und die Lippen bebend vor Zorn.

Der hat ihren Ausbruch unbewegt mitangesehen. Nun, da sie ihn trotzig anstarrt, senkt er begütigend den Kopf. Dabei hängt sein Blick an ihrem linken Unterarm, der unter ihrem halblangen Jackenärmel hervorschaut.

Für einen Moment droht etwas in seinem Gesicht zu entgleisen, die Züge zeigen Überraschung, gepaart mit leisem Unmut. Doch sofort hat er sich wieder gefasst. Er weist auf ihren Arm, mit einem Lächeln, das nicht bis zu seinen Augen reicht. »Ich sehe, du hast dich inzwischen anderweitig verpflichtet.«

Rita sieht ihn missmutig an. Mechanisch reibt sie über das dunkle Mal auf ihrem Arm. Wo hat sie sich diesen Flecken nur geholt?

»Was ... was meinst du?«, fragt sie heiser. Mit einem Mal fällt ihr das Sprechen schwer. Ihre Lippen beben und sie braucht alle Selbstbeherrschung, um nicht auf dem Pflaster zusammenzubrechen. Wütend beißt sie die Zähne zusammen – wie kann dieser alberne Vorfall sie nur so aus dem Gleichgewicht bringen? Der Hass auf den unverschämten Verfolger lodert erneut in ihr auf.

»Nichts Besonderes«, erwidert der fremde Mann. »Ich gehe davon aus, dass du den Weg hinunter zur Alten Basilika kennst?« Wissend nickt er zu dem Symbol auf ihrem Arm. »Das ist es doch, wo du hinwillst, oder etwa nicht?«

»Zur Alten Basilika?« Die Worte hallen durch Ritas Kopf wie die Erinnerung an ein vergessenes Gespräch. Da war etwas ... eine Bemerkung, die jemand zu ihr gemacht hat. Aber gerade jetzt kommt sie ums Verzweifeln nicht darauf.

»In den Katakomben drüben unter der Altstadt«, fährt der Mann ruhig fort. »Wenn du den Weg nicht kennst, kann ich ihn dir gerne weisen. Natürlich hängt es ganz von dir ab, wohin du dich nun wenden willst.«

Rita hält zögernd inne. Sie ist müde, erschöpft und ihr Körper zittert immer noch unkontrolliert. Heute ist wahrlich nicht der Tag, um noch irgendwelche Abenteuer zu wagen. Aber auf der anderen Seite erscheint ihr die Aussicht auf ein Abenteuer plötzlich allzu verlockend – als wäre das nun genau das Richtige für sie, um wieder zu sich zu finden und ihre vermaledeite Schwäche zu überwinden. Wenn sie ihren neugetroffenen Begleiter nur besser einschätzen könnte ...

Der Fremde scheint ihre Bedenken zu spüren; verständnisvoll hebt er die Schultern. »Andererseits, wenn du Angst hast ...«

»Ich habe keine Angst!«, faucht Rita etwas zu heftig. Natürlich stimmt das nicht – nicht vollständig zumindest. Aber sie hat keine Lust mehr, das verängstigte Mäuschen abzugeben, das sie in seinen Augen sicher sein muss. Ein wenig ruhiger fragt sie nach: »Die Katakomben – du redest von den alten Kellern drüben unter der Stadt?«

Der Mann schenkt ihr ein schmales Lächeln. »Von ebenjenen. Ich kann dich bis zur Basilika führen, wenn du das möchtest. Wahrscheinlich erwartet man dich dort bereits.« Er zeigt die Straße hinab, in Richtung des Flusses. »Unten am Ufer gibt es einen Einstieg. Es ist nicht weit. Und ich wollte mir die Lage dort unten sowieso selbst anschauen.«

Sein Tonfall ist freundlich, hilfsbereit. Etwas an seiner Gestalt flößt Rita ein unverhofftes Vertrauen ein. Beinahe erwartet sie, dass er sie an der Hand führen will wie ein kleines Kind – doch er neigt nur den Kopf und weist ihr mit einer höflichen Geste den Weg.

Noch einmal zieht Rita die Augenbrauen zusammen. »Wer bist du?«, fragt sie misstrauisch.

»Mein Name ist Lucián«, antwortet der Fremde. »Fürchte dich nicht.« Sein heller Anzug schimmert in der Dunkelheit mit seinem Lächeln um die Wette. »Darf ich dir behilflich sein?«

»Ja ... du darfst.«

Die Worte kommen zögerlich, doch nun, da sie einmal ausgesprochen sind, fühlt Rita sich von einer neuen Entschlusskraft erfüllt. Warum soll sie sich nicht auf die Sache einlassen? Vielleicht findet sie ja auf diese Weise ihre Selbstsicherheit wieder, die ihr der unverschämte Verfolger so dreist genommen hat.

Sie räuspert sich. »Ich heiße Rita.« Damit folgt sie seiner Geste und macht sich an seiner Seite auf den Weg zur Moldau, hinab in die Prager Unterwelt.

Wie ein Traum erscheint Rita der nächtliche Gang durch die Stadt. Hinter Lucián wandert sie die Straßen entlang, bis sie ans Ufer der Moldau gelangen. Die Uferpromenade ist angefüllt mit betrunkenen Jugendlichen und partysüchtigen Touristen, aber Lucián scheint die schwärmende Menge gar nicht zu bemerken. Zielstrebig schiebt er sich zwischen den Feiernden hindurch, hinüber zu einem der Cafés, die hinter übergroßen Bullaugen in die Mauer eingelassen sind.

Rita bemüht sich, eng an seiner Seite zu bleiben. Ihr Kopf schwirrt, als hätte sie zu viel getrunken, und ihre Arme zittern unter der kurzen Jacke. War es ein Fehler, mit dem fremden Mann mitzukommen? Nach dem, was sie heute Abend erlebt hat, wäre sie wohl in ihrem eigenen Bett am besten aufgehoben. Aber nein – sie hatte vor, sich auf ein Abenteuer einzulassen, und nun wird sie keinen Rückzieher machen.

Also geht sie ihm wortlos hinterher, durch das Café hindurch in eine gemauerte Kammer, die mit altem Gerümpel vollgestellt ist. Sie fragt sich gerade, was sie hier wohl suchen, da zückt Lucián einen Schlüssel, mit dem er eine Pforte in der Steinwand öffnet. Irgendwo aus seinem Anzug zieht er eine Taschenlampe hervor und schaltet sie an, sodass der kaltweiße Strahl die Dunkelheit durchschneidet.

Fröstelnd schaut Rita durch die Tür. Der Gang, der sich dahinter öffnet, ist sicher drei Meter hoch und fast ebenso breit. Unter der Decke laufen dicke Rohre entlang, vielleicht um Kabel oder auch Wasserleitungen zu führen. Sie erschauert – es wirkt nicht wie ein Tunnel, in den sie ohne Weiteres hineintreten sollte.

»Nun?«, fragt Lucián, während er mit der Taschenlampe durch die Tür schreitet. »Kommst du mit?«

Rita runzelt die Stirn. Sie weiß immer noch nicht genau, was sie von der Sache halten soll. Der Anblick des dunklen Lochs, das sich vor ihr in der Mauer öffnet, wirkt alles andere als vertrauenserweckend … Unsicher sieht sie ihren Begleiter an. Am liebsten würde sie sich an ihn anschmiegen, an seiner hellen Gestalt Zuflucht suchen – aber natürlich ist dieser Gedanke Unfug. Stattdessen hebt sie entschlossen den Kopf. Sie schluckt ihre Bedenken herunter und tritt an Luciáns Seite in den Gang hinein.

Hohl schallen Ritas Schritte von den Wänden wider, während sie ihrem Führer durch die Kanäle folgt. Mehr aus Gewohnheit merkt sie sich den Weg, den sie gehen – einmal rechts, dann lange geradeaus, dann wieder eine Abzweigung nach links –, ohne dabei den Blick von Lucián zu nehmen. Es ist wie eine Reise rückwärts durch die Zeit: Langsam werden die Gänge um sie herum älter, der Stein wird gröber und die Kabelrohre verschwinden. Nicht lange und sie betreten einen Tunnel, der ganz aus rotbraunem Ziegelstein gemauert ist und einen runden Querschnitt hat, sodass Rita auf dem gewölbten Boden achtgeben muss, wo sie hintritt. Ein metallenes Wasserrohr führt an der Decke entlang, doch sie kann nicht sagen, ob es noch genutzt wird. Das hier müssen uralte Gänge der Kanalisation sein, die vor vielen Jahrzehnten, wenn nicht gar Jahrhunderten gebaut wurden, um den Dreck der Neustadt zur Moldau hinüberzuleiten. Doch wenn die runden Gänge früher von Unrat und Gestank erfüllt waren, ist davon nun nichts mehr zu merken; nur ein schmales Rinnsal fließt am Boden des Tunnels entlang.

Rita lässt ihre Fingerspitzen über die alten Ziegelsteine fahren.

Unsicher blickt sie zu ihrem Begleiter hinüber, der ihr mit der Taschenlampe in der Hand vorausgeht. Längst tut es ihr leid, dass sie ihn vorhin so angefahren hat – er hat ihr schließlich nur helfen wollen, hat ihr diesen unerträglichen Verfolger vom Hals geschafft. Vorsichtig schließt sie zu ihm auf.

»Ich ... ich wollte dir noch Danke sagen«, bringt sie heraus. »Wegen vorhin.«

»Keine Ursache«, erwidert er, ohne sich umzudrehen. Seine Stimme hallt trocken von den Steinwänden zurück. »Ich wollte dich übrigens nicht verärgern. Es hat nur ausgesehen, als könntest du Beistand gebrauchen.«

Seine Miene – oder das, was in der Dunkelheit davon zu sehen ist – bleibt bei diesen Worten undurchschaubar. Rita kann nicht sagen, ob er beleidigt ist oder die Aussage als reine Feststellung meint.

»Ich nehme an, das habe ich«, murmelt sie, mehr zu sich selbst. »Beistand gebraucht, meine ich.« Sie schürzt die Lippen. »Aber das heißt nicht, dass mir das gefällt.«

»Das denke ich mir«, erwidert Lucián, »deshalb führe ich dich ja in die Basilika.« Noch ehe sie nachfragen kann, was er damit meint, weist er mit dem Lichtkegel den Gang entlang: »Siehst du? Es ist nicht mehr weit.«

Rita folgt seiner Geste mit den Augen und nun bemerkt auch sie das Licht, das ihnen entgegenflackert – ein warmer, einladender Schein, ganz anders als der Strahl der Taschenlampe. Es stammt von einer dicken Stumpenkerze, die dort auf dem Boden steht, eingefasst in einen runden Glasbehälter.

Neben der Kerze erkennt Rita eine Metalltür, die passgenau in die gewölbte Wand eingefügt ist. Ein leises Plätschern ist zu hören und sie bemerkt, dass das Wasserrohr über ihnen ein Leck hat: In einem breiten Rinnsal fließt das Wasser heraus, an der Wand entlang nach unten, um sich mit dem Fluss am Boden des Tunnels zu vereinigen. Lucián geht zu der Tür hinüber. Rita erwartet, dass er wieder einen Schlüssel herausholt, doch dieser Durchgang ist unverschlossen. Ein leichter Druck auf die Klinke reicht aus, und die Tür dreht sich lautlos in ihren Angeln.

Ihr Begleiter rümpft die Nase, als er durch die Öffnung tritt, und kurz darauf bemerkt Rita es auch: Die Luft hier drinnen ist trockener als in der Kanalisation, sie riecht nach Staub und altem Stein. Das Gewölbe, das sie nun betreten, ist eng; drei dicke Kerzen, die auf dem Boden stehen, reichen aus, es zu erleuchten. Ansonsten ist nur ein niedriger Durchgang an der anderen Seite zu sehen. Wenn der Raum früher mit der Oberwelt verbunden war, so ist das lange her: Die steinerne Treppe, die wohl einmal hinaufgeführt hat, ist nach wenigen Stufen zugemauert. Es muss ein uralter Keller sein, in dem sie hier stehen, tief unter den Fundamenten der Altstadt.

Rita war noch nie so tief in den Kellergewölben der Stadt, wie begraben unter den steinernen Fassaden. Natürlich weiß sie, dass unter dem heutigen Prag ein mittelalterliches Kellernetz zu finden ist, aus einer lang vergangenen Zeit, als die gesamte Stadt noch ein ganzes Stockwerk tiefer lag. Sie kennt die Touren zu den Verliesen unter dem Rathaus und die Clubs, die in der Altstadt unter jeder zweiten Bar zu finden sind. Und sie hat gewusst, dass all das nur die Ausläufer eines unterirdischen Netzes sind, das die ganze Stadt durchzieht. Doch nun, da sie mitten in der Nacht durch uralte Kellergewölbe wandert, kann sie es sich zum ersten Mal wirklich vorstellen.

Lucián zeigt wenig Ehrfurcht vor dem alten Gemäuer; ohne innezuhalten, geht er zu dem Durchgang hinüber und bedeutet

Rita, ihm zu folgen. Sie muss sich bücken, um durch die Öffnung zu kommen – dann richtet sie sich auf und blickt sich mit offenem Mund um.

Vor ihnen öffnet sich ein Gewölbe, das ganz von flackerndem Kerzenschein erfüllt ist – das muss die Alte Basilika sein, von der Lucián gesprochen hat. Ehrfürchtig tritt Rita hinein, zwischen die hohen Steinsäulen, die sich nach beiden Seiten erstrecken. Sie stehen in der Mitte eines langgestreckten Raumes, gemauert aus uraltem Gestein, auf dem nur noch hier und da die Reste von bunten Fresken zu erkennen sind. Zwei Reihen von Säulen ziehen sich durch das Kirchenschiff, bis hinüber zum Altarraum, der rechts von ihnen einige Stufen erhöht liegt. Daneben kann Rita den Einstieg zu einer steinernen Treppe sehen, die wohl hinab in die Krypta führt. An den Wänden und vor den Säulen stehen Kerzen auf dem Boden, die den Raum in ein flackerndes Licht tauchen, während die Schatten auf den Steinen tanzen.

»Sieh an, wir haben Besuch!«

Hastig wendet Rita den Kopf: Eine dunkle Gestalt kommt von der anderen Seite des Gewölbes auf sie zu. Der Neuankömmling trägt ein offenes Sakko über der bloßen Brust, darüber baumelt eine silberne Hand mit einem Amethyst in der Mitte. Mit argwöhnischem Blick tritt Lucián dem Mann entgegen, die Taschenlampe wie eine Waffe vor sich ausgestreckt. Doch der andere beachtet ihn gar nicht; an Lucián vorbei geht er auf Rita zu und begrüßt sie mit einer tiefen Verbeugung.

»Milady, es ist mir eine Ehre.« Den Kopf immer noch gesenkt, schenkt der fremde Mann ihr ein strahlendes Lächeln. Seine weißen Zähne bilden einen blendenden Kontrast zu der dunklen Haut und den schwarzen Haaren, die ihm offen ums Gesicht fallen. »Kaya Duman, zu deinen Diensten.«

»Ich ... bin Rita. Rita Černá.« Unsicher blickt sie zu Lucián, doch der sieht sich mit verschränkten Armen in dem Gewölbe um. Seine Miene lässt darauf schließen, dass er es nicht gewohnt ist, derart ignoriert zu werden.

»Rita – welch ein Name!«, tönt Kaya lautstark. Er reicht ihr seine Hand und als Rita zögernd einschlägt, führt er sie zu den Säulen, die das gegenüberliegende Seitenschiff einrahmen.

Dieser Teil der Kirche ist dunkler als das Hauptgewölbe – nur eine Reihe Grablichter, die auf den Fenstersimsen an den Wänden stehen, verleihen ihm einen roten Schimmer. Zwischen den Säulen, die sich bis zum Altar erstrecken, sieht Rita einen steinernen Sockel mit einem Podest darauf, ähnlich einer alten Kanzel. Dort oben sitzt eine Frau mit rabenschwarzer Haut und goldenen Augen, die in einem Taschenbuch blättert, ohne sich um das spärliche Licht zu kümmern. Unten neben dem Sockel steht ein ganzes Regal voll verstaubter Bücher – keine Gesangbücher, sondern zerfledderte, abgegriffene Taschenbücher. Hinten an der Mauer, etwas zu ihrer Linken, erkennt Rita einen hölzernen Vorsprung, der sie an den Tresen in ihrem Lokal erinnert, daneben lehnt ein Haufen dick gepolsterter Sitzkissen. Dazwischen läuft eine andere Frau umher, die damit beschäftigt ist, Sitzsäcke auseinanderzuziehen und in dem weiten Kirchenraum zu verteilen.

Rita muss zweimal hinschauen, ehe sie die dunkelhaarige Gestalt erkennt: Es ist die Frau aus dem *Roten Hut,* Erika, die sie vor ein paar Tagen getroffen hat. Unwillkürlich fährt Ritas Hand zu ihrem Unterarm. Das Mal – Erika hat es ihr auf den Arm gezeichnet. Nun bemerkt sie, dass an der Mauer hoch über der Bar die Reste eines Freskos zu erkennen sind: Das gleiche Symbol ist dort aufgezeichnet; ein breites Omega mit einem Strich darunter.

»Willkommen in der Unterwelt«, sagt Kaya mit dröhnender Stimme und tritt neben sie. Er breitet theatralisch die Arme aus, sodass die silberne Hand auf seiner Brust im Kerzenlicht funkelt, und dreht sich einmal um sich selbst. *»Lasst, die ihr eingeht, jede Hoffnung fahren!«*

Dunkel hallen die Worte in dem leeren Gemäuer wider. Der Klang treibt Rita einen Kloß in den Hals. Jäh erinnert sie sich daran, was Erika vor ein paar Tagen zu ihr gesagt hat: *Ich könnte dir erzählen, dass ich für den Leibhaftigen höchstpersönlich arbeite, und du hättest es in fünf Minuten vergessen.* Nun, Rita hat es vergessen – bis jetzt. Ein Schauder fährt ihre Arme entlang, während sie sich in dem düster beleuchteten Gewölbe umblickt.

Ein leises Räuspern ist zu hören. »Wie ich sehe, habt ihr euch bereits eingerichtet.« Mit erhobener Augenbraue sieht Lucián zwischen den drei fremden Gestalten umher, dann weist er auf Rita. »Ich habe sie draußen gefunden, als ich nach unseren Schäfchen Ausschau gehalten habe. Allerdings trägt sie nun wohl euer Zeichen?«

»Das kannst du mit Erika aushandeln.« Ohne die Augen von Rita zu nehmen, nickt Kaya zu der dunkelhaarigen Frau.

Nun dreht sich Erika mit einem Seufzen um. »Gibt es ein Problem?« Sie lässt das Kissen fallen, das sie gerade in der Hand hält, und schiebt es mit der Spitze ihres Stiefels an seinen Platz, dann kommt sie zu den anderen herüber.

»Oh nein, keineswegs.« Lucián sieht sie abschätzig an. »Nehmt es als Zeichen des guten Willkommens. *Wir sind erfreut zu sehen, dass unsere Gäste sich eingelebt haben.*«

»Gut zu hören.« Mit einer knappen Geste bietet Erika ihm die Hand. Dabei nickt sie zu Rita. »Danke, dass du dir die Mühe gemacht hast. Richte deiner Fürstin unseren Dank für ihre Gastfreundschaft aus.«

Lucián betrachtet die ausgestreckte Hand, als wüsste er nicht, was er damit anstellen soll. In seiner Rechten hält er immer noch die Taschenlampe, die er trotz der Kerzenbeleuchtung nicht ausschaltet. Endlich blickt er Erika mit einem Lächeln an, das nicht bis zu seinen Augen reicht.

»Wie freundlich von dir. Aber sollte mir nicht besser jemand anderes diese Grüße ausrichten? Jemand, an dessen Worte ich mich in einer Stunde noch erinnern kann?« Seine Stimme trieft vor Spott. Neben Rita prustet Kaya los, während Erika den Besucher mit einem finsteren Blick bedenkt.

Für einen Moment ist die Anspannung zwischen den beiden geradezu greifbar – da wendet sich die goldäugige Frau oben auf dem Podest zu ihnen herüber. Mit einer schlangengleichen Bewegung gleitet sie von der Steinsäule herunter, sie legt das zerlesene Buch zu den anderen ins Regal und tritt zu Lucián.

»Lucián, wie wundervoll, dass du es einrichten konntest. Er ist überaus verbunden für eure Unterstützung.« Die Frau hat einen sonderbaren Akzent, den Rita nicht zu deuten weiß. Sie neigt den Kopf, sodass ihre goldenen Ohrringe klimpern, und eilig tut Lucián es ihr nach.

»*Verehrte Nyoka, die Ehre ist ganz unsererseits.*« Selbst mit dem üppigen Afrohaar ist die Frau kleiner als er, aber nichtsdestotrotz schwingt in Luciáns Worten ein tiefer Respekt mit. »Und … und *er* …?«

»Er wird sich beizeiten melden.« Die dunkelhäutige Frau – Nyoka – schenkt ihm ein entwaffnendes Lächeln. »Bis dahin möchte ich dich bitten, deiner Gönnerin unseren tiefsten Dank auszurichten, für ihre großzügige Gastfreundschaft.«

»Sei versichert, das werde ich.« Noch einmal neigt Lucián den Kopf, dann blickt er zu Rita. »Und was sie angeht … Ich habe das Mal an ihrem Arm gesehen und dachte, es wäre das Beste, sie hierherzuführen.«

Erika schiebt sich schützend vor Rita. »Keine Sorge, ich werde mich um sie kümmern.«

Lucián schenkt ihr einen knappen Blick, dann zuckt er mit den Schultern. »Wie du meinst.« Noch einmal blickt er zu Nyoka: »Wenn es euch hier noch an irgendetwas mangeln sollte, so vertraue ich darauf, dass du dich an mich wendest?«

Nyoka nickt und sieht Lucián nach, während der wieder durch die Öffnung verschwindet, aus der er mit Rita gekommen ist. Dann geht sie zurück zum Bücherregal, greift sich ein anderes der Taschenbücher und steigt über eine schmale Treppe wieder auf das Steinpodest, um mit ihrer Lektüre fortzufahren.

Grimmig schüttelt Erika den Kopf. »Was für ein aufgeblasener Idiot.« Kaya gluckst zur Antwort auf eine Weise, die ebenso gut Zustimmung wie Spott ausdrücken könnte.

Keiner der Anwesenden scheint Rita mehr zu beachten; alle haben genug mit ihren eigenen Gedanken zu tun. Sie lässt den Kopf sinken – das ist nicht das, was sie sich von ihrem Ausflug erwartet hat. Mit einem Mal fühlt sie sich wie ein unliebsamer Eindringling, der sich in eine geschlossene Gesellschaft gedrängelt hat. Ihre Glieder zittern und ein dicker Kloß sitzt ihr in der Kehle. Was tut sie eigentlich hier, mitten in der Nacht, unter der Stadt, in solch einer Begleitung? »Ich … sollte wohl lieber gehen …«, murmelt sie, die Hände zu Fäusten geballt. Sie denkt an den langen Weg, auf dem Lucián sie durch die Kanalisation hierhergeführt hat. Selbst wenn sie durch das unterirdische

Labyrinth zurückfindet, wird sie doch nicht vor dem Morgengrauen zuhause sein.

»Aber, aber – was für ein Unfug!«, lässt da Kaya hören. Er legt ihr den Arm um die Schultern – vorsichtig erst, und als sie nicht zurückschreckt, fester. »Was du brauchst, ist etwas zu trinken, um wieder zu dir zu kommen. Sieh dich an, du zitterst ja von Kopf bis Fuß!«

Es ist wahr, Rita ist dem Zusammenbruch nahe. Ihr ist, als würden all die Strapazen des Abends jäh über sie hereinbrechen. Noch einen Moment versucht sie, die Haltung zu bewahren – dann lässt sie sich in Kayas Umarmung sinken, schmiegt sich an ihn und nimmt hin, dass er sie hinüber zu dem Lager aus Stühlen und Kissen führt. Dort hat Erika schon einen Hocker an die Bar geschoben. Auf ihre Geste hin lässt Rita sich auf dem Stuhl nieder, während Erika ihr die Jacke abnimmt. Währenddessen geht Kaya hinter die Bar, um einen Moment später mit einem Glas und einer halbvollen Flasche wieder aufzutauchen.

»Hier, *Canım,* probier das. Das sollte dich wieder zu Kräften bringen.«

Er schenkt zwei Fingerbreit von der klaren Flüssigkeit in das Glas und vorsichtig nippt Rita daran. Der Geschmack ist scharf, aber nicht unangenehm. Eine tröstliche Wärme fließt durch ihre Glieder.

»Da siehst du es«, verkündet Kaya, »die perfekte Mischung aller lohnenswerten Sünden: gute Bücher und Alkohol.«

Erika schnaubt abfällig. »Was verstehst du schon von guten Büchern?« Ohne ihn anzuschauen, geht sie zu der Mauer, gegen die ein paar niedrige Tische in Stapeln gelehnt lehnen.

»Ich? Nichts. Aber da unsere verehrte Nyoka dort drüben schon wieder eifrig beschäftigt ist …« Kaya nickt zu der Gestalt auf dem Sockel hinüber. Wirklich ist Nyoka gerade dabei, mit einem Bleistift in dem Buch auf ihrem Schoß herumzuschreiben. Rita muss sich anstrengen, um in der Dunkelheit den Titel zu erkennen – es ist eine zerlesene Ausgabe von *Jenseits von Eden.*

Erika, die dabei ist, die Tische im Raum zu verteilen, folgt seinem Blick und schüttelt den Kopf. »Warum sollte sie es korrigieren, wenn es etwas taugt?«

»Warum sollte ich mir die Mühe machen, es zu korrigieren, wenn es nichts taugt?« Nyoka blickt während ihrer Worte nicht auf, gezielt fährt sie mit dem Stift zwischen den Seiten herum. Eine Stelle scheint ihr besonders zu gefallen, ein zufriedenes Grinsen streicht über ihr Gesicht.

Noch einmal nippt Rita an dem Getränk und lehnt sich auf dem Stuhl zurück. Sie weiß nicht, ob es an dem Alkohol liegt oder an der sonderbaren Gesellschaft, doch langsam fallen alle Angespanntheit und Sorge der letzten Tage von ihr ab. Wahrscheinlich sollte sie etwas mehr Neugierde zeigen, sollte nachforschen, in was für eine geheime Veranstaltung sie da geraten ist – aber für den Moment ist es ihr gleich. Sie fühlt sich wohl; ruhig, warm und zufrieden. Gerade in diesem Augenblick kann sie sich nichts Angenehmeres vorstellen, als sich hier unten im Kerzenschein auszuruhen und die anderen zu beobachten. Erika hat die Sitzgruppen fertig zurechtgerückt und macht sich nun daran, verschiedene Flaschen und Gläser auf dem Tresen zu sortieren, während Kaya ihr Tun mit nutzlosen Kommentaren begleitet.

»Aber *Meleğim,* du kannst den guten Schnaps doch nicht in die zweite Reihe stellen. Lass der armen Flasche etwas Liebe zukommen!«

»Wenn du mich noch einmal so nennst …«, knurrt Erika, doch Kaya zwinkert ihr nur zu.

Zufrieden seufzt Rita auf und schaut sich in dem Gewölbe um. Sie bemerkt, dass die Lichter um sie herum sich vermehrt haben – dort drüben huscht ein kleiner Schatten umher, wie von einem Kind oder einem Zwerg, und verteilt Kerzen in den Ecken der Kirche. Was auch immer das hier für eine Gruppe ist, offenbar bereiten sie sich auf ein größeres Ereignis vor. Von der Seite schiebt Erika ihr ein Wasserglas herüber und artig nimmt Rita einen tiefen Schluck. Dabei folgt sie der anderen Frau mit den Augen. Was hatte sie bei ihrer letzten Begegnung gesagt – eine große Feier am Karfreitag, hier unten in der Basilika? Rita überlegt, ob sie Erika darauf ansprechen sollte, doch die Worte wollen nicht heraus. Wie auch? Bisher hat Erika noch mit keiner Geste erkennen lassen, ob sie Rita überhaupt wiedererkennt. Aber auf der anderen Seite kann es kein Zufall sein, dass sie die Frau hier so unversehens wiedertrifft.

Der dumpfe Klang von Fußstapfen unterbricht Ritas Gedanken. Sie sieht hinüber zu den Stufen, die seitlich vom Altar hinunterführen. Ein breitschultriger Mann mit langen Haaren kommt nun von unten heraufgestapft, in seinen Armen eine Holzkiste, die er mühsam vor sich herschiebt. Mit einem Zungenschnalzen heißt Kaya ihn willkommen.

»Logos, welch eine Ehre. Dass er sich auch zu uns heraufbemüht!«

Ohne die spöttische Begrüßung zu beachten, hievt Logos die Kiste hinüber zu dem Regal. Jetzt erst sieht Rita, dass die Holzkiste ebenfalls mit Büchern angefüllt ist – keine billigen Taschenbücher wie die im Regal, sondern gebundene Bände, nicht wenige davon mit Goldschnitt und Lesebändchen verziert.

Der Mann richtet sich auf und streckt seinen Rücken durch, dabei wirft er Rita ein knappes Nicken zu. Dann sortiert er die Bücher in das Regal ein, wobei er jedem einen kurzen Blick schenkt. Die Taschenbücher, die verteilt auf den Regalbrettern liegen, wirft er achtlos beiseite.

»Das hier kann bleiben«, meldet sich Nyoka und reicht dem älteren Mann das Taschenbuch herunter, in das sie eben noch Notizen gemacht hat.

Er nimmt es entgegen und sein Mund verzieht sich, als er den Titel liest, doch ohne Widerspruch stellt er das Buch zu den anderen ins Regal. Es sind nicht nur gebundene Bände, wie Rita nun bemerkt, auch ein paar Taschenbücher sind dabei und etwas, das wie ein altes Fotoalbum aussieht. Überhaupt scheinen alte und neue Bücher wild durcheinandergemischt – die einzige Gemeinsamkeit besteht darin, dass sie allesamt deutliche Gebrauchsspuren aufweisen.

Fragend sieht sich Rita zu Erika um, die gerade eine Reihe leerer Gläser auf einem Steinvorsprung platziert. »Entschuldige, aber was ... was ist das hier?« Ihre Hand beschreibt einen Halbkreis, der den gesamten Raum einschließt. »Was bereitet ihr hier vor?«

Ehe Erika antworten kann, tritt Kaya von der Seite herbei. »Wie ich schon sagte: alles, was es an lohnenswerten Sünden gibt.« Er greift nach Ritas Glas und beäugt die klare Flüssigkeit, die noch fast unangetastet ist. »Wenn man sie denn zu schätzen weiß.«

»Lass den Unfug.« Erika nimmt ihm das Glas aus der Hand und schüttet den Inhalt fort. »Wenn du unbedingt jemanden abfüllen willst, such dir dafür eine, die auch Lust darauf hat. Etwas Alkoholfreies?«

Die letzte Frage ist an Rita gerichtet, die verwirrt nickt. Mit geübten Bewegungen greift Erika zwei der Flaschen und gießt ein paar genau abgemessene Schwünge in das Glas. Nachdem sie eine Handvoll Eiswürfel hineingetan und das Ganze mit einem gläsernen Mixstab umgerührt hat, mischt sie auch sich selbst ein Getränk – dieses Mal aus mehreren Flaschen, die den scharfen Geruch von Alkohol verströmen. Mit den beiden Cocktails in der Hand setzt sie sich zu Rita und stellt das Glas vor ihr auf den Tresen.

»Ich habe es dir schon gesagt«, sagt sie und nippt an ihrem Drink, »wir sind hier, um am Freitag eine Party zu veranstalten. So verbringen wir unsere Zeit: Wir folgen Logos von Stadt zu Stadt und suchen nach geeigneten Orten, um zu feiern und Menschen zu treffen. Die Alte Basilika ist nahezu perfekt – das Gemäuer liegt mitten unter Prag, aber dennoch würde sich niemand zufällig hierherverirren.«

Unwillkürlich hebt Rita den Blick zu der Gewölbedecke, die trotz des Kerzenscheins im Dunkeln liegt. Kaum zu glauben, dass sich das gesamte Gebäude unter der Altstadt verbirgt.

Unbeeindruckt fährt Erika fort: »Ein paar Prager Freunde haben uns diesen Ort empfohlen. Lucián hast du ja selbst getroffen.« Ihr Tonfall deutet an, dass sie von diesem speziellen Freund keine besonders hohe Meinung hat. Dann nickt sie hinüber zu dem Bücherschrank, wo der ältere Mann – Logos – gerade die zweite Kiste einräumt. »*Ihm* geht es vor allem um die Bücher. Deswegen überhaupt der ganze Aufwand: Er will wissen, was die Leute hineinschreiben, welche sie mitnehmen und welche dafür hiergelassen werden, um mit uns weiterzureisen.« Erika hebt die Schultern, als könne sie mit diesem Steckenpferd nicht allzu viel anfangen.

»Etwas hineinschreiben? Aber ... die Bücher sehen wertvoll aus.« Rita runzelt die Stirn. »Sind einige davon nicht uralt?«

»Und ob sie das sind«, stimmt Kaya zu, »aber das stört keinen großen Geist.« Er zieht einen alten Band aus dem Regal und legt ihn neben Rita auf den Tresen – eine Gesamtausgabe von Goethes Theaterstücken, wie sie von Nahem erkennt. »Immerhin, ein guter Teil der Kommentare ist kaum jünger.« Achtlos blättert er durch die Seiten, wo sich alte Markierungen mit unzüchtigen Bildern und Kritzeleien abwechseln. Dann schenkt er Rita ein Grinsen, während sein Daumen neben einer fetten Peniszeichnung liegenbleibt, die das Titelblatt des ersten Faust-Teils verunstaltet. »Und das ist noch gar nichts. Du solltest sehen, was sie seinerzeit in Moskau in der Bibel hinterlassen haben.«

Hastig nimmt Rita einen großen Schluck, um ihre Verlegenheit zu verbergen. »Aber warum ...« Sie hustet und hebt noch einmal an: »Wieso lasst ihr das zu?«

»Aus Neugierde«, erklingt da eine dunkle Stimme hinter ihnen.

Überrascht wendet Rita sich um: Logos ist unbemerkt an die drei herangetreten. Aus der Nähe bemerkt sie, dass er auf der Stirn eine Narbe trägt, die sich bis zu seinem Auge zieht. Er blättert weiter, durch die enggedruckte Ausgabe von Goethes Faust. Zwischen den Zeilen des Stücks haben unbekannte Hände Notizen hinterlassen – mal sind es ein paar Worte und Satzfetzen, dann wieder ganze Szenen, die am Rand des Buchs notiert sind.

»Viele Hunderte an Kommentaren und Gedanken«, sagt Logos und weist auf die geschwungene Schrift, »manche davon beinahe so alt wie die Ausgabe selbst. Dieses Buch verändert sich durch jeden Menschen, der es in der Hand hält.« Er sieht

Rita von der Seite an und deutet auf den gläsernen Stab in ihrem Drink. »Willst du selbst etwas darin hinterlassen?«

Jetzt erst bemerkt Rita, dass es sich bei dem Ornament in ihrem Cocktail um mehr als eine einfache Zierde handelt: Der rosafarbene Glasstab ist kunstvoll gedreht und läuft zu einer zierlichen Spitze aus. Es ist ein gläserner Füllfederhalter, der die Tinte in den eigenen Spiralen hält. Fasziniert dreht sie das Instrument in ihren Fingern und lässt den Daumen über die scharfe Spitze fahren. »Ich ... weiß nicht ...«, stammelt sie. Dafür, dass ihr Drink keinen Alkohol enthält, fühlt sich ihre Zunge schwer an.

»Wie du willst.« Mit einem Schlag klappt Logos das Buch wieder zu und bringt es zurück zum Regal.

Erika schüttelt den Kopf. »Als ob wir noch mehr Versionen des alten Schinkens bräuchten«, murmelt sie abschätzig, während sie Logos hinterherblickt. »Alte weiße Männer, die über Himmel und Hölle schwadronieren, ohne sich darum zu kümmern, was sie auf ihrem Weg anrichten.«

Mühsam versucht Rita, sich an vergangene Schulstunden zu erinnern. »Ich weiß gar nicht mehr genau, wovon das Stück handelt. Gab es da nicht einen Pakt ...«

»Es ist immer die alte Leier«, unterbricht Erika mit einer wegwerfenden Geste, »ein armer Kerl, der bereit ist, dem Teufel seine Seele zu verkaufen. Was dem das nutzen soll, hat sich noch keiner gefragt.« Sie schnaubt. In einem langen Zug leert sie ihren Drink und setzt das Glas ab. »Stell dir vor, er kann sich wünschen, was immer ihm beliebt – Geld, Macht, Wissen –, und das Einzige, was ihn interessiert, ist die Jungfernschaft irgendeiner dummen Gans.«

»Wundert dich das vielleicht?«, tönt Kaya von der Seite. »Das ist schließlich das Einzige, das für die Menschheit von Interesse ist. Ansonsten wäre unser Geschlecht seit Langem ausgestorben!« Er kommt hinter der Bar hervor, in jeder Hand eine Flasche. Seine Augen glänzen trunken, als er sich nun an Rita heranschiebt. »Was würdest du vom Teufel verlangen, wenn er dir einen Wunsch gewährt?«

Rita zuckt auf ihrem Stuhl zurück. Was für eine unnütze Überlegung! Mit einem Mal ist ihr Kayas Nähe unangenehm – ob es nun an der Alkoholfahne liegt oder an der allzu intimen Frage. In Wahrheit denkt sie selten über Themen wie Religion und den Teufel nach. Die Vorstellung eines ewigen Höllenfeuers kommt ihr zugleich zu grausig und zu absurd vor, als dass sie sich damit befassen möchte.

»Sag schon«, raunt Kaya nah an ihrem Ohr: »Was wäre wohl dein innigster Wunsch?«

»Lass sie in Ruhe!«, herrscht Erika ihn an. Sofort schreckt Kaya zurück, die Hände mit den Flaschen entschuldigend gehoben. »Nicht jeder ist so ein schwanzgesteuerter Idiot wie du. Was glaubst du denn – dass jede Frau nur darauf wartet, dass du sie beglückst?«

»Schon gut, kein Grund, gleich aus der Haut zu fahren.« Kaya sieht verzeihungsheischend zu Rita herüber. »Es ist schließlich nichts passiert, nicht wahr?«

Nein, natürlich nicht, will Rita mechanisch antworten, *ist schon in Ordnung* – dann schüttelt sie den Kopf. Sie dreht den Glasstift zwischen ihren Fingern und blickt zu Erika hinüber. »Ich wünschte, ich wäre mehr wie du. Ich wünschte, ich würde mir nicht alles gefallen lassen.«

Ein tiefes Lachen klingt von dem Podest. Mit schwerem Kopf wendet Rita sich um und sieht, wie Nyoka zu ihnen herüberschaut. Ihre goldenen Ohrringe glänzen im Kerzenschein.

»Was ... was ist daran so lustig?« Rita steht auf, mit zitternden Gliedern und unsicherem Gang. Sie zieht die Augenbrauen zusammen – da merkt sie, wie der Raum um sie zu schwanken beginnt. Ehe sie sich versieht, brechen die Lichter über ihr zusammen und ihr Körper trifft auf dem kalten Steinboden auf.

Ein Arm legt sich um Ritas Schultern und gibt ihr Halt. »Das war etwas viel auf einmal«, klingt eine dunkle Stimme an ihrem Ohr – Logos, der ihr mit resolutem Griff wieder auf die Beine hilft. Als Rita sich umwendet, sieht sie ihm zum ersten Mal direkt in die Augen. Verwirrt schaut sie genauer hin: Das linke Auge hat eine rostrote Farbe, doch das rechte – das mit der Narbe – ist schwarz wie die Nacht. Logos legt ihr ihre Jacke über die zitternden Schultern und hält sie auf eine seltsam fürsorgliche Weise. Erst als Rita aufhört zu schwanken, als er sicher ist, dass sie wieder alleine stehen kann, nimmt er den Arm von ihr.

Der breite Mann führt sie zum Rand des Kirchenschiffs, zu der dem Altar entgegengesetzten Seite. Nun erst bemerkt Rita einen Steinbogen, der die Mauer durchbricht, verschlossen durch einen schweren Vorhang. Logos zieht ihn beiseite und dahinter öffnet sich ein Vorraum mit niedriger Decke, weit düsterer als das erleuchtete Gewölbe. Mehrere Öffnungen sind an den Seiten zu sehen, auch wenn die meisten davon vermauert scheinen, und eine schmale Steintreppe führt an der Wand entlang zu einem oberen Stockwerk.

»Geh dort hinauf«, sagt Logos sanft. »Es ist spät. Dort oben findest du eine Kammer, in der du heute Nacht sicher bist.«

Stirnrunzelnd sieht Rita sich um – sie soll hier übernachten, an diesem fremden Ort tief unter der Erde? Aber auf der anderen Seite ist die Vorstellung verführerisch, sich einfach niederzulegen. Bei dem Gedanken überkommt sie eine tiefe Gelassenheit und ihre Glieder werden schwer. Warum eigentlich nicht? Eine Nacht der Ruhe, ohne Heimweg und Verfolger, ohne Vermieterin, aufdringliche Verehrer und Rasierklingen … Es scheint genau das zu sein, was sie nun braucht.

Wie hinter einem Schleier bekommt Rita mit, wie der Mann sie hinüber zur Treppe führt. »Komm doch am Freitag wieder«, ruft Kaya ihr zu. Irgendjemand drückt ihr eine der dicken Kerzen in die Hand und im flackernden Lichtschein tastet sie sich die Stufen hinauf.

Dort oben hinter einer schmalen Tür findet Rita eine Kammer mit Bett und Tisch, unerwartet sauber zwischen den alten Steinwänden. Sie stellt die Kerze auf den Tisch und hängt die Jacke über einen Stuhl, dann lässt sie sich auf das Bett fallen, ohne auch nur die Schuhe auszuziehen. Im nächsten Moment ist sie bereits eingeschlafen.

Als Rita aufwacht, hat sie jedes Zeitgefühl verloren. Ihre Glieder sind schwer und ihr Kopf scheint mit dickem Nebel gefüllt.

Mühsam setzt sie sich auf. Die Kammer wird nur vom sanften Schein der Kerze erhellt, die drüben auf dem Tisch steht. Rita hebt den Arm, um sich den Schlaf aus den Augen zu reiben – da stellt sie fest, dass sie in der rechten Hand immer noch den gläsernen Füller hält. Der Glasstab hat ihre Körpertemperatur angenommen und fügt sich so perfekt in ihre Finger ein, als wäre er allein für sie geschaffen. Geistesabwesend fährt ihr Daumen über die scharfe Spitze.

Rita schüttelt den Kopf, um ihre trägen Gedanken loszuwerden, dann streicht sie sich die Kleidung glatt. Kaum zu glauben, dass sie in den engen Sachen vernünftig schlafen konnte. Aber tatsächlich fühlt sie sich besser als am Tag zuvor: Ihre Stimmung ist gehoben und die Anspannung, die sie den ganzen Abend nicht losgelassen hat, ist einer ruhigen Besonnenheit gewichen.

Mit der Jacke über dem Arm und der Kerze in der Hand steigt Rita die Treppe hinunter, zurück in den dunklen Vorraum, und schiebt den Vorhang zum Kirchenschiff beiseite. Sie weiß nicht, was sie erwarten soll, kann nicht einmal sagen, wie viel Uhr es wohl ist. Ob die Gestalten dort unten immer noch bei der Vorbereitung sind? Oder vielleicht schon wieder?

Doch nein, als sie hinüber in die Basilika tritt, findet sie das Gewölbe leer und wie verlassen vor. Die dicken Stumpenkerzen sind gelöscht, nur die Grablichter an den Wänden beleuchten den weiten Raum. Fröstelnd drückt Rita die Kerze an die Brust. Wohin mögen ihre sonderbaren Gastgeber verschwunden sein?

Und wann kommen sie wohl wieder? Sie sieht sich um: Die Bar ist mittlerweile fertig eingerichtet, die Stühle und Sitzkissen sind zu Grüppchen verteilt und sie erkennt ein paar Scheinwerfer und Lautsprecher, von denen sie am vergangenen Abend nichts bemerkt hatte. Es sieht nicht aus, als wäre noch jemand hier – niemand, der Rita verabschieden oder ihr eine Erklärung mit auf den Weg geben würde.

Ein leises Schaben dringt von der anderen Seite der Basilika herüber. Sofort schlägt Rita das Herz bis zum Hals. Ob es hier unten wohl Ratten gibt? Ängstlich schaut sie sich um, die Hände fest um die Kerze gekrallt – da sieht sie ein kleines Mädchen im Spitzenkleid, das drüben zwischen den Säulen mit einem viel zu großen Besen herumhantiert und den Steinboden fegt. Verblüfft stößt Rita die Luft aus. Dieser Anblick ist wohl das Letzte, was sie hier unten erwartet hat. Dabei erinnert sie sich, dass ihr schon am vergangenen Abend der kleine Schatten aufgefallen ist, der am Rand des Gewölbes umhergehuscht ist, doch in ihrem benommenen Zustand hat sie sich nichts weiter dabei gedacht.

Die Kleine sieht sich in der Basilika um, vielleicht um abzuschätzen, wie viel Arbeit noch vor ihr liegt, dann erst fällt ihr Blick auf Rita. Ihre Miene wird hart, trotzig schiebt sie die Unterlippe hervor. »Du bist noch hier.«

»Ich ... ja, das bin ich.« Rita muss sich anstrengen, um angesichts des finster dreinschauenden Kindes nicht in Gelächter auszubrechen. Sie räuspert sich, um die Haltung zu bewahren. »Sag, gibt es hier unten vielleicht ein Waschbecken? Irgendetwas, wo ich mich saubermachen könnte?«

Die Kleine sieht sie noch einen Moment störrisch an, ihr Blick streift den Glasfüller, den Rita in der Hand trägt. Endlich seufzt sie auf. »Komm mit, ich zeige es dir.«

Hinter dem spitzenbesetzten Kleidchen wandert Rita hinüber zu dem Durchgang, durch den sie am vergangenen Abend die Basilika betreten hat. Die Kleine hat den viel zu langen Besen unter ihren Arm geklemmt und weist ihr mit grimmiger Miene den Weg. Die Kerzen, die den angrenzenden Raum beleuchtet haben, sind verloschen, doch die Dunkelheit scheint dem Mädchen nichts auszumachen. Sie selbst hat kein Licht dabei, nur das Flackern von Ritas Flamme erhellt den nackten Stein um sie her.

»Sag mal, Kleine«, hebt Rita an, die Augen auf das Mädchen gerichtet, »was treibst du eigentlich hier unten, so ganz allein?«

Das Kind wendet sich um und wirft Rita einen entnervten Blick zu, als ob ihre Frage das Dümmste wäre, was sie hätte von sich geben können. »Wo sollte ich denn sonst sein?«, fährt sie Rita an. »In der Schule vielleicht?« Dann öffnet sie die metallene Tür, die hinaus in die Kanalisation führt.

Erst als Rita in den Gang tritt, erinnert sie sich an das lecke Rohr, aus dem ein Wasserrinnsal die Ziegelsteinwand entlangläuft. Ein frischer Windhauch dringt herüber und streift ihre nackten Schultern.

»Da, bitte.« Knapp weist das Mädchen zu dem Rinnsal. »Es ist sauberes Wasser, direkt aus der Leitung.«

Die kleine Faust fest um den Besen geschlossen, wartet sie darauf, dass Rita hinübergeht. Die legt Jacke, Füller und Kerze sorgsam an der Türschwelle ab, dann tritt sie vor und lässt sich das kalte Nass über die Hände laufen. Wirklich, das Wasser wirkt sauber und frisch. Nachdem Rita sich Hände und Gesicht gewaschen hat, nimmt sie schließlich einen vorsichtigen Schluck. Sie seufzt auf. Die kühle Feuchtigkeit, die ihre Kehle hinabrinnt, tut ihr gut; sie klärt ihren Geist und vertreibt den Nebel, der ihren Kopf ausfüllt.

Gierig trinkt sie von dem Wasser, in tiefen Zügen schlürft sie es herunter. Ihr ist, als hätte sie seit viel zu langer Zeit nichts mehr getrunken. Von der Seite bemerkt Rita den Blick des Kindes, das sie erwartungsvoll anstarrt. Mit einem Mal ist ihr, als würde das kalte Nass etwas in ihr erwecken, als würde es den Damm aus mühsam aufrechterhaltener Beherrschung wie eine Flutwelle einreißen. Ein tiefes Schluchzen steigt aus ihrer Kehle auf; jäh bricht die ganze Erschöpfung des vergangenen Abends aufs Neue über sie herein. Die sonderbaren Gespräche, die Wanderung durch die dunklen Tunnel – davor die Flucht vor dem unbekannten Verfolger, diesem Widerling, der wahrscheinlich gar nichts von ihr wollte und sich nur aus Langeweile an ihre Fersen geheftet hat ... Sie spürt, wie ihr die Tränen über die Wange laufen, und wütend wischt sie die Tropfen ab. Aber den ersten Tränen folgen weitere und jäh wird ihre Brust von einem tiefen Schluchzen geschüttelt, einem viel zu lang aufgestauten Strom – unverhältnismäßig, unnötig, unnütz.

Rita merkt kaum, wie das Mädchen sie zurück in das Kellergeschoss führt und ihr hilft, sich hinzusetzen. Die Kleine greift nach der Jacke und legt sie ihr um die Schultern, nicht unähnlich der Art, wie es der breitschultrige Mann gestern Abend getan hat. Dann hockt sie sich Rita gegenüber auf den Boden, die schmalen Arme auf ihre Knie gestützt, und mustert sie eingehend. Zwischen ihren Schluchzern kann Rita erkennen, wie sich die Stirn der Kleinen verzieht, während sie Ritas Ausbruch neugierig aufnimmt.

»Hier«, sagt das Mädchen schließlich, als Ritas Schluchzen etwas nachlässt, und hält ihr ein orangefarbenes Taschentuch entgegen.

Zitternd greift Rita nach dem Tuch und bemüht sich, ihre Tränen fortzuwischen. »Es ... es tut mir leid ...«, stammelt sie, »ich wollte nicht ...«

»Lass das«, faucht das Kind sie an. »Entschuldige dich nicht für deine Wut!« Sie wartet noch einen Moment ab, dann nimmt sie das feuchte Taschentuch wieder in Empfang. »Geht es wieder?«

Rita nickt stumm, während sie sich mühsam aufrichtet.

Auch die Kleine steht nun auf und zeigt zum Wasser. »Da, du solltest noch etwas trinken. So wie du geheult hast.« Ohne Rita noch einmal anzusehen, bückt sie sich nach der Kerze und leuchtet ihr den Weg. »Ich heiße übrigens Katinka.«

»Rita«, erwidert Rita heiser, dann wankt sie hinüber, um dem Befehl des Kindes zu folgen.

Katinka zeigt ihr eine zugehängte Tür, die aus dem Vorraum der Basilika abzweigt. Dahinter führt ein unterirdisches Labyrinth an Gängen und Kellern nach draußen – ein anderer Weg als der, den Rita am Abend zuvor mit Lucián beschritten hat. Nun wandert sie nicht durch kahle Kanalisationstunnel, sondern durch die uralten Kellergewölbe, die tief unter den Häusern der Altstadt liegen. Manche der Keller scheinen seit Jahrhunderten nicht verwendet worden zu sein, in anderen sieht Rita alte Fahrräder und sogar Fernseher stehen, die irgendjemand achtlos hier unten verstaut hat. Verbunden sind die Gewölbe mal durch hölzerne Pforten, mal durch enge Durchgänge im Stein, die in einer unauffälligen Ecke des Kellers versteckt liegen.

Schließlich kommen die beiden in einem weiträumigen Partykeller heraus, durch eine Holztür, die zwischen Kickertischen und gestapelten Stühlen in der Mauer verborgen ist. Es scheint das Untergeschoss einer alten Weinschenke zu sein, deren Kellerräume sich über mehrere Stockwerke erstrecken.

Katinka weist auf die steinerne Treppe, die an der anderen Seite des Raums nach oben führt. »Sie lassen die Tür oben Tag und Nacht geöffnet. Dort kommst du hinaus.« Auch wenn die kindliche Miene genauso finster ist wie zuvor, hat Rita doch das Gefühl, dass sich etwas an der Einstellung der Kleinen ihr gegenüber geändert hat. Zum Abschied nickt sie Rita kurz zu und weist auf den Füller in ihrer Hand. »Du wirst am Freitag da sein, nicht wahr?«

Zur Antwort hebt Rita die Schultern. Warum eigentlich nicht? »Ich denke schon«, sagt sie und bemüht sich um ein Lächeln.

Dann streift sie sich die Jacke über und wendet sich zu der Treppe, um über die unebenen Stufen hinauf in die Oberwelt zu klettern.

Als Rita die Gänge unter der Stadt schließlich verlässt, wundert sie sich, wie dunkel es draußen noch ist. Die Morgenluft ist frisch, die Schatten der Dämmerung sind kaum verweht – es kann nicht später als sechs oder sieben Uhr morgens sein. Ein paar Atemzüge lang genießt sie die kühle Brise, die ihre Haut streichelt. Dann blickt sie sich um, auf der Suche nach der nächsten Straßenbahnstation. Sie braucht dringend eine heiße Dusche und ein richtiges Frühstück, ehe sie sich auf den Weg zur Arbeit macht.

Während Rita zwei Stunden später mit der Metro zum Mühlenlokal fährt, bemüht sie sich vergeblich, die Erlebnisse der letzten Nacht hinter sich zu lassen.

Sie ist fahrig und matt, die vergangenen Stunden scheinen wie hinter einem undurchsichtigen Schleier zu liegen. Zugleich fühlt sie sich ungewohnt aufgekratzt, als könnte sie es kaum erwarten, der Welt entgegenzutreten. In der Hand hält sie noch immer den gläsernen Füller, den sie aus der unterirdischen Basilika mitgebracht hat. Geistesabwesend kratzt Rita sich mit der Füllerspitze über ihren Daumen, so als würde sie auf etwas warten. Wenn sie nur wüsste, auf was ...

Mit einem leisen Schnauben steht sie auf und steigt aus der Metro. Schluss mit den nutzlosen Überlegungen.

Auf der Arbeit fühlt sich alles an wie sonst. Nun, vielleicht nicht ganz: Die Rastlosigkeit, die Rita die letzten Tage verfolgt hat, ist abgeklungen, ersetzt durch eine erwartungsvolle Gelassenheit. Beinahe als sei endlich geschehen, worauf sie gewartet hat – als seien ihre Gebete erhört worden. Während sich alle anderen im Lokal so eilig wie sonst auch bewegen, ist Rita von einer Ruhe erfüllt, die ihr dabei hilft, ihre Umgebung klarer zu erkennen.

Als Natálie ihr verbittert die Packung Kondome zeigt, die sie in der Tasche ihres Mannes gefunden hat, rümpft Rita die Nase und fragt unbewegt: »Warum wirfst du den Hurenbock nicht endlich hinaus?«

Natálie schaut sie mit weiten Augen an, dann lacht sie auf. »Du bist gut – ihn hinauswerfen. So einfach ist das nicht, nach sechs Jahren Ehe! Wie stellst du dir das vor? Soll ich einfach die Schlösser austauschen, wenn er gerade nicht da ist?«

Rita hebt die Schultern, bemüht, ihre Ungeduld nicht zu zeigen. »Es ist schließlich deine Sache.« Etwas zu heftig zieht sie eine Rechnung aus der Kasse, dann geht sie mit dem Tablett in der Hand auf die Terrasse, um die Mittagsgäste zu versorgen.

Der ältere Herr, dem sie die Rechnung für seinen Kaffee vorlegt, sieht Rita dankbar an und drückt ihr ein großzügiges Trinkgeld in die Hand. »Passen Sie gut auf sich auf, ja?«, sagt er lächelnd. »Und nehmen Sie sich vor den Jungs in Acht. Ein hübsches Mädchen wie Sie wird doch am Ostermontag sicher eine Menge Hiebe abbekommen.«

»Ich werde mein Bestes tun.«

Mit einem Nicken bedankt sich Rita für das Geld und für den gutgemeinten Ratschlag. Wenn es nach ihr ginge, könnten sie das Osterwochenende auch gleich überspringen, vor allem den unseligen Montag. Ein Haufen Jugendlicher, die mit Weidenruten umherlaufen, um sie den Frauen um die Schenkel zu schlagen, unter dem Vorwand, ihnen Jugend und Schönheit zu bescheren … Das Ganze ist wirklich keine Tradition, an der Rita besonders hängt. Allein der Gedanke lässt heute ihre Haut jucken.

Ungeduldig schüttelt Rita das Gefühl ab und wendet sich zum nächsten Tisch, an dem sich eine Gruppe Geschäftsmänner zum Mittagessen versammelt hat. »Einen schönen Tag, meine Herren! Was kann ich Ihnen bringen?«

»Wird auch Zeit«, stellt einer der Männer fest. »Wissen Sie, wie lange wir schon warten?« Mit einem knappen Blick in die Runde versichert er sich der Zustimmung seiner Kollegen, dann sieht er wieder Rita an. »Wollen Sie nicht endlich Ihren Block herausholen?«

Das Lächeln, mit dem Rita den Anzugträger bedenkt, lässt ihre Wangen schmerzen. Das hier ist also einer *dieser* Tische ... Auch das noch. Warum um alles in der Welt können ihre Gäste sie nicht einfach ihre Arbeit machen lassen?

Mühsam schluckt sie eine patzige Antwort herunter. »Ich habe ein gutes Gedächtnis«, stellt sie stattdessen fest. »Warum sagen Sie mir nicht einfach, was ich Ihnen bringen kann?«

»Also bitte, gute Frau« – der Sprecher der Gruppe seufzt geziert auf – »wir wissen doch alle, wie das läuft. Wir sind zu fünft und würden alle gerne etwas essen und trinken. Und keiner von uns hat Lust, Ihnen zweimal zu erklären, was Sie uns bringen sollen. Also ziehen Sie jetzt Ihren Block heraus und schreiben Sie um Gottes willen mit.«

»Aber sicher doch.« Noch immer trägt Rita ihr gepresstes Lächeln im Gesicht. Sie zieht den Block heraus, den sie für größere Gesellschaften in ihrer Schürze hat, und mit der anderen Hand greift sie nach dem Glasfüller in ihrer Bluse. Der Füller trägt keine Tinte, doch davon merkt der Mann nichts. In näselndem Ton diktiert er ihr seine Wünsche, während Rita mit der Spitze auf dem Papier herumkratzt.

»Also bitte, das Fleisch nicht zu roh, aber um Himmels willen lassen Sie es nicht zäh werden, ja? Richten Sie das dem Koch aus – ich habe keine Lust auf Schuhleder.«

Rita nickt mechanisch und fährt mit der leeren Füllerspitze über das Papier. Sie schreibt nicht mit – warum sollte sie auch? Stattdessen skizziert sie auf dem weichen Papier ein Strichmännchen mit Anzug und arrogantem Blick, während sie weiter den Tiraden ihres Gastes lauscht. Dabei ist sie selbst überrascht, was bei ihrer Zeichnung herauskommt. Wie von selbst fährt die Füllerspitze über das Papier, sie umreißt die Karikatur des selbstgefälligen Kerls, wie er an seinem Schreibtisch sitzt und über irgendwelchen Berichten brütet, während ein zweites Kerlchen mit Brille und Aktentasche ungeduldig daneben steht.

»Was ist denn nun?« Die Stimme des Kerls durchdringt Ritas Gedanken. »Soll ich es Ihnen noch einmal sagen?«

Mit zusammengezogenen Augenbrauen mustert Rita die eingeritzte Zeichnung auf dem Block. Es sind nur wenige Striche, kaum eine Skizze – und doch scheinen die Strichfiguren ihr alles zu sagen, was sie zu wissen braucht. Sie hebt den Kopf, ein provokantes Grinsen im Gesicht, während sie dem Anzugträger direkt in die Augen sieht.

»Oh nein, das ist nicht nötig«, erwidert sie sanft. »Ich gebe mir Mühe, meine Arbeit beim ersten Mal richtig auszuführen. Schließlich habe ich keine allzu gutmütigen Kollegen, denen ich meine Unfähigkeit in die Schuhe schieben kann.«

Sie weiß nicht, woher die Worte kommen – ihr ist, als wären sie direkt aus der Spitze des gläsernen Füllers geflossen. Und offenbar hat sie mit ihrer Andeutung ins Schwarze getroffen: Ein hörbares Feixen geht um den Tisch, während nun alle Augen auf dem Großkotz in seinem Anzug liegen.

Der schnappt empört nach Luft, mit geblähten Nüstern sieht er Rita an. »Was ... wieso ...« Sein Kopf ist rot, der Mund geht hilflos auf und wieder zu.

Nur mühsam vertreibt Rita das Lächeln von ihren Lippen und setzt eine professionelle Miene auf. »Also, ein Weizen, die Tomatensuppe, ein Rindersteak medium mit extra Zwiebeln – habe ich das richtig?« Sie wartet gar nicht erst auf seine Antwort, sondern wendet sich direkt an den nächsten in der Runde. »Und was darf ich Ihnen bringen?«

Als Rita hinüber zur Küche geht, um ihre Bestellung abzuliefern, weiß sie kaum, wie ihr geschehen ist. Sie hat dem Kerl dort draußen eine Abfuhr erteilt, die sich gewaschen hat – vor seinen Kollegen, vor allen, die es hören wollten. Aber wie ist sie auf die richtigen Worte gekommen? Und woher hat sie den Mut genommen – oder eher die Dreistigkeit –, sie offen auszusprechen?

Nachdenklich lehnt sie sich gegen den Tresen und dreht den Füller zwischen ihren Fingern. Was ist nur mit ihr passiert? Kann es sein, dass ihr Erlebnis unter der Stadt etwas in ihr verändert hat? Sie fährt mit dem Daumen über die gläserne Spitze – das Instrument ist schärfer, als es aussieht.

Eine näselnde Stimme schreckt sie aus ihren Gedanken: »Hey, Kleine! Kenne ich dich nicht?«

Suchend schaut sie sich um. Drüben im Gastraum sitzt ein hagerer Mann, der den Blick unverwandt auf sie gerichtet hält. Sein Tisch ist bis auf die Karte noch leer; offenbar hat er sich gerade erst hingesetzt.

Als sich ihre Blicke treffen, nickt er zufrieden. »Ja, genau – ich hab dich doch letztens drüben im Club gesehen! Ich wusste gar nicht, dass du kellnerst. Sag mal, was treibst du eigentlich nach deiner Schicht so?«

Rita erinnert sich dunkel an den Mann – daran, wie er sie angegraben hat, wie sie nur mit Mühe von ihm fortgekommen ist. Und jetzt sitzt er hier im Lokal, ein zahlender Kunde.

Sie sollte zu ihm hinübergehen, sollte seine Bestellung aufnehmen, ihn freundlich anlächeln. Vielleicht etwas flirten, des

Trinkgelds wegen … Stattdessen zieht Rita ihren Block aus der Schürzentasche und schlägt eine neue Seite auf. Mit dem scharfen Stift kratzt sie ein Bild auf das Papier, eine Skizze des selbstgefälligen Kerls, wie er zuhause wie ein Hündchen vor seiner Ehefrau kuscht. Seiner Frau … oder eher seiner Mutter? Wie von selbst skizziert der Füller die überragende Gestalt, mit Lockenwicklern im Haar und einer Zeitschrift in der Hand.

»Hörst du mich nicht?«, tönt es noch einmal herüber, doch Rita ignoriert den Gast. Erst als sie mit ihrer Skizze fertig ist, baut sie sich vor seinem Tisch auf.

»Eines würde ich gern wissen: Weiß deine Mutter eigentlich, wie verzweifelt du in der Öffentlichkeit fremde Frauen anbaggerst? Oder glaubt sie immer noch, du würdest mit Frau und Kindern irgendwo auf Bali wohnen?«

Gewöhnlich würden ihr solche Worte nicht über die Lippen kommen. Der Tonfall wäre ihr unangenehm und sie hätte zu viel Sorge – Sorge, was der Mann wohl antwortet, ob er aggressiv auf ihren Vorwurf reagieren wird. Aber so sicher, wie sie weiß, dass ihre Anspielung ins Schwarze trifft, so sicher ist sie sich auch, dass er nichts weiter tun wird. Und wirklich wird der Kerl nur bleich, rutscht auf seinem Stuhl zurück und murmelt irgendeine halbgare Erwiderung.

Rita atmet tief ein, dann sieht sie sich zwischen den Tischen um. Einige der Gäste haben ihren Ausbruch mitbekommen; die Mienen der Sitzenden schwanken zwischen Erstaunen und offenem Amüsement. Niemand scheint ihr einen Vorwurf zu machen – und wenn sie recht darüber nachdenkt, würde ihr auch das wenig ausmachen.

Ohne den Kerl weiter zu beachten, geht Rita zum nächsten Tisch, um dort das benutzte Geschirr eines älteren Pärchens abzuräumen. Der Mann schiebt ihr wortlos den Teller herüber, während die Frau ihr ein anerkennendes Schmunzeln schenkt. Rita erwidert das Lächeln, dann sammelt sie die Teller zusammen und macht sich auf den Weg in die Küche.

Auf einmal ist alles ganz leicht. Rita tanzt regelrecht um die Tische, auf den Lippen ein Lächeln und in ihren Augen ein übermütiges Funkeln. Sie bedient ihre Gäste schnell und zur vollsten Zufriedenheit – und wenn es doch einmal ein Problem gibt, so lässt sich das mit ein paar freundlichen Worten im Handumdrehen lösen. Kaum jemand kommt ihr heute mit dummen Kommentaren und die wenigen, die es trotzdem versuchen, wissen nicht, wie ihnen geschieht. Unter einem Vorwand zieht Rita jedes Mal den Glasstab heraus, kratzt ein paar Linien auf ihren Block und wie von selbst fallen ihr gerade die richtigen Antworten ein, um jeder Anzüglichkeit zu begegnen.

Abends in der Metro spielt Rita gedankenverloren mit ihrem Füller. Auf dem Weg zur Station hat sie in einem Minimarkt ein Heft und ein kleines Tintenfässchen besorgt, in das sie das Instrument nun eintaucht. Immer wenn sie die Blicke eines Fahrgastes auf sich spürt, zieht sie das Heft heraus und tut so, als würde sie etwas hineinschreiben. Dabei schaut sie immer wieder auf, ihrem Gegenüber direkt in die Augen – das reicht aus, um den Großteil der Männer abzuschrecken.

Nur ein junger Kerl scheint die Warnung falsch zu verstehen; als Antwort auf ihren Blick schluckt er trocken und lächelt sie an. »Sag mal, was zeichnest du denn da so?«

Rita hebt die Schultern und wendet den Kopf ab. Sie hat begonnen, mit schwarzer Tinte das Bild des Mannes ihr gegenüber zu skizzieren, in weiten Schwüngen, die dunkle Kleckse auf dem Papier hinterlassen.

»Das ist ja ein seltsamer Füller – so einen habe ich noch nie gesehen.« Ihrer stummen Ablehnung zum Trotz steht der Mann auf und macht Anstalten, sich neben sie zu setzen. »Darf ich mal schauen?«

Rita seufzt. »Ich kann dich kaum abhalten, oder?« Auf dem Papier entsteht eine ungefähre Skizze, ein Junge, der einen Frosch am Hinterbein anhebt und ihn mit der anderen Hand prüfend anstupst.

Mit einem nervösen Lachen setzt sich der Kerl auf den freien Platz neben sie. »Na dann ...« Er lehnt sich neugierig über ihre Schulter und sieht zu, wie sie dem Knaben auf der Skizze ein Feuerzeug in die Hand zeichnet. »Ich finde das ja cool, wie du hier in der Bahn einfach deine Bilder malst. Sag mal, könnte ich vielleicht ...«

Die Worte brechen ab, während sich unter Ritas Füller eine sanfte Rauchfahne über dem Frosch kringelt. Sie muss den Blick nicht heben, um zu bemerken, wie der Mann erstarrt, als er sich in der Skizze wiedererkennt.

»Das ist ein ...«, stammelt er und rutscht unwillkürlich etwas beiseite. »Wie kommst du auf ...«

Rita hebt immer noch nicht den Kopf, als ihr Sitznachbar sich aufrappelt und mit ein paar Abschiedsfloskeln zur nächsten Bank stapft. Nur um ihre Lippen huscht ein zufriedenes Lächeln. Sie schließt das Heft, ohne sich um die feuchte Tinte zu kümmern, dann wischt sie den Füller an einem Taschentuch ab und steckt ihn zurück in ihre Bluse.

Auf dem Weg zu ihrer Wohnung fühlt Rita sich befreit und regelrecht ekstatisch. Sie weiß nicht genau, was heute geschehen ist – will es gar nicht hinterfragen. Es reicht aus, dass sie sich so sicher vorkommt wie schon seit langer Zeit nicht mehr. Beinahe übermütig nimmt sie die Stufen von der Straße zur Haustür mit einem großen Satz und als ihr im Hausflur die Vermieterin entgegenkommt, schenkt Rita der Frau ein höfliches Nicken.

»Einen guten Abend, Frau Kučerová.«

Die Vermieterin sieht sie mit erhobenen Augenbrauen an, die Lippen schon geöffnet, als hätte sie ihr etwas zu sagen ... Aber nein, etwas an Ritas Miene bringt sie dazu, ihren Mund wieder zu schließen. Noch einmal schaut die ältere Frau zu ihr herüber, dann hebt sie nur die Schultern und erwidert den beiläufigen Gruß.

In ihrer Wohnung angekommen, lässt Rita sich mit einem Seufzen auf ihr Bett fallen. Sie blickt hinauf zur Decke, betrachtet die vertraute Maserung der Holzbalken. Ihre Gedanken gleiten zu den Erlebnissen des heutigen Tages und noch weiter zurück: zum vergangenen Abend, ihrem Ausflug in die Prager Unterwelt ...

Entschlossen schüttelt Rita den Kopf. Sie hat keine Lust, darüber nachzudenken, was mit ihr geschehen ist; was für diese Veränderung gesorgt hat. Heute war ein guter Tag, das reicht ihr. Ein guter Tag, ein guter Abend ... Bald genug wird sich zeigen, ob diese Glückssträhne weiter anhält.

Ein lautes Klingeln reißt sie aus ihren Gedanken. Ohne sich zu beeilen, greift sie nach ihrem Handy. Es ist ihre Mutter. Rita verdreht die Augen, dann erhebt sie sich vom Bett und nimmt den Anruf an.

»Hallo Mama! Wie gut, dass du anrufst ... Ich hatte mich schon die ganze Woche melden wollen.«

Das Handy gegen das Ohr gepresst, wandert sie hinüber ins Bad und öffnet den Wasserhahn über der Badewanne. Sie fühlt nach der Wassertemperatur und gießt von dem guten Badeöl in die Wanne, während sie mit halbem Ohr auf die Worte ihrer Mutter lauscht. Es geht um nichts Besonderes, nur den üblichen Ärger mit den Handwerkern, um ihre Gesundheit und den Hund der Nachbarin. Und dann irgendwann kommt die altbekannte Frage:

»Und wie geht es *dir* so?«

Die Worte wirken unschuldig, doch Rita weiß, dass sich mehr dahinter verbirgt. Was wie eine Einladung zum Gespräch klingt, ist für ihre Mutter ein Einstieg, sie aufs Genaueste nach ihrem Leben auszuhorchen – nur um dann jedes noch so kleine Detail zu zerpflücken und minutiös zu bewerten. Welche Freunde sie getroffen hat, wie es auf der Arbeit läuft, ob sie ein Date hatte und mit wem: All diese Themen und mehr werden von ihrer Mutter genutzt, um einen festen Griff über ihr Leben zu bewahren.

Ritas schaumbenetzte Finger gleiten zu der Bluse neben der Wanne, in der sie durch den glatten Stoff hindurch den Füller spüren kann. »Mir geht es gut«, antwortet sie ihrer Mutter – freundlich, aber bestimmt, mit einer ungewohnten Sicherheit in der Stimme. Sie wartet auf die Nachfragen, die jedes Mal unweigerlich kommen, das vertraute »Aber Schätzchen« ... doch nichts ist zu hören. Also fügt sie noch hinzu: »Es ist lieb, dass du fragst. Aber zurzeit gibt es wirklich nicht viel zu erzählen.«

»Oh, das ... das klingt gut, mein Liebes.« Ihre Mutter wirkt verblüfft, doch sie scheint die freundliche Abfuhr hinzunehmen. Mit einem stummen Seufzer löst Rita die Finger von der Bluse.

Noch einige Minuten lang lauscht sie den Erzählungen, die ihre Mutter von sich gibt, ehe sie sich mit ein paar kurzen Worten verabschiedet. Sie schaltet das Handy stumm und legt es zu ihrer Kleidung neben die Badewanne. Dann gleitet sie in das heiße Wasser.

Noch einmal entströmt ein tiefes Seufzen ihrer Brust. Einige Atemzüge lang lässt sie das Wasser über ihren Körper ziehen, sie fährt mit den Fingern durch den Schaum und summt leise vor sich hin. Die Abendsonne sendet warmes Licht durch das Fenster und lässt die Schaumflocken funkeln. Endlich, als sie genug von dem Schauspiel hat, blickt Rita hinüber zu dem Holzkästchen neben der Wanne. Sie hebt die Hand aus dem Wasser und öffnet den Deckel, unter dem die Rasierklinge im Abendlicht glänzt. Mit feuchten Fingern greift sie nach der Schneide und mustert das glänzende Metall. Der gestrige Abend, der Kerl, der ihr durch die Straßen gefolgt ist ... und dann heute dieser Gast, der sie unbedingt vor seinen Kollegen herunterputzen wollte, und der andere mit seiner billigen Anmache ... Sie lässt den Finger über die Klinge fahren, vorsichtig, um die Schärfe auszutesten. Wie schön wäre es, wenn sie die Erinnerungen einfach mit dem Messer zusammen forträumen könnte, das Kästchen wieder zumachen und diese dumme Angewohnheit ein für alle Mal ablegen ...

Rita zwingt sich, den Blick von der glänzenden Klinge zu nehmen. Sie schließt die Augen und konzentriert sich ganz auf ihre Umgebung – den Duft des Fliederöls, das leise Knistern der Kerzen und des Schaums. Ohne die Augen zu öffnen, legt sie die Rasierklinge beiseite und mit ihr alle Probleme und Schwierigkeiten der letzten Tage. Nichts bleibt übrig als der Duft der Kerzen und das warme Glühen der Selbstsicherheit in ihrer Brust.

Mit einem leisen Klacken schließt sich das Kästchen. Rita lächelt. Zufrieden lehnt sie sich zurück, um sich von dem luftigen Schaumbad ganz umfangen zu lassen. Die Augen geschlossen, lässt sie sich in dem schmeichelnden Wasser zurücksinken, bis nur noch ihre Nase aus den schaumigen Schwaden hervorschaut.

Der sonderbare Zauber ist auch am nächsten Morgen nicht verflogen. Ob in der Metro, auf ihrem Weg durch die Stadt oder auf der Arbeit: Ihr neuerlangtes Selbstbewusstsein folgt Rita zuverlässig durch den Tag. Ob es nun an dem magischen Füller liegt oder an ihr selbst, ob ihr eine fremde Macht die Worte in den Mund legt oder sie eine neue Schlagfertigkeit in sich entdeckt hat – am Ende ist es ihr gleich. Ein paar Striche mit dem Füller helfen ihr, die Schwäche eines jeden Gegenübers bloßzulegen, sodass sie auf alle dummen Kommentare zielgerichtet kontern kann.

Am frühen Nachmittag sieht sie Michal an einem einsamen Tisch am Rand der Terrasse sitzen. Rita setzt ein grimmiges Lächeln auf, ehe sie sich ihm nähert. Wenn ihr Verehrer vorhat, ihr weiter nachzusteigen, dann hat er sich den falschen Tag dafür ausgesucht. Sie hat ihm noch nicht verziehen, dass er vorgestern einfach in ihrer Wohnung aufgetaucht ist, wie edel seine Motive auch gewesen sein mögen.

Mit distanzierter Miene baut Rita sich vor ihm auf und legt ihm die Speisekarte hin. »Darf es schon etwas zu trinken sein?«

»Oh, Rita, hallo.« Michal lächelt verlegen, während er auf die Karte weist. »Ein Glas Tomatensaft, bitte.«

Rita runzelt die Stirn. Sie wartet kurz, ob noch etwas kommt, dann macht sie sich auf, um den Wunsch zu erfüllen. Dabei lässt sie sich Zeit: Zuerst kassiert sie bei einer älteren Stammkundin am Nachbartisch ab, ehe sie sich um die Bestellung einer Gruppe Studenten kümmert.

Als sie schließlich mit dem rotgefüllten Glas zurückkommt

und es Michal auf den Tisch stellt, sieht der nur kurz auf. »Vielen Dank. Fürs Essen brauche ich noch einen Moment.«

Ritas Miene verzieht sich ungeduldig. Wieso rückt der Kerl nicht endlich damit heraus, was er eigentlich hier will? An einem anderen Tag würde sie nun gehen und sich in Geduld üben, aber heute ist Geduld nicht ihre Stärke. Mit einem lauten Knall setzt sie das Tablett auf dem Tisch ab und fragt: »Ich nehme an, du bist nur zufälligerweise hier?«

Michal hebt den Kopf und sieht sie überrascht an. »Zufällig? Nein, das nicht.« Unsicher schiebt er sich die Brille zurecht. »Ich ... ich mag es hier. Das Café liegt nur zwei Straßen von meiner Wohnung entfernt und wenn ich von zuhause aus arbeite ...«

Verblüfft lauscht Rita dem Stottern. Ist Michal am Ende wirklich nicht wegen ihr hier? Zugegeben, er ist schon vor ihrem Date häufiger ins Lokal gekommen, aber sie dachte doch, dass sich jetzt etwas geändert hätte.

Mit heißen Wangen nimmt sie das Tablett wieder auf und schüttelt den Kopf. »Schon gut ... Natürlich kannst du kommen, wann immer du willst.« Sie sieht ihn von der Seite an, die Augenbrauen immer noch verzogen. Eine Frage liegt ihr auf der Zunge. Erst will sie die Worte herunterschlucken, aber dann platzt sie doch damit heraus. »Also, sag schon: Was ist denn nun der Unterschied zwischen einem afrikanischen und einem indischen Elefanten?«

»Was? Ich ...« Michals Wangen färben sich dunkel, während seine Finger über die Tischplatte fahren. »Das war nur ... nur ein dummer Witz.«

»Ich will es aber nun einmal wissen«, erklärt Rita, halb gereizt und halb neugierig. »Also? Verrätst du es mir?«

»Na ja«, druckst Michal herum. »Sie haben unterschiedliche Postleitzahlen …«

Er sieht aus, als wollte er sich bei der Antwort am liebsten unter dem Tisch verkriechen. Rita hebt nur die Augenbrauen. Was soll sie sagen – sie hat ihn schließlich selbst danach gefragt. Kopfschüttelnd geht sie zurück ins Lokal, um sich um die nächste Bestellung zu kümmern.

Drinnen am Tresen steht ihr Chef und sieht sie neugierig an, doch ein Blick von Rita hindert ihn daran, etwas zu sagen. Auch er scheint ihre neue Macht zu spüren: Er lässt sie heute in Ruhe und konzentriert sich stattdessen darauf, Natálie das Leben schwer zu machen. Nun ist sie es, die den Gästen mehr zulächeln sollte und die sich besser überlegen müsste, welchen Rock sie unter ihrer Schürze trägt. Dabei hat ihre Kollegin heute offenbar ganz andere Sorgen: Immer wieder bemerkt Rita, wie Natálie ihren Ehering grimmig um den Finger dreht, und einmal dringt auf der Toilette ein leises Schniefen aus der Kabine.

Als Rita kurz darauf mitbekommt, wie Antonín Natálie wegen ihrer verweinten Augen zur Rede stellt, platzt ihr der Kragen. Mit verschränkten Armen baut sie sich vor ihrem Chef auf: »Na herzlichen Glückwunsch! Dein Vater wäre sicher stolz, wenn er sehen würde, wie du hier eine unglückliche Frau noch weiter niedermachst. Hattest du nicht geschworen, niemals in seine Fußstapfen zu treten?«

Sie weiß nicht, warum sie die Worte ausspricht – hat selbst keine Ahnung, was die Anspielung bedeuten soll. Aber dennoch verfehlt sie ihre Wirkung nicht: Antoníns Gesicht verliert jede Farbe, seine Lippen pressen sich zu einem Strich zusammen und mit einem Schnaufen wendet er sich ab, um in der Küche zu verschwinden.

Mit großen Augen blickt Natálie Rita an. »Was war denn das für eine Nummer? Wie hast du das gemacht?«

Ritas Daumen fährt über die Spitze des Füllers zwischen ihren Fingern. Jäh spannt sie sich an, bereit, die ganze Sache abzustreiten – doch dann stößt sie die Luft aus.

»Wenn ich ehrlich sein soll … Ich weiß es nicht genau. Vor ein paar Tagen hatte ich so ein seltsames Erlebnis, in einem der Gewölbe unter der Stadt. Es war …« Mühsam ringt sie nach Worten. »Du kannst dir nicht vorstellen, was ich erlebt habe … Ich habe die ganze Nacht da unten verbracht. Und wir haben geredet, über Bücher und … und …«

Sie hält inne, die Stirn nachdenklich gerunzelt. Es ist das erste Mal seit jenem Abend, dass Rita bewusst versucht, sich an die Erlebnisse unten in der Basilika zu erinnern. Doch ihre Erinnerung will nicht so wie sie: Rita weiß noch, wie Lucián ihr den Weg zu jenem Gewölbe gewiesen hat, aber der Rest des Abends versinkt in einem rosafarbenen Rausch. Die Details scheinen ihr zu entgleiten, noch während sie darüber nachdenkt. Und das, wo sie sich auf ihr Gedächtnis gewöhnlich felsenfest verlassen kann.

Ungeduldig schüttelt sie den Kopf. »Ich kann es nicht richtig erklären«, bringt sie schließlich hervor. Dann kommt ihr eine neue Idee: »Weißt du was, ich muss es dir zeigen. Morgen Abend, am Karfreitag – hast du da etwas vor?«

»Ich … weiß nicht genau.« Natálie sieht sie unsicher an. »Ehe ich etwas ausmache, sollte ich eigentlich Teodor fragen.« Noch während sie den Namen ihres Mannes ausspricht, verhärtet sich ihre Miene. »Andererseits, vergiss ihn – ich komme mit. Es ist viel zu lang her, dass ich mir mal einen freien Abend gegönnt habe. Wo er doch jede zweite Woche unterwegs ist …«

»Sehr gut«, unterbricht Rita sie knapp. »Dann gönnen wir uns morgen einen Abend zu zweit.« Je mehr sie darüber nachdenkt, desto besser gefällt ihr die Idee. Warum sollte sie zu der Party nicht eine Komplizin mitbringen? Sie greift nach Natálies Hand und presst die Finger der Freundin zusammen: »Vertrau mir, das musst du erlebt haben ...«

Ihr Chef sagt nichts dazu, als Rita und Natálie ihn am nächsten Abend bitten, etwas früher zu schließen. Mit einer knappen Handbewegung winkt er die Frauen hinaus, ohne Rita dabei in die Augen zu blicken.

So sitzen die beiden nun in der Straßenbahn, die sie über die Moldau fährt, hinüber nach Osten in Richtung der Altstadt. Rita hat sich nicht die Mühe gemacht, etwas Besonderes anzuziehen, aber Natálie war das Kellnerinnen-Outfit wohl nicht schick genug: Noch auf der Toilette des Lokals hat sie sich ein rotes Kleid angezogen, das ihre üppige Figur perfekt zur Geltung bringt. Von der Seite beobachtet Rita die andere Frau, wie sie auf ihrem Sitz herumzappelt und den Mitfahrenden neugierige Blicke zuwirft. Offenbar kann Natálie es kaum erwarten, die Federn zu spreizen und ihre Wirkung auf die Männerwelt auszutesten. Mit einem unterdrückten Grinsen fragt Rita sich, wie lange es wohl her ist, dass ihre Kollegin das letzte Mal eine Party besucht hat.

Der Feiertag macht sich bemerkbar; die Stadt ist voller Nachtschwärmer, die das Osterwochenende gebührend einläuten wollen. In dichten Trauben hängen sie vor den Kneipen und wandern über die breiten Straßen, laut lachend und mit Bierflaschen in den Händen, die sie mehr schlecht als recht zu verbergen suchen. Es ist ein deutlicher Kontrast zu dem letzten Mal, als Rita diesen Weg gegangen ist. Die Straßenzüge wirken anders als vor ein paar Tagen, aber noch mehr hat sie selbst sich gewandelt. Sie merkt, wie ihr Schritt fester geworden ist, wie sie den Kopf aufrechter trägt – ebenso wie Natálie, die forsch neben ihr herläuft, ein Funkeln im Blick, als könne sie ihr Ziel kaum erwarten. Gemeinsam wandern die beiden über volle Straßen und durch Menschenmassen hindurch, hinüber zu der Weinschenke, wo Rita am Mittwochmorgen durch eine unauffällige Pforte aus den Kellergewölben zurück ans Tageslicht gekommen ist.

Die Kellerräume der Bar sind heute voller Menschen, doch sind es nicht nur die trunkenen Feiernden, die sie auf der Straße passiert haben – auch wenn davon ebenfalls genug zu sehen sind. Aber die meisten der Gestalten, die sich neben den alten Steinwänden tummeln, stehen allein oder in kleineren Grüppchen und unterhalten sich in gedämpfter Lautstärke. Mit Natálie im Schlepptau drängt sich Rita zwischen den Kickertischen hindurch zu der unauffälligen Tür in der Mauer. Jetzt erst bemerkt sie, dass in die Holztür ein Zeichen eingeritzt ist: das gleiche Libra-Symbol, das sie in der Alten Basilika gesehen hat. Sie blickt sich kurz um, halb erwartend, dass jemand sie fragt, was sie hier vorhat – doch nein, keinen der Anwesenden kümmert es, als sie die Tür öffnet und gemeinsam mit ihrer Begleiterin über eine schmale Steintreppe verschwindet.

Die Treppe führt hinunter in ein langgestrecktes Gewölbe, das vom Schein mehrerer Kerzen erleuchtet wird. Neugierig schaut Natálie sich um, während Rita sie schon weiterzieht. Am anderen Ende des Raums finden sie einen schmalen Durchgang, der über ein paar Stufen zum nächsten Kellergeschoss führt, an Kisten und Körben vorbei durch einen alten Lagerraum. So geht es weiter, durch leere Gänge und vollgestellte Keller, den gleichen Weg, den Rita am vergangenen Mittwochmorgen hinausgewandert ist. Die beiden Frauen sind dabei nicht allein: Als sie in den nächsten Keller hineinsteigen, sieht Rita ein Pärchen, das

das Gewölbe gerade auf der anderen Seite verlässt, und wenige Schritte später gesellt sich ein Mann mit Frack und Zylinder zu ihnen, nur um sie kurz darauf ungeduldig zu überholen. Sie alle eint eine beinahe greifbare Erwartung, als würde selbst die modrige Kellerluft vor Anspannung knistern.

Wortlos folgen die beiden Frauen dem Gewirr der Kellerräume, immer an den Kerzen entlang, die die Gewölbe mit ihrem flackernden Schein erfüllen. Rita geht voraus, mit schlafwandlerischer Sicherheit findet sie den Weg, den sie beim letzten Mal genommen hat. Doch auch wenn sie sich nicht mehr erinnern würde, wäre es heute nicht schwer, das Labyrinth zu durchqueren: Immer mehr Schaulustige scharen sich zusammen, um durch die steinernen Gänge zu ziehen, alle mit demselben Ziel. Nun wird es auch lauter hier unten; die Stille wird durchbrochen von Gemurmel und leisen Bemerkungen, von unterdrücktem Gelächter und freudigem Getuschel. Das gedämpfte Kerzenlicht wird zunehmend überstrahlt vom Schein der Handys und ab und an ist an den Durchgängen ein rosa oder grün verhängter Scheinwerfer aufgehängt, um den Feierwütigen den Weg zu weisen. Ein dumpfes Pochen durchdringt die Gewölbe, wie der Schlag eines fernen Herzens, und unwillkürlich passen sich Ritas Schritte dem Rhythmus an.

Immer weiter wandern die beiden Frauen, umgeben von anderen Neuankömmlingen, die vor und hinter ihnen durch das Labyrinth aus uralten Kellern wogen. Das pulsierende Dröhnen hat sich zu einer Melodie gewandelt, deren Klang vielversprechend zu ihnen herüberdringt. Die Vorfreude fließt Rita durch die Glieder. Auch Natálie kann das Ziel ihrer Wanderung offenbar kaum erwarten: Begierig blickt sie sich um, ein übermütiges Lächeln auf den Lippen.

Sie steigen ein paar Stufen hinab in ein schmales Kellergeschoss und nun wummert ihnen die Musik offen entgegen. An der linken Seite sieht Rita einen breiten Durchgang, der von einem Vorhang verdeckt ist. Auch dieses Gewölbe ist von bunten Scheinwerfern erhellt, deren Licht sich an den groben Steinen bricht. Ritas Schritte werden schneller, mit der linken Hand zieht sie Natálie mit sich, während sie den schweren Stoff beiseiteschiebt. Sie will sich ins Getümmel stürzen, will endlich wieder tanzen, den Rhythmus durch ihren Körper fahren lassen – alles andere ist für den Moment vergessen.

»Rita, du bist es! Wie wundervoll, dich wiederzusehen.«

Irritiert hält Rita inne – sie braucht einen Augenblick, um die Gestalt zu erkennen, die dort im Vorraum der Alten Basilika steht. Aber natürlich, es ist Kaya, mit seinem breiten Lächeln und den glänzenden Augen. Heute hat er sich in Schale geworfen: Er trägt einen Anzug mit einem violetten Hemd und seine Haare sind sorgsam zurückgegelt. Mit einer angedeuteten Verbeugung grüßt er Rita und Natálie gleichermaßen.

»Ich sehe, du hast Gesellschaft mitgebracht. Willst du mir deine Freundin nicht vorstellen?«

»Hallo Kaya. Das hier ist Natálie.« Unsicher sieht sich Rita zu ihrer Begleiterin um – zum ersten Mal fragt sie sich, ob es eine gute Idee war, die andere Frau uneingeladen mitzunehmen.

Doch Kaya streckt ihr nur auf seine überschwängliche Art die Hand entgegen und als Natálie sie ergreift, führt er die Finger zu einem angedeuteten Handkuss zum Mund. »Enchanté«, murmelt er, ohne dabei ihren Blick loszulassen.

Natálie kichert verlegen. »Die Freude ist ganz meinerseits«, erwidert sie und trotz der Dunkelheit ist zu sehen, wie ihre Wangen rot aufflammen.

Rita beißt sich mit leichter Ungeduld auf die Lippe, während sie sich in dem beleuchteten Vorraum umschaut. Auf ein paar Tischen vor der Wand ist ein Büffet aufgebaut, Kuchen, Snacks und Salate – aber sie ist nicht hierhergekommen, um sich den Bauch vollzuschlagen. Unauffällig lässt sie den Blick schweifen, um zu schauen, ob Lucián vielleicht hier irgendwo zu sehen ist. »Die Party hat also schon angefangen?«, fragt sie Kaya, während sie hinüber zum Gewölbe nickt.

»Oh, bloß keine Eile.« Noch einen Herzschlag lang hält Kaya Natálies Hand ergriffen, dann wendet er sich wieder Rita zu. »Keine Sorge, ihr habt nichts verpasst. Wenn ihr etwas essen möchtet, dort drüben findet ihr alles, was euer Herz begehrt. Und wenn euch der Sinn eher nach Tanz und Unterhaltung steht …«

Mit einer einladenden Geste weist Kaya auf den Steinbogen zu Ritas Linken, hinter dem sie das hohe Gewölbe der Basilika sehen kann, wo Musik und Lichter von der Feier künden.

»Oder ihr bleibt noch ein wenig bei mir und leistet mir Gesellschaft.« Bei diesen Worten zwinkert er Natálie einladend zu, was die mit einem koketten Kichern erwidert.

Ungeduldig packt Rita ihre Freundin an der Hand. »Wir wollen uns erst einmal umsehen«, sagt sie und zieht Natálie hinter sich her, ohne auf deren enttäuschte Schnute zu achten.

Durch den steinernen Bogen betreten die beiden das Kirchenschiff. Die Basilika wirkt anders als bei Ritas letztem Besuch: Nun, da das gesamte Gewölbe von Menschen erfüllt ist und bunte Scheinwerfer die Mauern anstrahlen, kommt ihr der Raum weiter und zugleich einladender vor.

Zwischen den anderen Gästen hindurch wandern die beiden durch das Mittelschiff. Zu ihrer Linken erkennt Rita die Bar, davor sind ein paar Stehtische aufgebaut und einzelne Stühle stehen an der Wand. Überall in dem weiten Raum sieht sie Hocker und dicke Kissen, die zu kleinen Sitzgruppen zusammengewürfelt sind, um den Feiernden Gelegenheit zum Verschnaufen zu bieten. Und drüben, am Kopfende der Basilika, erhebt sich der Altarraum, von wo ihnen das Hämmern der Musik entgegendröhnt und neonfarbene Lichtkegel über die Wände flackern.

Sehnsüchtig flieht Ritas Blick hinüber zu der wilden Schar, die sich dort oben auf der Tanzfläche versammelt hat, um sich zu den durchdringenden Rhythmen zu bewegen. Die Musik scheint bunt durchmischt: Jazzige Klänge wechseln sich ab mit Technomusik und klassischem Rock'n'Roll. Doch das Ergebnis ist kein reines Durcheinander, wie Rita erwartet hätte. Stattdessen vereinen sich die Stile zu einem wilddurchmengten Ganzen, ein Schmelztiegel aller Zeiten und Stimmungen.

Hungrig atmet sie die Luft ein, aufgeheizt vom Atem der Feiernden und dem Feuer der Kerzen an den Wänden. Bei den meisten Gästen handelt es sich nicht um die typischen Partylöwen, wie Rita sie aus den Prager Nachtclubs kennt – wenn sie ehrlich ist, könnte sie den Großteil der Gestalten gar keiner spezifischen

Gruppe zuzählen. Manche von ihnen sind in edle Kleider gehüllt wie für einen Ball, andere tragen T-Shirt und Jeans, als wären sie eher zufällig hereingestolpert. Drüben sieht sie eine Frau im Reifrock durch die Menge stolzieren, daneben wandern zwei ältere Herren eng aneinandergeschmiegt zwischen den Säulen entlang. Die buntdurchmischte Schar gibt Rita das Gefühl, dass sie perfekt hier hereinpasst, und als sie sich zu Natálie umsieht, sagt ihr das Lächeln auf deren Gesicht, dass es ihrer Freundin genauso geht.

Am liebsten würde Rita direkt zur Tanzfläche hinübergehen, um im Rhythmus der Musik zu versinken, bis ihre Füße brennen und ihr Kopf schwirrt. Doch Natálie zupft sie am Ärmel und nickt fragend zur Bar. Also schieben sich die beiden Frauen zwischen den Feiernden hindurch, hinüber in das Seitenschiff, wo der Barbetrieb gerade in vollem Gange ist. Hinter dem Tresen sieht Rita zwei Schatten, die die durstigen Gäste bewirten – es sind Erika und Logos, die dort Drinks mischen und volle Flaschen verteilen. Die Bar ist nun fertig eingerichtet; das Holz der Theke ist mit einer roten Samtbahn verhängt und das Fresko mit dem Libra-Symbol oben an der Wand wird durch einen Scheinwerfer in Szene gesetzt. Unwillkürlich blickt Rita sich um, ob sie nicht noch ein bekanntes Gesicht erkennt – das spöttische Lächeln von Lucián vielleicht? Doch nein, auch hier ist nichts von ihm zu sehen. Offenbar ist er wirklich nicht gekommen. Ein winziger Stich ist in ihrer Brust zu spüren.

Unterdessen schiebt sich Natálie zu Logos hinüber und lässt sich von ihm einen *Sex on the Beach* mischen. Rita bittet nur um ein Glas Wasser, dass der Mann ihr bereitwillig aus einer Karaffe eingießt. Sein Blick streicht von Rita zu Natálie und ein Lächeln zieht über seine Züge.

»Die gehen aufs Haus«, brummt er, während er den Frauen die Gläser entgegenschiebt.

Mit den Getränken in der Hand gehen die beiden hinüber zu einem der Stehtische, den Blick auf den weiten Raum gerichtet. Dabei bemerkt Rita einen kleinen Schatten, der zwischen den Sitzkissen umherhuscht. Sie runzelt die Stirn – es ist Katinka, das Mädchen, das ihr bei ihrem letzten Besuch den Weg hinaus gewiesen hat. Nun scheint die Kleine ganz damit beschäftigt, die alten Bücher aus dem Regal zu ziehen und sie zwischen den Ruhesuchenden zu verteilen. Mit strenger Miene drückt sie den Gästen Buch und Stift in die Hand, eine unmissverständliche Aufforderung, sich an den Wälzern zu vergehen.

»Was macht denn das Kind hier unten? Und um die Uhrzeit?«, fragt Natálie Rita leise und spricht damit ihre eigenen Gedanken aus.

Rita hebt die Schultern, dann leert sie das Wasserglas in einem tiefen Zug. »Lass uns tanzen gehen, ja?«, drängt sie Natálie. Sie hat genug von dem Geplänkel, genug von den Höflichkeiten und Gesprächen. Nun endlich will sie sich dem Beat hingeben und die Musik ganz für sich erfahren.

Sie wartet, bis auch Natálie ihr Glas abstellt, dann schnappt sie sich ihre Freundin und zieht sie hinüber zum Altarraum. Nach den dumpfen Metal-Klängen läuft jetzt ein Popsong, etwas leichter und perfekt zum Tanzen geeignet. Eilig steigen die beiden Frauen hinauf zu den anderen Tanzenden, die sich dort oben dicht gedrängt zur Musik bewegen.

Rita braucht nur wenige Takte, um sich in den Klängen zu verlieren – sie lässt sich fallen, in die Lieder, die Töne hinein, als würde sie allein von der Musik beseelt. So fühlt sie sich nur beim Tanzen, so unbeschwert, so sehr sie selbst. Ihr ist gleich, wer noch mit ihr auf der Tanzfläche ist, wie viele Augen an ihr hängen, ob sie allein tanzt oder mit anderen. Jetzt und hier fühlt sie sich *richtig,* ohne Vorbehalt oder falsche Rücksicht.

Für ein paar Lieder wird sie von Natálie begleitet, dann driften die beiden Frauen im Gedränge auseinander. Rita sieht ihre Freundin nur noch zwischen zwei Pärchen hindurch; sieht, wie sie zu einem bärtigen Mann im Kilt hinübertänzelt und ihm flirtende Blicke zuwirft. Es ist ihr gleich. Sie tanzt weiter, erst allein, dann mit zwei jungen Kerlen in Jeans und Hemd, die sie von beiden Seiten hofieren, dann wieder verschlungen von der Menge, die sie wie eine wogende See umgibt. Ihr Blut rast wie flüssiges Feuer durch die Adern, ihr Kopf ist leicht, während sie von Tanzpartner zu Tanzpartner schwebt. Ihr ist, als wäre sie noch nie in ihrem Leben so aus sich herausgekommen. Niemand ist da, der dumme Sprüche reißt, niemand erwartet etwas von ihr, das sie nicht wirklich wollte.

Irgendwann wechselt die Musik zu etwas Altmodischem, irgendeinem gemächlich gesungenen Volkslied. Rita tritt an den Rand der Tanzfläche, um durchzuatmen und sich den Schweiß von der Stirn zu wischen. Noch ist sie nicht gesättigt, noch lange nicht, aber für den Moment kann sie eine Pause gebrauchen – um etwas zu trinken und auch um nach Natálie zu sehen. Sie spürt einen Stich des schlechten Gewissens darüber, dass sie sich nicht weiter um die Freundin gekümmert hat.

Zwischen den anderen Tanzenden hindurch steigt Rita die Stufen vom Altarraum hinunter, zurück in das überfüllte Kirchenschiff. Rechts von ihr dringt Gejohle herüber: Ein paar Jugendliche haben eines der zugemauerten Fenster erstiegen und singen von dort aus lautstark den Text des Liedes mit. Weiter wandert Rita von Säule zu Säule, den Körper immer wieder gegen den kühlenden Stein gedrückt. Um sich sieht sie zu allen Seiten fremde Menschen, weit mehr, als bei ihrer Ankunft in der Basilika waren. Dabei fällt ihr auf, dass viele der Feiernden in altmodische Gewänder gekleidet sind – aufwändige Ballkleider und Anzüge, aber auch Kaftane und fremdländische Roben, wie sie sie nur aus Filmen kennt.

»Ich hab dich beobachtet.«

Rita schreckt zusammen, als sie die Stimme hört. Als sie sich umwendet, sieht sie Nyoka, die zwei Schritte entfernt gegen den steinernen Sockel gelehnt dasteht. Die dunkelhäutige Frau trägt heute ein reich verziertes Wickelkleid und ein passendes Haarband, doch ansonsten wirkt sie genauso gleichmütig wie bei Ritas letztem Besuch.

»Was meinst du?«, fragt Rita nach. »Wieso beobachtet?«

Nyoka verzieht die Lippen zu einem Lächeln. »Dort drüben.« Sie nickt hinüber zur Tanzfläche. »Ich habe zugeschaut, wie du dich bewegst. Du willst gesehen werden.«

»Oh nein, nicht wirklich.« Rita ringt sich eine Grimasse ab. »Ich bin ganz zufrieden, wenn ich mich etwas abseits halten kann ...«

»Du könntest dort oben tanzen.« Ruhig durchschneidet Nyokas Stimme ihre Worte. »Auf dem Ambo.« Sie weist auf den erhöhten Steinsockel, wie um keinen Zweifel daran zu lassen, wovon sie spricht.

Mit großen Augen sieht Rita an der Säule hinauf. Eine schmale Treppe windet sich an dem Stein entlang, um zu einem ausgestellten Podest zu führen. Dort oben würden sicherlich alle Blicke an ihr hängen.

Verlegen schüttelt sie den Kopf. »Nein, das ist nichts für mich. Ich tanze nicht für andere – nur für mich selbst.«

Halb erwartet sie, dass Nyoka weiter in sie dringt, doch die Frau hebt nur die Schultern. Also verabschiedet Rita sich mit einer knappen Geste und wandert durch das Kirchenschiff hinüber zu der Bar, die nun von einer dichten Menschenmenge umringt ist.

Geduldig steht Rita an, um sich erneut ein Glas Wasser zu holen. Dabei lässt sie ihren Blick über den hinteren Teil der Basilika schweifen. Hier drüben ist weniger los als vorne an der Tanzfläche – oder vielleicht scheint es auch nur so, weil die verteilten Grüppchen auf ihren Kissen die Menge entzerren. Sie sieht feuchtfröhliche Runden ums Würfelspiel versammelt, Cocktails schlürfende Mädchen, die in den herumliegenden Büchern blättern, dazwischen ein paar einsame Turteltäubchen ... Suchend fahren Ritas Augen von Tisch zu Tisch und bleiben schließlich an einer größeren Sitzgruppe hängen, drüben an der anderen Seite des Gewölbes. Dort lehnt Natálie auf einem breiten Kissen an einer Säule und um sie herum sitzt eine ganze Traube junger Männer auf Hockern, Sitzkissen und sogar auf dem Boden verteilt. Misstrauisch beobachtet Rita die aufdringliche Gruppe – aber nein, ein Blick auf Natálie zeigt ihr, dass ihre Freundin nicht gegen ihren Willen von den Kerlen belagert wird. Im Gegenteil: Jetzt gerade wirft sie mit einem hellen Lachen den Kopf nach hinten, während ihre Hand das Bein des Mannes neben ihr sucht. Offenbar hat auch ihre Begleiterin hier unten genau das gefunden, was sie gesucht hatte.

»Hier, nimm.« Überrascht sieht Rita sich um: Erika ist neben sie getreten, in ihrer Hand ein großes Wasserglas. Die andere Frau drückt ihr das Glas in die Hand, dann nickt sie zu Natálie hinüber. »Deine Freundin scheint sich wohlzufühlen.«

»Danke. Für das Wasser, meine ich.« Rita nimmt einen langen Schluck, dankbar für die Erfrischung.

Die Gruppe drüben hat einen neuen Zeitvertreib gefunden: Vor ihnen auf dem Tisch liegt ein schmales Buch, in das die Männer von allen Seiten etwas eintragen. Als Rita sich umschaut, sieht sie das Mädchen, Katinka, das mit verschränkten Armen und vorgeschobenem Kinn auf das Ergebnis wartet. Zuletzt beugt sich Natálie über die Seiten, um spöttisch lächelnd etwas hineinzuzeichnen. Dann reicht sie den Band dem Kind hinüber, das ihn mit ernsthafter Miene entgegennimmt und sich wieder auf den Weg macht. Natálie schmiegt sich unterdessen an ihren Sitznachbarn an, einen langhaarigen Typ, der sicher zehn Jahre jünger ist als sie selbst.

»Es ist schon etwas albern, oder nicht?«, meint Rita mit einem Seitenblick auf Erika. »Wie sie die Kerle da um sich schart …«

Die Frau neben ihr hebt die Schultern. »Sie lässt die Männer nach ihrer Pfeife tanzen. Warum auch nicht?«

Es stimmt; dort in der Runde hängen alle Augen an Natálie – und Rita kann es den Männern kaum verdenken. Ihre Freundin sieht heute Abend einfach großartig aus. Das rote Kleid lässt ihre Haut wie Elfenbein schimmern und ihr Gesicht glüht vor Begeisterung. Unwillkürlich muss Rita lächeln. Erika hat recht: Natálie scheint sich auf der Party mehr als wohlzufühlen.

»Wenn ich dir einen Rat geben soll«, sagt Erika, während sie Rita das leere Glas aus der Hand nimmt: »Lass dich nie davon abhalten, das zu tun, was du wirklich willst.«

Noch einen Augenblick beobachten sie gemeinsam die Szenerie. Der langhaarige Kerl nutzt nun die Gelegenheit, um Natálie den Arm zärtlich um die Schultern zu legen, und trotz der bunten Lichter kann Rita erkennen, wie sich die Wangen ihrer Freundin röten. Schließlich wendet sich Erika mit einem Schulterzucken zurück zur Bar.

Eine Weile steht Rita allein in der Menge, den Blick auf die Feiernden gerichtet. Dann dreht auch sie sich um, hinüber zu dem dichten Gedränge um den Altarraum.

Während sie an den Säulen entlangwandert, blickt sie zu dem Steinsockel, der sich über der Menge erhebt. Wie hatte Nyoka das Ding genannt – einen Ambo? Als sie an der schmalen Treppe angekommen ist, sieht Rita sich nach der fremdländisch gekleideten Frau um, doch von der ist nichts mehr zu sehen. Nur ein junger Mann mit Undercut sitzt mit einer Bierflasche in der Hand vor dem Sockel und schaut mit glasigen Augen zu ihr auf. Irritiert schüttelt Rita den Kopf. Sie war sich fast sicher, dass Nyoka noch einmal auf ihren Vorschlag zurückkommen würde.

Gedankenverloren fahren ihre Finger über das steinerne Geländer, das neben den Treppenstufen hinaufführt. Sie sieht sich um – keiner der Feiernden schenkt dem Sockel besondere Beachtung. Also wendet sie sich schließlich zu der Treppe hinüber und steigt langsam, Stufe um Stufe, hinauf.

Die Plattform oben misst etwa einen Meter im Durchmesser, gerade genug, dass eine Person hier bequem Raum findet. Rita legt die Hände mit gespreizten Fingern auf die Brüstung. Von hier aus hat sie eine gute Sicht über das Kirchenschiff: Vom Eingang mit der Bar bis hinüber zum Altarraum kann sie das gesamte Innere der Basilika überblicken. Sie sieht auf die Feiernden, eine buntdurchmischte Menge aus Tänzern, Liebenden und zufriedenen Beobachtern. Der eine oder die andere dort unten hat Rita nun bemerkt, Gesichter erhellen sich freudig. Eine asiatische Frau sitzt hoch auf den Schultern ihres Freundes und winkt ihr grinsend zu. Wenn jetzt auch nur einer der Partygäste etwas zu ihr heraufruft, wenn irgendjemand sie auffordert, zu tanzen, dann wird Rita sich sofort auf den Rückweg machen.

Aber nichts passiert. Die Feiernden kümmern sich nicht weiter um sie; Rita spürt höchstens eine leise Neugierde, doch keine Erwartung.

Ohne die Hände von der Brüstung zu nehmen, lehnt Rita sich zurück. Sie atmet tief ein, nimmt den schweren Geruch nach Menschen, Schweiß und Parfum, nach Party und guter Stimmung auf. Dann löst sie die Finger vom Stein, streckt die Arme in die Luft und fängt an, sich langsam im Rhythmus der Musik zu wiegen. Das Lied, das gerade läuft, hat sie schon einmal gehört, es ist ein französisches Chanson, von einer rauchigen Frauenstimme gesungen. Mit geschlossenen Augen bewegt sich Rita zu den Klängen, sie überlässt sich ganz dem Takt der Musik, während sich ein Lächeln auf ihre Züge legt. Hin und her, den Stein unter ihren Füßen, schwebt sie gleichsam mit dem Lied, während die bunten Scheinwerfer hinter ihren Lidern flackern.

Dann ist der Gesang zu Ende und ein neues Stück erklingt, schneller und mit einem härteren Beat. Ohne innezuhalten, passt sich Rita dem Rhythmus an, ihre Bewegungen werden rascher, ihre Glieder zucken übermütig. So wie hier hat sie noch nie getanzt; ganz allein auf dem Podest und doch so exponiert, dass jeder sie dabei sehen kann. Es ist ein vollkommen neues Gefühl, befreiend und überwältigend. Ihr Kopf ist leicht und hinter ihrer Stirn summt es wie in einem Bienenstock. Hier oben auf ihrem Ausguck, in diesem Gewölbe tief unter dem Prager Pflaster, tanzt Rita zwischen Himmel und Hölle, nur für sich und doch für die gesamte Welt.

Während ihre Füße über die Steine hüpfen und ihr Körper vor Anstrengung bebt, öffnet sie die Augen, um den Blick zur Kuppel der Basilika zu lenken. Zum Klang der Musik dreht sie sich um sich selbst – nimmt das farbbesprenkelte Gewölbe in sich auf, die feiernden Menschen um sich herum, das Hämmern des Beats, der von den Steinbogen zurückschallt. Das hier, diesen Moment will sie ewig behalten. Sie wird sich diese Erinnerung nicht wieder nehmen lassen.

Die Zeit vergeht, ohne dass Rita etwas davon merkt. Dann, irgendwann, ebbt die Musik ab, wird ruhiger, ohne ganz aufzuhören. Rita bleibt für einen Augenblick stehen, mit schwerem Atem und schweißnassem Körper. Sie öffnet die Augen, blickt sich in der Basilika um. Irgendetwas ist anders ... Sie spürt, dass sie gesättigt ist. Gesättigt vom Tanz, von dem flirrenden Gefühl, das ihr durch die Glieder geht, und auch von der Gästeschar, die aus dem Dunkel heraus zu ihr aufsieht.

Also wendet sie sich ab und steigt über die schmalen Treppenstufen hinunter, zurück ins Gedränge der Feiernden. Mit einer neugewonnenen Ruhe wandert Rita durch das Kirchenschiff, ziellos, von der wogenden Menge mitgerissen. Eine Weile beobachtet sie die Tanzenden oben im Altarraum, dann wendet sie sich zur anderen Seite, hinüber zu den Sitzgrüppchen, wo die Musik ruhiger ist und die Lichter nicht so hektisch.

Hier ist mittlerweile eine gelassene Stimmung eingekehrt. Auch wenn an manchen Tischen noch rege Gespräche geführt werden, liegen die meisten der Sitzkissen wild verstreut umher, während die Gäste sich darauf eingekuschelt haben. Rita sucht nach der übervollen Runde, in der sie Natálie verlassen hat, doch sie braucht eine Weile, um den Tisch wiederzufinden, an dem ihre Freundin ihr Lager aufgeschlagen hat.

Der größte Teil ihrer Bewunderer hat sich mittlerweile verzogen. Nur Natálie sitzt immer noch neben der Säule, zusammen mit dem langhaarigen Mann, der vorhin mit ihr geflirtet hat. Mit geschlossenen Augen lehnt sich Natálie gegen das Kissen, während ihr Galan hinter ihr steht und ihr den Rücken massiert.

In ihrer Hand hält sie ein halbvolles Getränk und die Farbe auf ihren Wangen zeugt davon, dass es nicht das erste ist.

Bei dem Anblick rümpft Rita die Nase. »Bist du sicher, dass das eine gute Idee ist?«, fragt sie und weist auf das halbgeleerte Glas.

Natálie schreckt auf und öffnet die Augen. Als sie Rita erkennt, zieht ein Lächeln über ihre Miene. »Da bist du ja! Schau, das ist Jan.«

Rita nickt dem fremden Mann knapp zu, dann sieht sie wieder auf Natálie hinunter. Die Wangen ihrer Freundin sind gerötet, ihr Atem geht schnell – kein Zweifel, Natálie hat weit mehr getrunken, als ihr guttut. »Meinst du nicht, es reicht für heute?«, fragt Rita, in ihrer Stimme eine unwillige Sorge.

»Oh nein, noch lange nicht«, erwidert Natálie mit Nachdruck. Sie stellt ihr halbvolles Glas auf dem Boden ab und bemüht sich, auf die Beine zu kommen. »Jan hat gesagt, er könnte mich heute Nacht zu sich nach Hause mitnehmen. Stell dir vor, er würde mir gerne seine Briefmarkensammlung zeigen.« Sie kichert albern, dann wendet sie sich zu Jan, um ihm einen Kuss auf die Lippen zu drücken.

Ungeduldig zieht Rita die beiden auseinander. »Natálie, hör auf damit. Ich lasse dich sicher nicht mit dem Kerl irgendwohin fahren! Du bist nicht in der Verfassung, eine vernünftige Entscheidung zu treffen!«

»Na und?« Mit vorgeschobener Lippe sieht die andere Frau sie an. »Warum muss denn jede Entscheidung vernünftig sein?«

Sie will sich wieder zu Jan umwenden, doch Rita packt sie mit hartem Griff am Arm. »Und du?«, faucht sie den Mann über die Musik hinweg an. »Schämst du dich nicht, eine betrunkene Frau so auszunutzen?«

Jan sieht sie einen Moment verständnislos an, dann hebt er die Schultern. »Und wenn schon. Ich hab ja auch was getrunken. Oder glaubst du, ich würde mich sonst das hier trauen?« Mit beiden Händen greift er nach Natálies Gesicht und gibt ihr einen Kuss auf den Mund, so gierig, dass selbst Rita sehen kann, wie seine Zunge zwischen ihren Lippen verschwindet.

Hilflos blickt Rita zwischen den beiden Turteltauben hin und her – dann wendet sie sich um und schiebt sich durch die tanzende Menge zur Bar hinüber. »Zwei Gläser Wasser«, ruft sie Erika zu. Dabei bemerkt sie Kaya, der gegen den Tresen gelehnt dasteht und mit einem jungen Mann in Lederjacke schäkert. Sein violettes Hemd ist halb geöffnet und unter dem Stoff sieht Rita den silbernen Anhänger glänzen, den sie schon bei ihrem ersten Besuch bemerkt hat.

Mit den Wassergläsern in der Hand geht sie zu Kaya hinüber. »He, Kaya, hast du einen Moment Zeit?«, fragt sie ihn über die laute Musik hinweg.

Als Kaya ihren Blick bemerkt, verabschiedet er sich mit einem Handkuss von dem anderen Mann und kommt auf sie zu. »Rita! Wie kann ich dir behilflich sein?« Spöttisch nickt er zu den Gläsern. »Ich hoffe doch, das ist nicht für mich?«

»Nein.« Ungeduldig weist Rita hinüber zum anderen Ende des Raums, wo Natálie und Jan eng umschlungen an der Wand lehnen. »Ich brauche deine Hilfe. Meine Freundin ... Sie hat zu viel getrunken und jetzt lässt sie sich von diesem Typen abschleppen. Kannst du mir helfen, sie nach Hause zu bringen?«

Kaya blickt von ihr zu Natálie und wieder zurück, dann bricht er in ein schallendes Lachen aus. »Da fragst du den Richtigen«, bringt er grinsend hervor. »Glaub mir, du willst wirklich nicht, dass ich mich um deine Freundin kümmere. Aber wenn du einen

Rat von mir möchtest: Gönn ihr den Spaß. Sie hat sich einen Abend ohne ihren werten Ehemann verdient.«

»Woher weißt du ... Ach, vergiss es.« Rita schüttelt den Kopf; ganz offenbar kann sie hier keine Hilfe erwarten. Also schiebt sie sich mit den Gläsern in der Hand erneut hinüber zu Natálie, die sich gerade aufmacht, zusammen mit Jan das Gewölbe zu verlassen.

»Warte, Natálie ... Trink wenigstens noch etwas!«

Ungeduldig sieht Natálie sich um. »Wenn es dich glücklich macht ...« In einem Zug leert sie das Wasser, dann blickt sie Rita aus glänzenden Augen an. »Wir werden zu ihm gehen«, erklärt sie und nickt in Richtung des Ausgangs. »Er wohnt gleich drüben, in der Neustadt. Jan hat gesagt, ich kann bei ihm übernachten ...«

Rita beißt sich auf die Lippe, unsicher, was sie nun tun soll. Sie schaut zu Jan hinüber – soll sie ihn mit einem zielgerichteten Spruch in die Flucht schlagen? Der blonde Mann wirkt eigentlich ganz nett; er hätte es wohl kaum verdient, dass Rita ihn jetzt vor Natálie bloßstellt. Aber was sonst? Sie kann die Freundin in ihrem Zustand kaum sich selbst überlassen ...

Noch einen Moment zögert sie – da tritt eine helle Gestalt von der Seite zu ihnen, schimmernd im Licht der Scheinwerfer.

Lucián.

»Jan, wie schön, dich zu sehen!« Mit einer jovialen Geste klopft er dem anderen Mann auf die Schulter.

Der sieht den Neuankömmling verdattert an, als würde er ihn zum ersten Mal erblicken. Doch offenbar traut er seinem angetrunkenen Gedächtnis nicht genug, um die freundschaftliche Hand von seiner Schulter zu schieben.

»Du hast sie gefunden, ein Glück!«, fährt Lucián in demselben selbstverständlichen Ton fort. Von der Seite schenkt er Rita ein kurzes Zwinkern, dann wendet er sich wieder Jan zu. »Du weißt doch sicher, wer das ist?«, fragt er und nickt in Natálies Richtung. Er hebt die Lippen an Jans Ohr und raunt ihm durch den Lärm hindurch ein paar Worte zu.

Die Miene des anderen Mannes erstarrt, schlagartig lässt er Natálies Hüfte, die er immer noch umschlungen hat, los. »Das ... wusste ich nicht«, stammelt er unsicher, in Luciáns Richtung gewandt. Natálie hingegen hat von der ganzen Sache kaum etwas mitbekommen; sie sieht die beiden Männer nur verständnislos an.

»Mach dir deswegen keine Gedanken.« Lucián hat sich wieder aufgerichtet und bedenkt sein Gegenüber mit einem Lächeln, das noch heller strahlt als seine Kleidung. »Wenn du dir die Mühe machen würdest, die junge Dame nach Hause zu geleiten, dann wäre ihr Ehemann dir sicher zu großem Dank verpflichtet.« Damit zückt er einen Geldschein und steckt ihn Jan beiläufig in die Hosentasche.

»Ich ... ja, klar.« Jan sieht immer noch aus, als habe er nicht ganz verstanden, was hier genau geschieht – aber er reicht Natálie nun auf höfliche Weise den Arm und macht Anstalten, sie aus dem Gewölbe hinauszugeleiten. Die schaut ihn einen Augenblick verwundert an, dann schmiegt sie sich an ihn, um ihm zu folgen, wohin er sie auch führen mag.

Rita bleibt neben Lucián zurück. Mit gefurchter Stirn blickt sie ihn an. »Danke für die Hilfe. Aber ... bist du sicher, dass es vernünftig ist, die zwei so gehen zu lassen?«

»Keine Sorge«, erwidert Lucián lächelnd, den Blick immer noch auf die beiden gerichtet. »Er wird es nicht wagen, deine

Freundin zu berühren. Ich habe ihm erzählt, dass sie die Frau seines Chefs sei.«

»Im Ernst?« Irritiert fährt Rita herum, nicht sicher, ob sie schockiert dreinblicken oder lachen soll. Sie schüttelt den Kopf. »Dann lass mich dir wenigstens das Geld zurückgeben. Wie viel hast du ihm denn in die Tasche gesteckt?«

»Einen 50-Kronen-Schein«, erwidert Lucián grinsend. »Ich dachte mir, dass er nicht genauer nachschauen würde. Du kannst mich bei Gelegenheit auf ein Bier einladen, wenn du unbedingt möchtest.«

Jetzt kann Rita das Lachen auch nicht mehr zurückhalten. Über den Rand ihres Glases hinweg mustert sie ihr Gegenüber eingehend. Lucián trägt ein Leinenhemd und eine lockere Hose – etwas legerer als der Anzug bei ihrer letzten Begegnung, doch wiederum alles in Weiß. Nur um seinen Hals ist ein dunkelblaues Tuch gebunden. Seine Züge sind zart, fast weiblich, und seine vollen Lippen sind ein wenig gekräuselt, so als würde er sich durchgehend über etwas – oder jemanden – lustig machen.

Verlegen fährt sich Rita durch die Haare. »Ich hatte nicht mehr erwartet, dass du überhaupt kommst«, stellt sie fest, bemüht, den gleichen spielerischen Tonfall zu treffen wie er. »Ich dachte, so eine Veranstaltung wäre dir zu profan.«

Der hebt die Schultern. »Mag sein. Aber einer sollte ja nach dem Rechten sehen, nicht wahr?« Im Hintergrund erklingt ein neues Lied, statt der Housemusik tönen die getragenen Klänge eines Walzers durch die Basilika. Luciáns Grinsen wird breiter. »Und schließlich hat auch diese Feier etwas Gutes. Wie steht es, darf ich wohl um diesen Tanz bitten? Oder lässt du dich prinzipiell nur aus der Ferne bewundern?«

Sein Blick fährt hinüber zu dem Ambo, der nun leer und

unbesetzt zwischen den Säulen steht. Bei der Frage wird Rita heiß – er hat sie also dort oben tanzen sehen.

Nun, warum auch nicht? Sie nickt und schenkt ihm ein herausforderndes Lächeln. »Du darfst«, erklärt sie, »und ich werde die Bitte gerne gewähren.« Eilig stellt sie ihr Glas auf einem der Tische ab, dann kehrt sie zu Lucián zurück. In seiner hellen Kleidung wirkt er in der Masse der Feiernden wie eine überirdische Lichtgestalt.

Gemeinsam gehen die beiden die Stufen zum Altarraum hinauf, wo die Menge sich schon in den neuen Rhythmus eingefunden hat. Natürlich tanzt niemand einen echten Walzer, die Gäste stehen nur eng umschlungen beieinander und bewegen sich mehr oder weniger rhythmisch zum Takt des Liedes. Instinktiv will Rita dasselbe tun, doch da greift Lucián schon nach ihren Fingern; er legt ihre Linke um seine Taille und ergreift die Rechte mit seiner anderen Hand, um dann den Arm weit auszustrecken.

Erstaunt reißt Rita die Augen auf. »Aber ... ich kann keinen richtigen Walzer tanzen.«

»Deshalb führe ich ja«, erwidert Lucián selbstverständlich. Dann geht es auch schon los: Im Takt der Musik wirbelt er sie herum, vorbei an den anderen Tanzenden, in einem weiten Kreis am Rand des Altarraums entlang.

Während der ersten Drehungen ist Rita überzeugt, dass sie jeden Moment stürzen, gegen Lucián fallen und ihn mit sich zu Boden ziehen wird. Doch dann stellt sie fest, dass nichts Schlimmes passiert. Lucián hat recht: Solange sie auf seine Führung vertraut, macht sie ganz automatisch die richtigen Schritte, bewegt sich wie von selbst im Takt der Walzerklänge. Ihr Atem wird ruhiger und nach ein paar Drehungen beginnt sie, den Tanz zu genießen. Über seine Schulter hinweg betrachtet sie das bunterleuchtete Gewölbe, das sich um sie dreht, schneller und schneller, während sie sicher in Luciáns Arm ruht.

Der scheint ihren Blick bemerkt zu haben. »Was für ein Hexensabbat«, seufzt er und schaut zu den übrigen Tanzenden. »Ich hoffe, du hast nicht noch andere Freundinnen dort draußen, die vor sich selbst gerettet werden müssen?«

»Nein ... nicht wirklich«, murmelt Rita unsicher. Sie sieht ihn von unten an. »Danke nochmal wegen vorhin. Das mit diesem Typen, Jan ... Auf so eine Idee wäre ich wirklich nicht gekommen.«

»Nein, wohl eher nicht.« Ohne in seinem Schritt innezuhalten, weist Lucián auf ihren entblößten Unterarm, mit dem sie ihn umschlungen hält. »Nicht mit dem Zeichen da auf deiner Haut.«

Irritiert folgt Rita seinem Blick und sieht das blasse Mal, das an das Libra-Symbol über der Bar erinnert. »Das ... das ist nichts.« Sie schüttelt den Kopf. »Ich weiß gar nicht, wo ich mir das geholt habe.«

»Sonderbar, nicht wahr? Dabei hast du früher selbst bestimmt, welche Male du auf deiner Haut haben willst.« Sein Blick fährt ihren Körper entlang, als könnte er jeden einzelnen Kratzer und jede Markierung sehen, die sie sich im Lauf der Jahre zugefügt hat.

Ritas Wangen werden warm. »Woher weißt du ...« Leise dringen die Worte über ihre Lippen, kaum zu hören zwischen den wogenden Walzerklängen.

Lucián hebt die Schultern. »Aber damit hast du aufgehört, nicht wahr? Jetzt teilst du lieber gegen andere aus.« Während er sich gemeinsam mit ihr dreht, weist er auf den Saal, in einer Geste, die die ganze Welt einzuschließen scheint.

Mit einem Mal steigen Rita all die Gemeinheiten vor Augen, die sie in den vergangenen Tagen verteilt hat, all die Sticheleien und Beleidigungen. Sie hatte immer gute Gründe, natürlich. Und doch ...

Luciáns Stimme klingt beiläufig. »Ich frage mich, wie viele Schulden du seit deinem letzten Besuch hier unten auf dich geladen hast.«

»Schulden?« Vergebens versucht sie, ihren Worten Festigkeit zu geben. »Was meinst du damit?«

»Nun, was denkst du denn, mit wem du dich eingelassen hast?«, fragt Lucián zurück und sieht sie spöttisch an. Seine Bewegungen werden langsamer – die Walzertöne verklingen, das Lied ebbt ab. »Was glaubst du, auf wessen Einladung du hier am Karfreitag in der Unterwelt tanzt?«

Die Frage überfällt Rita wie ein Regenguss. Unwillkürlich blickt sie hinüber zur Bar, wo Logos und Erika immer noch Getränke ausschenken. Sie muss an Erikas Worte denken: *Ich könnte dir erzählen, dass ich für den Leibhaftigen höchstpersönlich arbeite ...*

Ritas Hals wird eng. »Ich ... ich weiß nicht, was du meinst«, erklärt sie an Lucián gerichtet, während sie sich langsam von ihm löst. Das nächste Lied beginnt, ein dumpfer Metal-Song, der das Gewölbe mit seinen Schlägen durchdringt.

»Wirklich nicht? Ich hätte dich für klug genug gehalten, dass du einen Teufelsball erkennst, wenn du ihn siehst.« Mit einem Lächeln lässt Lucián ihre Hand los und blickt sie wissend an. »Spätestens dann, wenn du als Ballkönigin darauf tanzt.«

Mit zusammengepressten Lippen tritt Rita einen Schritt zurück und sieht sich um. Sie stehen nun vorne am Rand des Altarraums, sodass sie das gesamte Kirchengewölbe überblicken kann.

Lautes Gegröle, betrunkene Feiernde, hier und dort Paare, die auf den breiten Kissen beisammenliegen. Drüben vor der Mauer haben ein paar Jugendliche Becher auf dem Boden aufgestellt, um ein Trinkspiel zu veranstalten. Auf dem Ambo zwischen den Säulen stehen nun zwei junge Frauen mit nackten Brüsten und feuern die Menge der Feiernden an. Ein dicker Kloß droht Ritas Hals zu verstopfen.

Sie will sich wieder zu Lucián wenden, doch der hat sich bereits umgedreht und ist die Stufen zum Kirchenschiff hinuntergestiegen. Rita braucht einen Moment, um ihn in dem bunten Gedränge zu entdecken: Dort drüben geht er zu dem Durchgang hinüber, durch den er sie letzte Woche in die Basilika geführt hat.

Trotzig zieht Rita die Augenbrauen zusammen. Sie drängt sich zwischen den Tanzenden hindurch und läuft Lucián hinterher, hinunter vom Altarraum und zu der Öffnung im Mauerwerk. Mit einem Mal kommt ihr das Gedränge feindlich vor, eine Wand aus angetrunkenen, unzurechnungsfähigen Menschen, die ihr den Weg versperrt. Mühsam schiebt sie sich zwischen küssenden Paaren durch und stolpert über Bierflaschen, ohne sich um die empörten Rufe zu kümmern.

Dann hat sie den Durchgang erreicht und betritt das enge Kellergeschoss, das an die Basilika anschließt. Dort ist Lucián gerade dabei, die metallene Tür zur Kanalisation zu öffnen.

»Warte«, ruft Rita ihm hinterher, »wohin gehst du? Das, was du eben gesagt hast …«

»Wir können gerne ein andermal weiterreden«, wirft Lucián ihr über die Schulter zu, während er durch die Tür tritt. »Wenn du in Ruhe über alles nachgedacht hast. Wenn du mich suchst, komm hinauf zur Hochfeste. Du findest mich oft in der Nähe des Libuše-Denkmals.«

Damit zieht er seine Taschenlampe aus dem Anzug und verschwindet in dem runden Ziegelsteingang. Rita bleibt bei der einsamen Kerze zurück, die neben der Tür auf dem Boden steht.

Allein steht Rita in dem düsteren Tunnel, der nur erhellt wird vom Flackern der Kerze. Ihr ist, als wäre sie zu schnell aus einem starken Rausch erwacht. Immer wieder kreisen ihre Gedanken um das, was Lucián gesagt hat: *Was glaubst du, auf wessen Einladung du hier am Karfreitag in der Unterwelt tanzt?* Unwillig beißt sie sich auf die Lippe. Sie würde die Worte ja als Unfug abtun, als albernes Gewäsch – wären ihre eigenen Überlegungen nicht schon in eine ähnliche Richtung gegangen. Jener erste Abend in der Bar, der sonderbare Füller und alles, was seitdem geschehen ist ... Hat sie sich dabei wirklich auf einen Pakt mit teuflischen Mächten eingelassen?

Rita schüttelt den Kopf. Was soll der abergläubische Nonsens? Sie ist nicht religiös; es gibt keinen Grund, weshalb sie das Feiertagswochenende nicht für eine Party nutzen sollte. Warum sollte sie irgendetwas Übernatürliches dahinter vermuten?

Den Mund unwillig verzogen, stapft Rita zu dem lecken Rohr hinüber und streckt die Hände nach dem Rinnsal aus. Das Wasser ist kalt, kälter, als sie erwartet hat. Mit feuchten Fingern fährt sie sich über Gesicht und Nacken, so lange, bis ihr Kopf nicht mehr zu glühen scheint. Dann schöpft sie das Wasser mit beiden Händen und trinkt in großen Schlucken davon. Es tut gut, zu spüren, wie die Kälte durch ihre Kehle strömt – das passende Gegengift gegen die wilde Hitze oben auf der Feier.

Ein Klackern lässt sie zusammenfahren; helle Schritte nähern sich über den Steinboden. Erschrocken wendet Rita sich um, nur um sich den Kopf an der gewölbten Decke anzustoßen.

»Verdammt!« Ein heiserer Fluch entwischt ihr, während sie mit der Hand nach der schmerzenden Stelle tastet.

»Vorsicht, Verehrteste! Sonst tust du dir noch weh …«

Rita kennt die Stimme, ebenso wie die Gestalt, die nun im Türrahmen steht. Ein erleichterter Seufzer dringt aus ihrer Kehle. »Kaya, bist du das? Du hast mich erschreckt.«

»Ich bitte um Verzeihung, das war nicht meine Absicht.«

Selbst im Halbschatten ist das Glänzen von Kayas Zähnen zu sehen. Wie von ungefähr tritt er durch die Tür neben sie ans Wasser – dann greift er nach seinem Hosenstall und öffnet den Gürtel. Rita will erschrocken zurückweichen, doch ehe sie sich bewegen kann, hat Kaya seinen Schwanz schon aus der Hose gezogen und pinkelt in einem weiten Strahl in das Rinnsal am Boden des Tunnels. Ihren erstarrten Blick quittiert er nur mit einem Schulterzucken.

»Wiederum, Verzeihung. Die Natur hat gerufen …«

Gegen ihren Willen muss Rita grinsen. Seltsam, so unflätig der Kerl sich auch verhalten mag, so fühlt sie sich in seiner Gegenwart doch sicher. Ganz so, als wäre seine Offenheit ein Grund, dahinter keine üblen Motive zu fürchten.

Mehr aus Gewohnheit denn aus Verlegenheit wendet sie den Blick ab, während der Strahl plätschernd auf die Ziegelsteine trifft. »Die Party läuft gut«, bemerkt sie, nur um irgendetwas zu sagen. »Wie habt ihr das in so kurzer Zeit geschafft?«

»Wir haben Übung darin. Eine Woche hier, eine dort … Wohin Logos uns eben verschlägt.« Immer noch ist der Wasserstrahl zu hören. Dann endlich hört das Tröpfeln auf und Kaya zieht sich mit einem lauten Ratsch die Hose zu. »Außerdem hatten wir etwas Hilfe von deinem neuen Freund«, erklärt er feixend und wendet sich wieder zu Rita. »Dein Retter im weißen Kleid.«

»Lucián?« Rita runzelt die Stirn. Sie erinnert sich dunkel, dass die anderem ihm bei ihrem letzten Besuch für seine Hilfe gedankt hatten. Doch was er heute gesagt hat, klang nicht danach, als stünde er mit der Truppe unten in der Basilika auf gutem Fuß.

»Er hat es natürlich nicht freiwillig getan«, erklärt Kaya unbeeindruckt. »Das Weibsbild oben auf der Feste hat ihn dazu gebracht. Die Alten wissen eben noch, was Höflichkeit bedeutet.«

»Immerhin hat er mir beigestanden«, stellt Rita fest. Sie hört, dass ihre Stimme trotzig klingt, und hebt ärgerlich den Kopf. »Du hast meiner Freundin ja nicht helfen wollen!«

»Oh nein, *Canım,* da wolltest du den Bock zum Gärtner machen. So etwas ist wirklich nicht mein Stil.« Er zwinkert ihr im Kerzenlicht verschwörerisch zu. Jäh klingt Luciáns Warnung wieder in ihr nach und ohne dass sie es will, muss Rita an die Worte denken, mit denen Kaya sie bei ihrem letzten Besuch begrüßt hat: *Lasst, die ihr eingeht, jede Hoffnung fahren.*

Rita zögert einen Moment, dann sieht sie ihn bittend an. »Kaya, willst du mir nicht verraten, was das alles hier wirklich bedeutet? Lucián hat da so etwas gesagt ...«

»Oh ja, das denke ich mir.« Kaya lacht spöttisch auf, während er die Hände ins Wasser hält. Etwas ernsthafter fährt er fort: »Glaub mir, ich könnte dir so einiges erzählen ... Aber die Details würden so oder so nicht haften bleiben. Also belassen wir es bei einem Rat: Pass auf, wie sehr du Lucián vertraust. Ich kann mir vorstellen, dass seine Gegenwart nicht unbedingt heilsam für dich ist.«

»Und was soll das jetzt wieder heißen?«

Ungeduldig tritt Rita zu Kaya hinüber, aber der hat sich schon abgewandt, um durch die Metalltür zurück ins Kellergewölbe zu gehen. »Das heißt, dass du dich in Acht nehmen solltest«, wirft er ihr über die Schulter zu. Die Tür schlägt hinter ihm zu, Rita bleibt allein zurück.

Sie atmet schwer aus. Ihre Laune, die nach dem Gespräch mit Lucián schon geknickt war, ist nun vollends im Keller angelangt. Mit einem Mal möchte sie nur noch fort von hier – nicht in die Basilika, nicht zurück zu den Feiernden, in die Hitze der Party, sondern einfach weg, hinaus an die frische Luft.

Wie als Antwort auf ihre Gedanken fährt ein sanfter Luftzug durch den Ziegeltunnel. Rita hebt den Blick und schaut hinüber zu dem Pfad, auf dem Lucián sie wenige Tage zuvor hierhergeführt hatte. Würde sie den Weg durch die Dunkelheit wohl allein finden?

Trotzig schiebt sie ihre Unterlippe vor. Warum nicht? Sie braucht keinen Führer, der ihr den Weg aus der Unterwelt weist – ihr Gedächtnis ist alles, was dafür nötig ist. Also bückt sie sich nach der Kerze, die in einem Glasgefäß neben der Metalltür flackert, und macht sich mit dem zitternden Licht zwischen den Händen auf den Weg in die Dunkelheit.

Der Weg durch die Kanalisation ist länger, als Rita ihn in Erinnerung hat. Schritt für Schritt wandert sie durch die uralten Gänge, tief unter den Fundamenten Prags entlang. Die Luft riecht abgestanden und ein wenig modrig – offenbar werden die Ziegelsteintunnel schon lange nicht mehr genutzt. Hier und da fließt ein schmales Bächlein über den Boden, ob nun vom Regenwasser oder einer undichten Leitung, weiß Rita nicht zu sagen. Sie atmet tief ein, dankbar für die Ruhe und die Einsamkeit. Nach der Fülle der Party ist die Stille um sie her eine unerwartete Wohltat. Leise klingt der Tritt ihrer Füße durch die Gänge, nur begleitet von dem fernen Hall fallender Wassertropfen.

Dann, langsam, werden die Wege neuer. Durch dicke Stahltüren und über verborgene Treppen gelangt sie in die modernere Kanalisation, die sich unter der Neustadt erstreckt. Die flackernde Kerze zwischen Ritas Händen wirkt in dieser Umgebung aus Beton und Eisen seltsam unpassend, aber sie erfüllt ihren Zweck: Sie erhellt die Tunnel und hilft ihr dabei, ihren Weg zu finden. Die Gänge, durch die sie nun wandert, sehen schon eher aus, als wären hier ab und an Menschen unterwegs, doch Rita macht sich kaum Sorgen, dass man sie erwischt. Dies ist keine Zeit, zu der offizielles Personal seine Runden drehen sollte.

Noch ein paar Tunnel wandert Rita entlang, noch ein paar Ecken passiert sie, treu dem Weg folgend, den Lucián ihr gewiesen hat. Nun ist sie dankbar, dass sie für die Party keine Schuhe mit Absatz angezogen hat – die flachen Sandalen bieten hier unten gerade den richtigen Halt. Dann endlich hat sie die schmale Sicherheitstür erreicht, die die Kanalisation von den Uferpromenaden trennt.

Als sie vor der metallenen Tür steht, wird ihr mit einem Mal bang. Sie erinnert sich an den Schlüssel, mit dem Lucián die Pforte aufgesperrt hat. Wer sagt denn, dass der Zugang von dieser Seite nicht ebenso sicher verschlossen ist? Was, wenn sie den gesamten Weg zurückwandern muss, wieder zur Basilika, um das Altstadt-Labyrinth auf einem anderen Weg zu verlassen? Rita schluckt, ihr Griff um den Glasbehälter mit der Kerze wird fester. Dann schüttelt sie den Kopf und greift nach der Klinke, um sie mit aller Kraft herunterzudrücken – und mit einem stählernen Klang, der hohl durch das Tunnelnetz hallt, öffnet sich die Tür.

Zwei Minuten später verlässt Rita das Café, in das Lucián sie letzte Woche geführt hat, und tritt durch das Riesenbullauge auf die Uferpromenade hinaus. Ruhig liegt das schwarze Band der Moldau vor ihr, nur erhellt von den fernen Lichtern der Stadt, die sich im Fluss spiegeln. Wie ein grauer Schatten lässt sich der erste Hauch der Morgendämmerung am Horizont erahnen. Nichts ist um sie her zu hören, weder die Geräusche der Stadt noch das Rauschen der Moldau – es ist, als hätte ganz Prag die Luft angehalten, um sie wieder im Land der Lebenden willkommen zu heißen.

Bei dem Anblick beginnt Rita zu zittern. Jetzt erst merkt sie, wie der Marsch durch die Tunnel an ihr gezehrt hat. Haltsuchend lehnt sie sich gegen die Mauer, während sie die kühle Nachtluft tief in ihre Lungen zieht. Ein helles Klirren ist zu hören, als ihr die Kerze aus den Fingern rutscht und samt dem Glasbehälter auf dem Pflasterstein zerspringt.

Wie als Echo tönt aus dem Schatten ein dumpfes Rascheln, wie von einer Ratte.

Das Geräusch lässt Rita zusammenfahren. Hastig blickt sie

nach rechts, wo sich die Silhouette der Eisenbahnbrücke über die Moldau zieht. »Hallo?«, fragt sie mit zitternder Stimme. »Ist da jemand?«

Noch während Rita die Worte ausspricht, ärgert sie sich über die alberne Frage. Das hier ist einer der angesagtesten Treffpunkte der Jugendlichen in der Stadt. Natürlich wird auch um diese Uhrzeit noch der eine oder die andere hier herumlungern, um ihren Rausch auszuschlafen oder sich zu einem Stelldichein zu treffen.

Aber die Gestalt, die sich nun aus dem Schatten löst, sieht nicht nach einem der üblichen Nachtschwärmer aus. Rita legt den Kopf schräg – etwas an der Art der Bewegung kommt ihr bekannt vor. Die schmale Silhouette, die ineinander gewrungenen Hände ...

»Rita?«, klingt es herüber, in einer Stimme, die sie nur allzu gut kennt.

Ungläubig schüttelt sie den Kopf. »Michal? Bist du das etwa?« Eine tiefe Falte bildet sich auf ihrer Stirn. »Was machst du denn hier? Bitte sag mir, dass du mir nicht gefolgt bist!« Das Letzte, was sie nun gebrauchen kann, sind die gestotterten Anmachen ihres ganz persönlichen Stalkers.

Aber Michal wirkt genauso überrascht wie sie selbst. »Rita ... Guten Abend.« Unsicher fahren seine Finger zu der Brille, um die Gläser zurechtzurücken. »Ich ... bin eigentlich nur wegen der Fledermäuse hier.«

»Fledermäuse?« Rita zieht die Augenbrauen zusammen. Wieso fängt er nur immer wieder damit an? Oder ist das am Ende gar kein alberner Anmachspruch? »Du ... du bist wirklich hier draußen, um Fledermäuse zu suchen?«, fragt sie nun sehr viel ruhiger.

Michal nickt. »Ich wollte sehen, ob sie unter der Brücke zwischen den breiten Steinen eine Höhle gefunden haben. Es wäre eigentlich ein idealer Unterschlupf. Aber bisher habe ich noch nichts gesehen.«

Irritiert folgt Rita seinem Blick, hinauf zu der alten Mauer, die sich am Kairand erhebt. »Meinst du wirklich, dass dort auch nur eine Fledermaus Ruhe finden würde? Bei dem, was hier jeden Abend los ist?«

»Oh ... daran habe ich gar nicht gedacht.« Michals Miene sieht im Licht der Straßenlaternen so verdutzt aus, dass Rita fast auflachen muss. Er verzieht den Mund zu einer Grimasse. »Ich bin meistens erst spät hier unten – dann, wenn sonst niemand mehr da ist.« Noch einmal schaut der junge Mann zur Brücke hinüber, dann hebt er die Schultern. »Vielleicht schaffe ich es vor der Morgendämmerung noch hinüber auf den Felsen.« Damit wendet er sich um, um der Uferpromenade flussaufwärts Richtung Süden zu folgen.

Rita zögert einen Augenblick, dann läuft sie ihm hinterher. »Warte einen Moment. Meinst du den Felsen drüben am Fluss – *Libuses Bad?* Dort gibt es Fledermäuse?«

Mit einem Nicken wendet Michal sich zu ihr um. »Jede Menge. Sie wohnen im alten Turm.«

Rita seufzt auf – kann diese Nacht nach alledem, was geschehen ist, noch sonderbarer werden? Aber auf der anderen Seite, warum eigentlich nicht? Sie fühlt sich aufgekratzt genug und schließlich hat sie gerade nichts Besseres zu tun.

Also bemüht sie sich um eine freundliche Miene, als sie Michal nun fragt: »Sag, darf ich mit dir mitkommen? Ich glaube, ich habe noch nie eine lebendige Fledermaus gesehen.«

Michal sieht sie einen Moment irritiert an, dann erwidert er ihr Lächeln. »Klar doch«, antwortet er und wendet sich wieder um.

Kurzentschlossen folgt Rita ihm.

Gemeinsam wandern die beiden die Uferpromenade entlang, vorbei an den Partybooten, die zu dieser Stunde allesamt leer und leblos an ihren Ankerplätzen liegen. Rita folgt Michal über das steinerne Pflaster bis zum Ende der Promenade, wo der Weg hinaufführt, um sich wieder mit der Straße zu vereinigen.

Oben zwischen den Bäumen angekommen, tritt Rita an die Brüstung über dem Fluss. Wie ein schwarzes Band schneidet die Moldau die Lichter der Stadt in zwei Teile, verbunden durch die Brücken, die sich hier und da als beleuchtete Bogen über das Wasser ziehen. Ein voller Mond erhebt sich im Westen und lässt sein bleiches Licht auf die Stadt fallen. Gewöhnlich könnte Rita nun über den Fluss zur Kleinseite und bis hinauf zur Prager Burg schauen, doch um diese Uhrzeit wird keines der alten Gebäude mehr angestrahlt. Nur noch das Licht der Straßenlaternen und das ferne Blinken einiger Ampeln sind in der frühen Dämmerung zu sehen.

Rita dreht sich um und lehnt sich mit dem Rücken gegen die Brüstung. »Und nun?«, fragt sie an Michal gewandt. »Wo sind deine Fledermäuse?«

Die Frage klingt bissiger, als sie es sollte – in Wahrheit ist Rita ja selbst gespannt darauf, was Michal ihr zeigen wird. Doch der junge Mann weist nur hinüber, die Straße entlang, wo sich im Licht der Straßenlaternen ein gewaltiger Felsen über die Uferstraße wölbt. »Dort vorne«, erklärt Michal und geht voraus.

Mit gerunzelter Stirn folgt sie ihm. Rita kennt diesen Felsen; es ist *Libuses Bad,* der letzte Ausläufer der alten Burgbefestigung oben auf der Hochfeste. Sie wirft einen Blick nach links den Berg hinauf, wo sich die Mauern der uralten Feste über ihr erheben. Im schwachen Schimmer der Morgendämmerung kann sie sogar die Türme der Kirche erkennen, die dort oben in den Himmel ragen.

Eilig geht Rita weiter, Michal hinterher, der den Felsen schon fast erreicht hat. Rechts neben der Straße drückt sich ein breiter Turm gegen das Gestein, ein Überbleibsel uralter Tage – weit älter wohl als der Rest der historischen Neustadt. Michal hebt den Finger an den Mund, dann weist er zu dem Gemäuer hinauf.

»Dort drinnen wohnen sie«, sagt er leise, während er auf das schmale Tor deutet, das in den Turm hineinführt.

Rita mustert das abgeschlossene Gittertor. Das Innere des Gemäuers ist dunkel und verstaubt; es ist schwer zu glauben, dass hier irgendwelche verborgenen Schätze warten.

»Ich sehe keine Fledermäuse«, meint sie störrisch und schaut sich nach allen Seiten um.

»Sie sind noch draußen, auf der Jagd«, erklärt Michal in gedämpftem Ton. »Solange wir hier stehen, werden sie nicht hineinfliegen.«

Er weist auf den oberen Rand des Turms, von wo aus sich ein steinerner Befestigungsbogen am Felsen entlang über die Straße wölbt. Mit einem Lächeln blickt er Rita an.

»Bist du schwindelfrei?«

Hoch auf die Brüstung zu kommen, ist einfacher, als Rita es erwartet hat. Auf der linken Straßenseite, gegenüber von dem dicken Turm, führt ein bewachsener Abhang hinauf, gerade schräg genug, dass sie ihn mit etwas Mühe besteigen kann. Wieder ist sie dankbar für ihre festen Sandalen, während sie an Michals Seite zu dem gemauerten Steinbogen klettert. Er streckt seine Hand aus, um ihr hinaufzuhelfen, doch schnell hat sich Rita an den unebenen Untergrund gewöhnt und so erreicht sie das Gemäuer noch knapp vor ihm.

Mit einem erleichterten Seufzen steigt Rita über die Brüstung und setzt sich zwischen den steinernen Zinnen hin. Die Aussicht ist beeindruckend; von hier oben aus kann sie bis zu den Laternen auf der Karlsbrücke sehen. Aus dieser Perspektive hat Rita die Moldau mit den sich spiegelnden Lichtern der Kleinseite noch nie gesehen. Sie hebt den Kopf und spürt den Wind, der ihr durch die Haare fährt.

»Und nun?«, fragt sie, während Michal neben ihr auf die Umfriedung klettert.

Der lächelt ihr vielversprechend zu, dann weist er hinüber zu dem Turm auf der anderen Seite der Brüstung. Rita bemerkt, dass sich über dem alten Gemäuer ein zweites Türmchen erhebt, ein schmaleres Bauwerk mit engen Fenstern, die leer über Fluss und Uferpromenade hinausblicken. Und dort, zwischen den Fensterlöchern, erkennt sie ein unstetes Flattern, das den Turm wie eine Wolke umgibt.

Rita fährt sich über die Augen, um sicherzugehen, dass es nicht nur die Schatten der Müdigkeit sind. So etwas hat sie noch nie gesehen: Dutzende dunkler Schemen flattern durch die Luft, in rastlosen Schwaden, die den gesamten Turm einhüllen. Mit zittrigen Bewegungen lassen die Tiere sich fallen und ziehen wieder hinauf, in einem flattrigen, unvorhersehbaren Tanz, immer um die leeren Fenster des Türmchens herum.

»Das ist unglaublich«, flüstert Rita, und diesmal nickt Michal stumm.

Der Tanz der Fledermäuse ist anders als alles, was sie je beobachtet hat. Er hat wenig gemein mit den weiten Schwüngen eines Vogels oder dem zielgerichteten Summen der Insekten. Die huschenden Bewegungen erscheinen Rita wie zufällig und dabei doch genau kalkuliert. Immer wieder wirbeln die dunklen Schemen über den Fluss, sie flattern bis hinauf zur Turmspitze, nur um sich wieder herabfallen zu lassen – auf der Jagd nach einem unsichtbaren Insekt oder auch einfach zum Spaß.

Nach einiger Zeit ebbt das Spiel der Flatterwesen ab, eines nach dem anderen verschwinden sie in den Fenstern des Turms, um ihren Tanz bis zur nächsten Nacht ruhen zu lassen. Nun erst bemerkt Rita, dass sich das Licht von einem schmutzigen Graubraun zum violetten Schein der Morgendämmerung gewandelt hat. Sie seufzt auf und lehnt sich mit ausgestreckten Armen gegen den Felsen. Dabei fällt ihr Blick auf Michal und das Bild lässt sie beinahe auflachen: Mit offenem Mund hockt der junge Mann neben ihr, den Blick gebannt auf den Turm gerichtet, während seine Augen hinter den Brillengläsern weit aufgerissen sind. Er muss diesen Tanz schon unzählige Male beobachtet haben, und immer noch starrt er den Fledermäusen hinterher wie ein Kind, das am Heiligabend vor dem Gabentisch steht.

Rita merkt, wie ihr langsam die Augen zufallen – sie hat die ganze Nacht nicht geschlafen und die sanfte Ruhe der Morgendämmerung legt sich schwer auf ihre Glieder. Mit um die Beine geschlungenen Armen hockt sie auf dem Stein, den Oberkörper gegen Michals Arm gelehnt. Zum ersten Mal fällt ihr dabei auf, wie gut ihr eigentlich sein Duft gefällt. Es ist kein Parfum oder Aftershave, sondern Michals ganz eigener Geruch. Verträumt verzieht Rita die Lippen.

Im Westen senkt sich der Mond auf die Hügelkuppen, um hinter den waldigen Bergen zu versinken. Die Dunkelheit der Nacht ist verflogen, im schwachen Licht des Morgens sehen sie, wie die Kleinseite am anderen Ufer langsam erwacht. Es ist höchste Zeit, sich auf den Heimweg zu machen.

Mit einem leisen Räuspern reißt Rita ihren Begleiter aus seiner Erstarrung. »Was meinst du, wie viel Uhr wird es wohl sein?«

»Oh, ich weiß nicht …« Michal schaut sich um, als müsste er sich erst wieder in der Welt zurechtfinden. Gewohnheitsmäßig fahren seine Finger zu der Brille. »Vielleicht fünf oder sechs Uhr, denke ich. Wieso fragst du?«

Rita zieht eine Grimasse. »Na immerhin. Dann habe ich ja noch ein paar Stunden, ehe meine Schicht im Lokal beginnt.«

Die Feiertage sind am schlimmsten. Während die ganze Welt frei hat und durch die Stadt flaniert, muss Rita mit der Schürze um den Leib zwischen den Tischen hindurchhetzen, um die Gäste mit Essen und Trinken zu versorgen. Wie um diese Ungerechtigkeit wettzumachen, hat sie es sich seit Langem angewöhnt, jedes Wochenende zumindest einen Abend durchzufeiern. Schließlich ist sie am nächsten Morgen so oder so schlecht gelaunt, eine durchwachte Nacht kann daran kaum etwas ändern.

Aber als sie an diesem Karsamstag zwischen Innenraum und Terrasse hin und her eilt, die Arme voll gestapelter Teller und ein bemühtes Lächeln auf den Lippen, fällt ihr die Arbeit noch schwerer als gewöhnlich. Es ist, als würde sie eine Maske tragen, als müsste sie die ganze Zeit ihr wahres Gesicht verstecken. Der gläserne Füller steckt in ihrer Brusttasche, wo sie ihn bei jeder Bewegung spüren kann – auch wenn sie sich vorgenommen hat, das Instrument fürs Erste nicht mehr zu verwenden. Was auch immer an Luciáns Worten dran sein mag, in einer Sache hat er recht: Sie ist jetzt schon viel zu abhängig von dem Stift und seiner Wirkung. Allein deswegen scheint es ihr das Sinnvollste, sich bis auf Weiteres von dem dunklen Zauber zu lösen. *Nicht noch mehr Schulden ...*

Also reißt sie sich zusammen, lächelt den Menschen freundlich zu und schluckt jede patzige Antwort herunter. Auf ihrem Weg an der Theke vorbei bemerkt sie, wie ihr Chef ihr einen düsteren Blick zuwirft, und ihr wird heiß – was ist vorgestern über sie gekommen, ihn so vorzuführen? Sie wirft ihm ein Lächeln zu, das er mit starrer Miene beantwortet. Ohne ein Wort wendet er sich ab und überlässt Rita wieder dem Ansturm der Gäste.

Natálie kommt erst am frühen Nachmittag zur Arbeit. Eine Erklärung für die Verspätung liefert sie nicht, sie nickt Antonín nur zu und bindet sich die Schürze nachlässig um die Hüfte. Es ist nicht zu verkennen, dass sie heute gute Laune hat; ihre Wangen sind gerötet und ein zufriedenes Lächeln umspielt ihre Züge. Heute ist sie es, die den Kopf selbstbewusst erhoben trägt und sich nichts gefallen lässt, während Rita sie von der Seite mustert.

Ihre Schicht ist beinahe beendet, als es Rita gelingt, neben dem Tresen ein paar Worte mit ihrer Kollegin zu wechseln. »Hör mal«, meint sie zögerlich, »wegen gestern Abend …«

»Es war großartig, nicht wahr?« Natálies Augen strahlen, ihre Stimme überschlägt sich fast, während sie die dreckigen Gläser unter den Wasserstrahl hält. »Ich bin dir so dankbar, dass du mich mitgenommen hast!«

Rita antwortet nicht, sie beißt sich nur unsicher auf die Lippe. Luciáns Worte sind ihr noch allzu gegenwärtig. *Was glaubst du, auf wessen Einladung du hier am Karfreitag in der Unterwelt tanzt?*

»Sag mal, Natálie«, hebt sie erneut an, »du bist doch katholisch, oder? Also, du gehst regelmäßig zur Messe und so weiter …«

Die Frage klingt in ihren eigenen Ohren absurd – wann hat sie zuletzt ein ernsthaftes Gespräch zum Thema Religion geführt? Aber Natálie nickt nur knapp und sieht sie erwartungsvoll an.

»Na ja …« Rita räuspert sich. »Das gestern Abend, war das wirklich eine gute Idee? Am Karfreitag auf eine Party zu gehen …« Sie sieht Natálies gerunzelte Stirn und fügt eilig an: »Und was ist mit diesem Gebot? Von wegen *deines Nächsten Frau?*«

»Wegen der Sache mit Jan, meinst du?« Natálie hebt die Schultern. »Es ist ja nichts gelaufen zwischen uns. Und selbst wenn, dann hole ich mir dafür in der Beichte eben eine Rüge ab.«

Rita merkt auf. »Das mit der Beichte … Sag mal, wie funktioniert das eigentlich genau? Ein paar Worte und danach ist alles vergeben und vergessen?«

»Na ja … so in etwa.« Nun endlich wird Natálie ernst. Sie stellt das feuchte Glas beiseite und kraust die Stirn. »Wir haben Karsamstag … Heute Abend gehe ich zur Ostermesse und davor werde ich bei unserem Pfarrer zur Beichte gehen. Wenn ich ihm erzähle, was gestern geschehen ist, dann wird er mir dafür die Absolution erteilen – damit hat es sich dann erledigt.«

»So einfach ist das?« Rita wirft ihrer Freundin einen skeptischen Blick zu. Die Riten der katholischen Kirche waren ihr schon immer ein Rätsel.

Natálie hält inne. »Wie man es nimmt … Wenn ich dort in der engen Kammer knie und grübele, was für Sünden ich die letzten Wochen begangen habe, wird mir manchmal schon etwas anders. Ich nehme an, das ist in gewisser Weise Teil der Strafe. Und dann soll ich mir natürlich vornehmen, so etwas nie wieder zu machen.« Sie lächelt verschmitzt. »Das nehme ich mir ja auch immer ernsthaft vor …«

Nachdenklich klopft Rita mit ihren Fingern auf den Tresen. *So etwas nie wieder machen* – wahrscheinlich wäre das auch für sie kein schlechter Vorsatz. Wenn sich die vergangenen Tage nur nicht so gut angefühlt hätten …

Sie dankt Natálie für die Erklärung, dann verabschiedet sie sich von der Freundin und bindet ihre Schürze ab, um sich auf den Weg in den wohlverdienten Feierabend zu machen.

Draußen auf der Brücke hält Rita inne und blickt auf den

schmalen Bach hinab. Unwillig greift sie in die Tasche ihrer Bluse und zieht den Füller heraus. So ein unschuldiges Ding – was soll es bringen, ihre Schuldgefühle nun an diesem Glasstab auszulassen? Und doch spürt Rita, dass mehr an dem Füller ist, als es auf den ersten Blick erscheint.

Die Arme auf das Geländer gestützt, dreht sie das Instrument zwischen den Fingern. Soll sie es hinabwerfen? Was, wenn sie die Entscheidung hinterher bereut? Ärgerlich schüttelt sie den Kopf. Wie kann sie nur so abergläubisch sein? Entweder handelt es sich bei dem Füller um ein gewöhnliches Stück Glas – oder es steckt wirklich ein dunkler Zauber dahinter. Und wenn dem so wäre, sollte sie ihn wohl so schnell wie möglich loswerden.

Noch etwas länger klammern sich Ritas Finger um das Instrument – dann streckt sie den Arm über den Rand der Brücke und lässt den Füller hinab ins Wasser des Teufelsbachs fallen. Einen Moment lang sieht sie, wie die Wellen das rosafarbene Etwas mit sich tragen, dann ist der Füller verschwunden, verschlungen vom Wasser und den Schaufeln des Mühlrads.

Rita richtet sich auf und verlässt die Brücke. Es ist vollbracht – ob es nun klug war oder nicht, auf jeden Fall hat sie sich von dem Teufelsding befreit. In ihrer Brust spürt sie eine neue Erleichterung, während sie hinaus auf die Kampa wandert, unbeschwert und frei von allem Zauber.

Auf der Heimfahrt bleibt Rita auf Abstand. Achtlos blättert sie in einer Zeitschrift, die sie sich an irgendeinem Minimarkt gegriffen hat, und bemüht sich, keinem der anderen Fahrgäste besondere Aufmerksamkeit zu schenken. Dabei kehren ihre Gedanken immer wieder zu dem Gespräch mit Lucián zurück – zu seinen warnenden Worten.

Es ist Unfug, oder nicht? Es kann nicht sein, dass Rita einen Teufelspakt geschlossen hat – ihr Leben ist schließlich kein albernes Kindermärchen. Und doch ... Nur zu gut erinnert sie sich daran, wie es sich angefühlt hat, mit dem Füller zu zeichnen. *Ein dunkler Zauber,* das waren gestern noch ihre eigenen Gedanken gewesen. Woran sie sich nicht erinnert, ist, von wem sie das gläserne Instrument bekommen hat. Da war dieser Mann, Logos ... Aber sie ist sich fast sicher, dass nicht er ihr den Füller gegeben hat. Das war jemand anderes ... Geistesabwesend streicht Rita sich über den linken Unterarm, wo das aufgezeichnete Symbol langsam verblasst.

»He du«, klingt da eine Stimme von der nächsten Bank herüber. »Ich kenne dich doch!«

Rita hebt vorsichtig den Blick, gerade genug, um über den Rand des Magazins zu schauen – dann lässt sie den Kopf wieder sinken. Ihr Herz pocht wild in ihrer Brust. Es ist der fremde Kerl, der ihr am Dienstag auf der Straße gefolgt ist, an jenem Tag, als sie nur mit Luciáns Hilfe in die Kanalisation entkommen ist.

»Ich hab letztens nur mit dir reden wollen und du bist weggelaufen, als wäre der Teufel hinter dir her«, redet der Kerl vorwurfsvoll weiter.

Rita beißt sich auf die Lippe, den Blick immer noch gesenkt. *Wohl eher ich hinter dem Teufel,* denkt sie bei sich. In ihrer Kehle regt sich ein alter Groll, während sie sich an ihre Begegnung letzte Woche erinnert. Sie hat Todesängste ausgestanden, allein auf leerer Straße, nur weil dieser selbstgefällige Arsch sie nicht in Ruhe lassen konnte … Allein bei der Erinnerung zieht sich ihr Herz erneut zusammen.

»Sag mal, was soll der Scheiß? Ignorierst du mich etwa extra?«

Die Stimme wird drohender, doch Rita weigert sich, den fremden Mann anzusehen. Wie einen Schutzschild hält sie die Zeitschrift vor ihr Gesicht, mit starren Fingern und verkrampfter Miene. Unauffällig blickt sie sich um: Sie sind beinahe allein im Abteil, nur ein altes Mütterchen hockt drüben neben den Türen, die Hände um ihre Handtasche gekrallt.

»He, du! Blöde Schlampe.« Der Kerl ist aufgestanden und kommt direkt vor ihre Bank.

Immer noch hält Rita den Blick gesenkt. Ihre Zähne graben sich in die Lippe, die Finger klammern sich um das Magazin. Sie presst die Fingernägel in ihre Handballen, nur um sich davon abzuhalten, die Fassung zu verlieren. Nur noch ein wenig mehr und sie wird sich die Haut aufkratzen, wird den altvertrauten Schmerz fühlen, der ihr die Ruhe zurückgibt …

Da spürt sie zwischen ihren Fingern etwas Kühles, Glattes. Irritiert öffnet sie die Augen: In ihrer rechten Hand steckt der gläserne Füller, unschuldig, als wäre er nie irgendwo anders gewesen. Als hätte sie ihn nie in den Teufelsbach geworfen.

Rita bleckt die Zähne – dann also so. Mit einer knappen Bewegung senkt sie die Zeitschrift und blickt den unverschämten Kerl geradeheraus an. »Hör zu, Arschloch. Nur weil deine Freundin dich letzte Woche rausgeschmissen hat, musst du hier nicht den starken Mann markieren.«

»Woher weißt du …« Sein Gesicht verzieht sich zu einer wütenden Grimasse und für einen Moment bekommt Rita es mit der Angst zu tun – aber nein, von solch einem Waschlappen wird sie sich nichts mehr sagen lassen.

»Pass bloß auf«, zischt sie, während sie nun aufsteht, die Augen drohend verengt. »Wenn du mir noch einmal zu nahe kommst, dann verrate ich jedem, der es hören will, dass du sowieso keinen mehr hochbekommst.«

Die Worte lassen ihn zusammensacken. Mit mahlenden Zähnen steht er vor ihr, während die Metro knirschend anhält. Von der Seite sieht Rita, wie die alte Frau sie neugierig mustert. Dann öffnen sich die Türen und mit einem Fluch dreht sich der Mann um, um in dem leeren Bahnhof zu verschwinden.

Rita atmet schwer aus und lässt sich wieder auf die Bank sinken. Sie wirft das Magazin zur Seite und hebt die Hand mit dem Füller vor die Augen. Wo ist das gläserne Instrument nur hergekommen – wie von Zauberhand zurückgebracht, gerade als sie es gebraucht hat? Für einen Moment überlegt Rita, ob sie womöglich den Verstand verliert. Hat sie den Füller am Ende nie fortgeworfen?

Mit einem tiefen Seufzen lehnt sie sich auf ihrem Sitz zurück. Durch die Scheiben blickt sie zu der leeren Haltestelle hinüber, wo der Typ Hals über Kopf verschwunden ist, während sich die Metro nun langsam wieder in Bewegung setzt.

Rita dachte, sie würde ins Bett fallen, sobald sie ihre Wohnung erreicht hat. Aber bald stellt sich heraus, dass ihre wirren Gedanken da anderer Meinung sind – wieder und wieder kreisen sie um die letzten vierundzwanzig Stunden und lassen Rita einfach nicht zur Ruhe kommen.

Sie hat bemerkt, dass es nicht nur ihr erster Besuch in der Unterwelt ist, an den sie sich nicht mehr richtig erinnert. Auch die Erinnerung an die Feier am vergangenen Abend scheint verschleiert, als wären da dunkle Schatten, wie schlecht entwickelte Gestalten auf einem Foto. Es ist zum Verrücktwerden; als wollte sie sich einen Traum ins Gedächtnis rufen, der ihr immer mehr entgleitet, so sehr sie sich auch anstrengt, ihn zu greifen.

Endlich gibt sie den Kampf gegen die Unruhe auf und steht wieder auf. Sie will Party machen, allein, irgendwo ... Überall, nur nicht unten in der verfluchten Basilika. Also zieht sie sich an – ein hübsches Kleid, nicht zu kurz, mit hohem, stylischem Kragen. Als sie die Handtasche auf ihr Kopfkissen wirft, rollt der Füller heraus und kullert hinter dem Bett zu Boden. Umso besser, soll das vermaledeite Ding doch bleiben, wo der Pfeffer wächst. Mit einem grimmigen Lächeln auf den Lippen macht Rita sich auf den Weg in die Stadt.

Kaum eine Stunde vergeht, ehe der Füller zu ihr zurückfindet. Es ist in der ersten Bar, in der Rita sich einen Cocktail bestellt: Der Barkeeper fragt, ob sie wirklich einen *Old Fashioned* haben will oder ob er ihr nicht lieber etwas Süßeres mixen soll. Zwischen ihren Fingern spürt sie das gläserne Instrument, als wäre es schon immer dort gewesen, während sie ihm wie von selbst zuzischt: »Einen Drink wie die, mit denen du die jungen Frauen hier regelmäßig abfüllst? Dann kannst du mir auch gleich etwas Richtiges geben.«

Der unrasierte Kerl zuckt zusammen und beeilt sich, ihre Bestellung auszuführen, während Rita an die Bar gelehnt stehenbleibt, die Lippen grimmig verzogen. Der Füller zwischen ihren Fingern glänzt unschuldig, als wollte er sie leise verspotten.

Mehrere Stunden lang streift Rita durch die Altstadt. Ziellos wandert sie von einem Club zum nächsten, die Glieder angespannt, als würde sie von bösen Geistern getrieben. Wo sie auch aufschlägt, nirgendwo hält sie es lange aus; immer kommt irgendein Angeber daher, um sich zu ihr zu setzen oder ihr beim Tanzen ungefragt zu nahe zu kommen. Und immer ist es dasselbe: Ohne dass sie darüber nachdenken muss, jagt sie die Kerle davon, mit einem Wissen, auf das sie unmöglich von selbst gekommen sein kann.

»Du weißt, dass das sexuelle Belästigung ist, nicht wahr?«, meint sie beinahe freundlich zu einem Mann, der ihr beim Tanzen wie zufällig über den Po streicht. »Hast du nicht wegen genau diesem Scheiß letzten Monat deinen Job verloren?«

»Solltest du wirklich etwas trinken?«, fährt sie an der Bar einen Typen an, der ihr gegen ihren ausdrücklichen Willen einen Cocktail spendieren will. »Was würden deine Kinder sagen, wenn sie wüssten, dass du wieder säufst?«

Einer nach dem anderen rücken die Männer vor ihr ab, als stünde sie mit dem Teufel im Bunde – und vielleicht tut sie das ja auch. Dabei macht es ihr keinen Spaß, die aufdringlichen Gestalten abzuweisen. Die scharfen Worte bringen nicht die Befreiung, die sie noch vor wenigen Tagen versprochen haben. Heute Abend schmerzt es sie nur, zu sehen, wie einem Mann nach dem anderen das Gesicht entgleist, als sie seine verborgenen Geheimnisse an die Oberfläche zerrt.

Die Rathausuhr schlägt gerade Mitternacht, als sie die letzte Bar verlässt und vor dem kunstvollen Uhrwerk stehenbleibt. Sie sollte nach Hause gehen und sich ins Bett legen – sie hat seit anderthalb Tagen nicht geschlafen und morgen wartet im Lokal der Ostersonntagsandrang auf sie. Aber Rita kann sich nicht zum Heimweg entschließen. Was würde es auch bringen, wenn sie wieder mit offenen Augen im Dunkeln liegt, während die Gedanken wie Schatten um sie her flattern?

Stattdessen wendet sie sich nach rechts, hinüber zum Altstädter Ring. Tagsüber findet hier der große Ostermarkt statt, doch um diese Zeit künden nur ein paar verlassene Buden von dem bunten Treiben. Hinter den barocken Fassaden, die den Platz umstehen, ragen die Spitzen der Teynkirche in den Himmel. Rita schluckt, während ihre Füße sie zu dem Gebäude hinübertragen. Die gotischen Türme sind von innen beleuchtet, was ihnen ein unheimliches Aussehen verleiht, beinahe als würde die gesamte Kirche in Flammen stehen. Was hatte Natálie noch von der Osterbeichte erzählt? Bei ihrer Freundin hatte das so einfach geklungen ... ein paar gütige Worte des Pfarrers und alle Sünden sind dahingewaschen.

Über den weiten Platz und an den Vorbauten vorbei wandert Rita zu dem Kirchengebäude. Vorsichtig berührt sie die Klinke, fast sicher, dass sich die Pforte nicht einfach so öffnen wird. Doch ohne einen Laut senkt sich das Metall und das eisenbeschlagene Holztor schwingt nach innen auf. Unwillkürlich hält Rita den Atem an.

Vor ihr öffnet sich ein weiter Raum, schwach erleuchtet vom Schein Hunderter Kerzen, die überall auf den Bänken verteilt sind. Zwischen den Lichtern sitzen schemenhafte Gestalten, die Köpfe vor dem Altar gebeugt, wo ein gekreuzigter Körper leidend auf sie herniederblickt. Dunkles Gold glänzt an den Wänden und spiegelt das Licht der Kerzenflammen. Ein Raunen erfüllt das Gewölbe, ein Gesang aus hundert Kehlen, der eher an eine Beschwörung denn an ein Gebet erinnert.

Ein Schauer überfährt Rita. Sie weiß nicht, was sie sich von der Ostermesse erwartet hat, aber sicher nicht diese Ansammlung düster betender Gestalten. Hastig weicht sie zurück, hinaus in die nächtliche Kälte, aus der sie gerade erst gekommen ist.

Dröhnend schließt sich das Tor hinter ihr, während sie sich mit dem Rücken dagegen lehnt. Nein, hier wird sie keine Hilfe finden, so viel ist sicher. Aber wo dann? Sie braucht so dringend eine menschliche Stimme – jemanden, der ihr versichert, dass alles gut werden wird.

Mit zitternden Fingern zieht Rita das Handy aus ihrer Tasche. Sie kennt nur einen Menschen, den sie um diese Uhrzeit noch anrufen kann. Und wirklich klingelt es nur zweimal, ehe am anderen Ende der Leitung eine vorsichtige Stimme zu hören ist.

»Hallo? Wer ist da?«

»Hallo Michal«, antwortet Rita. »Sag, bist du noch unterwegs?«

Seite an Seite sitzen sie auf dem Turmplateau über der Moldau, eng aneinandergedrückt gegen die Kälte. Michal hat eine alte Wolldecke auf den Steinen ausgebreitet und eine zweite Decke hat er Rita um die Schultern geschlungen. So beobachten sie das nächtliche Getier, das unten am Ufer um die Felsen huscht.

»Siehst du das? Das war eine Wasserfledermaus. Die Mücken sammeln sich über dem Fluss und die Fledermäuse schnappen sie sich dann im Flug, direkt über der Oberfläche.« Michals Augen glänzen vor Begeisterung, während er auf die flatternden Schatten weist. »Nur ein einziges Mal habe ich gesehen, wie eine Fledermaus auf der Jagd in einen Teich gefallen ist. Ich wollte ihr natürlich sofort helfen, aber sie hatte gar kein Problem: Sie ist mit ihren breiten Flügeln gemütlich durchs Wasser geschwommen, als hätte sie es genauso geplant.«

Rita lächelt bei der Vorstellung und lehnt sich an Michals Schulter. Ihr ist, als wäre ihr ein Stein von der Brust gefallen – jetzt und hier fühlt sie sich geborgen, ohne dass sie sich gegen irgendeine düstere Kraft zur Wehr setzen muss. Beiläufig fragt sie sich, ob Michal wohl immer noch Interesse an ihr hat. Wenn ja, dann macht er ihr zumindest keine unerwünschten Avancen. Und wie sieht es bei ihr selbst aus? Hat sich ihre Einstellung zu dem unbeholfenen Burschen etwa geändert? Sie weiß es nicht zu sagen.

Wie ein sanfter Strom umfließen sie Michals Worte, seine Beschreibung der verschiedenen Fledermausarten, seine kindliche Begeisterung. Beiläufig lauscht Rita seiner Erzählung, während sie die nächtliche Landschaft betrachtet – das Band des

Flusses, über das sich leuchtend die Eisenbahnbrücke zieht, und dahinter die Prager Burg in ihrer österlichen Festbeleuchtung. Ein ferner Klang lässt sie aufhorchen: Über ihnen, auf der Hochfeste, beginnen die Kirchenglocken zu läuten. Dunkel und voll dringt das Osterläuten zu ihnen herab, ein bronzener Gesang, der sich über die Stadt ergießt.

»Sag«, hakt Rita in Michals Erklärungen ein, ohne ihn anzusehen, »bist du eigentlich gläubig?«

Michal hält inne, den Mund nachdenklich verzogen. Trotz der Dunkelheit kann Rita erkennen, dass die Frage ihm zu schaffen macht.

»Ich ... gehe nicht in die Kirche, wenn du das meinst.« Er kratzt sich am Nacken, den Blick hinaus auf die Stadt gerichtet. »Aber ja, ich würde sagen, dass ich an etwas glaube. Es fällt mir nur schwer zu sagen, woran genau.«

»Glaubst du an den Teufel?« Rita spürt, wie sich ihre Wangen bei der Frage erhitzen. Eilig fügt sie an: »Ich meine, dass man seine Seele verkaufen kann ... so etwas?«

Sie fühlt mehr, als sie sieht, wie Michal die Schultern hebt. »Keine Ahnung. Ich meine, es könnte schon sein ... Aber irgendwie kommt es mir albern vor – die Vorstellung, seine Seele zu verkaufen. Ich glaube nicht, dass meine Seele etwas ist, worüber ich so frei entscheiden kann.«

Rita bleibt stumm. Nachdenklich greift Michal sich einen losen Stein und klopft damit gegen die Mauer.

»Ich meine, stell dir das doch mal vor: Du schließt einen Pakt mit dem Teufel höchstpersönlich. Er bekommt deine Seele und du kriegst dafür – sagen wir mal, ewigen Reichtum und Macht. Und dann verwendest du all das Geld nur darauf, Gutes zu tun. Könnte ja sein, oder? Dann ist das doch sicher kein Grund, dafür in die Hölle zu kommen.« Er lässt den Stein in Richtung des Flusses fliegen und mit einem leisen Platschen versinkt der Kiesel in der Moldau. »Ich glaube, es kommt am Ende immer darauf an, was du selbst anstellst. Es geht um deine eigenen Taten ... und vielleicht auch um deine Intention. Aber solange du mit dem, was du tust, niemandem schadest ...«

Rita zuckt zusammen. Hoffnungsvoll hatte sie seinen Worten gelauscht, aber der letzte Satz bringt sie zurück auf den Boden der Tatsachen. *Niemandem schaden* – sie weiß nicht, ob sie das von ihrem Handeln der letzten Tage behaupten kann.

»Aber es ist doch nicht so einfach«, murmelt sie trotzig. »Es gibt doch Menschen, die eine Strafe verdient haben. Was ist mit denen?«

Noch einmal hebt Michal die Schultern. »Keine Ahnung. Können wir das wirklich selbst entscheiden?«

»Wenn nicht wir, wer dann?«, fragt Rita streitsüchtig nach. »Ist es nicht feige, die Verantwortung abzuschieben?«

»Vielleicht. Ich weiß es nicht.« Michal lässt sich auf die Decke zurücksinken und schaut in den Nachthimmel hinauf. Sein Ausdruck ist ernst, beinahe verloren, und zum ersten Mal hat Rita das Gefühl, mehr als einen unbeholfenen Jungen vor sich zu haben. Seufzend legt sie sich neben ihn und folgt seinem Blick, hoch zu dem Vollmond, der dort oben zwischen funkelnden Sternen thront. Mit einem Mal ist die Stimmung zwischen ihnen schwermütig, so als hätten ihre Worte eine unbekannte Kluft gerissen. Rita ärgert sich, dass sie das Thema überhaupt angesprochen hat – was soll es schon bringen, wenn sie Michal in ihre Grübeleien hineinzieht?

Vielleicht hat er ihren Gedankengang gespürt, jedenfalls richtet Michal sich wieder auf. Er weist auf einen etwa faustgroßen

Klumpen, der drüben in einem der leeren Turmfenster zwischen den Steinen klebt. »Schau dort, ein Mauersegler-Nest.« Die Worte klingen gedämpft. »Es ist fast fertig – sie müssen schon seit ein paar Tagen daran bauen. Letzte Nacht habe ich es gar nicht bemerkt.«

Dankbar für den Themenwechsel folgt Rita seinem Blick. »Stimmt, ich sehe es auch. Im zweiten Fenster, oder?« Unwillkürlich hat sich ihre Stimme dem ehrfürchtigen Tonfall angepasst. Sie lächelt. »Was meinst du, lebt da drinnen schon jemand?«

»Schwer zu sagen ... Wenn das Nest dafür stabil genug ist, warum nicht. Weißt du übrigens, wie lange Mauersegler fliegen können?« Rita verzieht schon das Gesicht in Erwartung eines weiteren unsäglichen Witzes, aber da fährt Michal in begeistertem Tonfall fort: »Neun Monate – stell dir das vor! Sie bleiben das ganze Jahr über in der Luft, sie schlafen und paaren sich sogar beim Fliegen!«

»Der Wahnsinn«, erwidert Rita und sie weiß selbst kaum, ob sie die Worte ironisch meint oder nicht. Mit einem unterdrückten Gähnen lehnt sie sich gegen die Steinwand, das Gesicht zu Michal gewandt. »Sag mal«, hebt sie an, wobei sie ihre Worte mit Bedacht wählt, »das mit den albernen Witzen – warum machst du das?«

»Oh, das ...« Michal rutscht hin und her, den Blick abgewandt. Er zuckt mit den Schultern. »Das ist so eine dumme Angewohnheit von mir. Als ich klein war, habe ich Tierwitze geliebt. Ich weiß ja selbst, dass die meisten ziemlich dämlich sind. Aber wenn ich aufgeregt bin, dann suche ich eben nach irgendeinem Thema – und im Zweifel kommt dann ein schlechter Witz heraus.« Mit einer verlegenen Grimasse sieht er Rita an. »Meistens macht es alles nur noch schlimmer. Aber was soll ich tun?«

»Es ist schon gut … So schlimm sind die Witze ja gar nicht.« Rita bemüht sich um ein Lächeln, dann nickt sie wieder hinauf zu dem Vogelnest. »Neun Monate in der Luft, hm? Das klingt nach einer ziemlich langen Zeit.«

»Das kannst du laut sagen«, fährt Michal erleichtert ein. »Nur im Frühling gönnen sie sich eine Auszeit, um ihr Nest zu bauen und ihre Kinder aufzuziehen. Das Weibchen brütet die Eier aus, während das Männchen sie mit Futter versorgt. Und danach kümmern sich beide gemeinsam um die Jungtiere.«

Verträumt hört Rita zu, wie Michal weiter begeistert von den Vögeln berichtet. Wie fortgewischt ist sein übliches Gestottere und auch an seiner Brille hat er nicht ein Mal herumgeschoben. Es ist nicht zu verkennen, dass er sich ganz in seinem Element fühlt – hier oben auf der Mauer, während er Fledermäuse und anderes Nachtgetier beobachtet. Der Anblick treibt Rita ein Schmunzeln auf die Wangen.

Mit einem tiefen Seufzen lässt sie sich an Michals Seite sinken und verschränkt ihre Finger in seinen. Er erzählt weiter vom Liebesleben der Mauersegler; davon, dass sie in ihrem Winterquartier nach ihren alten Partnern suchen, um dann im Frühling gemeinsam zurückzufliegen und ein neues Nest zu bauen. Rita hört ihm nur mit halbem Ohr zu. Nun endlich werden ihre Augen schwer und ein leises Gähnen dringt aus ihrem Mund.

Warm und sicher in Michals Decke gewickelt, den Kopf auf seiner Schulter, lässt sie sich schließlich von der Müdigkeit dahintragen und schläft ein.

Der Ostersonntag ist warm und sonnig, sodass die Terrasse vor der alten Mühle bald bis auf den letzten Platz gefüllt ist. Mit fahrigen Bewegungen bemüht sich Rita, die Gäste zu bedienen und keine der Bestellungen zu verwechseln. Zumindest hat sie heute Nacht etwas Schlaf gefunden – erst eine Weile an Michals Seite, dann, als er sie nach Hause gebracht hat, noch ein paar Stunden in ihrem eigenen Bett. Es ist ein Glück, denn sonst würde sie das hier wohl kaum überstehen. Von allen Seiten wird sie gerufen, die Leute möchten bestellen, sie fragen nach ihren Getränken, ihrem Essen, wollen so schnell wie möglich bezahlen, ehe die Nächsten ihren Platz einnehmen ... Am frühen Nachmittag weiß Rita nicht mehr, wo ihr der Kopf steht. Der einzige Vorteil daran ist, dass sie kaum Gelegenheit hat, den Groll über die paar wirklich unverschämten Besucher überkochen zu lassen. Nur zweimal hat sie einen gar zu dreisten Gast angefahren und sogar ihre bissige Bemerkung gegen den unfreundlichen Koch hat sie heruntergeschluckt.

Nach den Erlebnissen der letzten Tage gar keine so schlechte Quote.

»Entschuldigen Sie ... Können Sie mir helfen?«

Rita fährt herum, um den Neuankömmling abzuwimmeln, der dort am Eingang neben der Brücke steht. »Es tut mir leid«, erklärt sie müde, »Sie sehen, wir sind gerade übervoll ...«

»Ehrlich gesagt, darum geht es mir gar nicht.« Der Mann schenkt ihr ein flehendes Lächeln. »Es ist nur ... Sie kennen doch Natálie, oder? Ich bin ihr Ehemann. Könnten Sie ihr vielleicht sagen, dass ich hier bin und auf sie warte?«

Jetzt erst nimmt Rita sich die Zeit, den Fremden genauer in Augenschein zu nehmen. Er sieht nicht schlecht aus, ganz und gar nicht. Die gegelten Haare rahmen ein Gesicht ein, das ihr auch aus einem Kleiderkatalog entgegenschauen könnte. Trotz der Hitze hat er sich in einen dunklen Anzug geworfen und in der Hand trägt er einen riesigen Strauß roter und weißer Rosen, den er nachlässig nach unten hängen lässt.

Die extravaganten Blumen, die überdeutlich nach Schuldgefühl riechen, reißen Rita aus ihrer Erschöpfung. »Ich würde Ihnen ja gerne helfen«, sagt sie mit einem knappen Lächeln, »aber ich glaube nicht, dass Natálie Sie zurzeit sehen möchte.« Sie ist nicht hundertprozentig sicher, ob diese Aussage so stimmt, doch nach dem, was Natálie von ihrem Ehemann erzählt hat, nimmt Rita sich diese Freiheit einfach heraus.

Der Blick des Mannes verdüstert sich, der Arm mit den Rosen sinkt noch weiter hinab. »Das kann ich verstehen«, erwidert er, einen bittenden Zug auf den Lippen. »Aber vielleicht ... vielleicht können Sie ihr die Blumen ja von mir geben? Sehen Sie, wir haben gerade ein paar Probleme ... Wenn ich ehrlich sein soll, läuft es zurzeit nicht so gut zwischen uns.« Er hebt die Schultern und lächelt verlegen. »Wissen Sie, Natálie hat mich hinausgeworfen, ohne irgendeine Warnung. Ich weiß gar nicht, wie sie darauf gekommen ist ... Und jetzt geht sie nicht einmal mehr an ihr Handy.«

Rita zögert. Natálie hat also ihren Rat befolgt und den Ehemann hinausgeworfen? Seltsam, dass sie davon gar nichts erzählt hat. Und nun steht der Kerl da wie ein begossener Pudel, den Rosenstrauß hilflos in der Hand ... Bei dem Anblick kann Rita nicht verhindern, dass sie ein Funken Mitleid überkommt, gepaart mit einem Anflug von schlechtem Gewissen.

Seufzend greift sie nach den Blumen. »Also gut, geben Sie schon her. Ich werde Natálie Bescheid sagen. Auch wenn ich wirklich nicht glaube ...«

»Vielen Dank«, unterbricht der Mann sie da schon, »das ist furchtbar freundlich von Ihnen!« Auf einen Schlag ist die Trauer aus seinem Blick vergangen; zufrieden drückt er Rita den Strauß in die Hand.

»Es ist gar keine Nachricht daran ...« Mit gekrauster Stirn dreht sie den übergroßen Strauß zwischen den Händen.

»Oh, sagen Sie ihr einfach, dass er von mir kommt ... von Teodor.« Der Fremde zwinkert ihr zu. »Teo für Sie, wenn Sie erlauben.« Damit wendet er sich um und geht mit weiten Schritten über die Brücke davon, während es an Rita bleibt, den prachtvollen Rosenstrauß an Natálie weiterzureichen.

»Schmeiß sie weg.« Mit harten Bewegungen wischt Natálie den Tisch am Rand der Terrasse ab, ohne die Blumen auch nur eines Blickes zu würdigen.

Rita verzieht den Mund. Etwa so einen Empfang hatte sie sich für den protzigen Strauß vorgestellt.

»Du hast ihn wirklich vor die Tür gesetzt«, hebt sie an, während sie sich auf der Terrasse nach einem Mülleimer umschaut, der groß genug für die Rosen wäre.

»Du hattest recht, das hätte ich schon längst tun sollen.« Ihre Freundin zieht das Handy aus der Rocktasche. »Schau dir das an. Als Nächstes brauche ich eine neue Telefonnummer!«

Auf dem Display sieht Rita eine Reihe eingegangener Anrufe, allesamt unbeantwortet. Sie nimmt an, dass es Teodors Nummer ist, die ihr dort zehnfach entgegenprangt – ein Name steht nicht daneben. Offenbar hat Natálie ihren Mann bereits aus dem Handy gelöscht.

Natálie steckt das Handy wieder ein, dann greift sie nach dem Lappen und lässt ihre Wut an dem schmutzigen Holz aus. »Ich habe endgültig genug von den lahmen Ausreden. ›Aber Natálie, du verstehst das falsch‹ – am liebsten würde er mir weismachen, dass ich mir alles nur einbilde.«

Betroffen blickt Rita ihre Freundin an, den Blumenstrauß immer noch in der Hand. »Du willst ihn jetzt also wirklich verlassen?« Sie wundert sich selbst darüber, wie zögerlich sie bei diesen Worten klingt. Seit Wochen hat Natálie ihr nun davon erzählt, dass ihr Mann sie betrügt – sie selbst hat der Freundin geraten, den Schürzenjäger endlich rauszuschmeißen. Aber dass

Natálie gerade jetzt, zwei Tage nach ihrem Abend in der Alten Basilika, diesen Entschluss fasst, verschafft Rita ein unangenehmes Gefühl in der Magengegend.

Zu gut weiß sie, wie sie selbst seit einigen Tagen jedem Mann gegenübertritt.

»Und ob ich das will. Soll Teodor sich bloß nicht einbilden, dass ich ohne ihn verloren wäre!« Heftig stellt Natálie die Vase zurück auf den Tisch, sodass Rita sich wundert, wie das Porzellan diesen Umgang überlebt. »Und jetzt tu endlich diese blöden Blumen weg!« Sie reißt Rita den Strauß aus den Fingern und pfeffert ihn über die Brüstung in den Bach. Dann schnappt sie sich den Wischlappen und marschiert zurück ins Lokal.

Rita steht stumm neben dem abgewischten Tisch und sieht hinab auf die Blumen, die unten im Wasser treiben. Die Köpfe der Rosen winden sich in der Strömung, als wüssten sie nicht, wie sie zu solcher Schmach gekommen sind. Sie hat ihn also verlassen – eigentlich sollte Rita froh sein über diese Entwicklung. Und doch ...

Was, wenn es nicht Natálie selbst ist, die da spricht? Oder zumindest nicht sie allein? Was, wenn sie beide seit ihrem Ausflug in die Unterwelt verflucht sind – behaftet mit einem Makel, der sie zu rachsüchtigen Zerrbildern ihrer selbst werden lässt? Zugegeben, Rita fühlt sich nicht sonderlich verflucht ... Aber wäre es nicht genau das, was solch ein Zauber erreichen wollte? Ein Schauder überkommt sie. Und sie selbst hat Natálie erst hinuntergeführt – damit ist sie wohl verantwortlich für alles, was ihre Freundin nun treibt.

»Entschuldigen Sie ... Ist hier wohl noch ein Platz frei?«

Irritiert blickt Rita auf – und ein breites Lächeln legt sich auf ihr Gesicht. »Michal!« Sie war so in Gedanken versunken, dass sie gar nicht bemerkt hat, wie der Freund auf die Terrasse gekommen ist. »Aber natürlich, setz dich nur hin«, beeilt sie sich zu sagen. »Natálie kümmert sich heute um die Terrasse, ich werde ihr gleich Bescheid geben.«

»Hetz dich nicht«, antwortet Michal mit einem freundlichen Grinsen. »Ich dachte nur, wenn du schon am Ostersonntag arbeiten musst, dann kann ich genauso gut zu dir kommen.« Er nimmt an dem Tisch Platz und sein Blick fällt auf die Blumen, die gerade unter dem Mühlrad verschwinden. »Oder bin ich vielleicht gar nicht der erste Besucher, der dir heute die Aufwartung macht?«

»Ach was, das ist nur ... Achte gar nicht darauf.«

Mit einer Handbewegung tut Rita die forttreibenden Blumen ab, dann nickt sie Michal noch einmal zu und macht sich auf den Weg ins Lokal. Dabei läuft sie an Natálie vorbei, die gerade auf die Terrasse tritt.

»Ein neuer Gast. Kümmerst du dich um ihn?«

»Ach, der schon wieder ...« Natálie seufzt auf. »Läuft dieser komische Typ dir nicht schon seit Wochen hinterher?«

»Schon, aber ...« Ritas Wangen werden heiß. Etwas hat sich geändert an der Art, wie sie Michal betrachtet. Was genau den Unterschied ausmacht, kann sie selbst kaum erklären – vielleicht ist es auch nur, dass sie seine seltsame Art nun richtig einschätzt und weiß, was er mit den ungeschickten Sprüchen sagen will. Sie hebt die Schultern. »Jetzt ist es etwas anderes.«

»Wie du meinst.« Gleichgültig geht Natálie zu dem Tisch hinüber, während Rita sich beeilt, die Bierkrüge zu holen, auf die ihre Gäste drüben im Innenraum schon allzu lange warten.

Während Rita die hungrige Schar mit Essen und Getränken versorgt, während sie Geschirr abräumt und Rechnungen verteilt, wandert ihr Blick immer wieder zu Michal hinaus, der drüben am Rand der Terrasse sitzt. Auch er schaut durch die Tür zu ihr herein, sodass sich ihre Blicke hin und wieder begegnen. Rita muss ein Grinsen unterdrücken. Erst anderthalb Wochen ist es her, dass Michal sie gefragt hat, ob sie nicht mit ihm ausgehen möchte – begleitet von irgendeinem unsäglichen Spruch, der wohl als Eisbrecher fungieren sollte. Heute könnte sie nicht einmal sagen, warum sie ihm damals überhaupt eine Chance gegeben hat. Und nach jenem kurzen Date war sie sicher gewesen, dass sie ihn nie wieder treffen wollte.

Und nun ...

Noch einmal schaut sie hinüber, gerade rechtzeitig, um zu sehen, wie Michal mit einer ungeschickten Bewegung den Tomatensaft umschüttet. Erschrocken blickt er sich um, dann greift er nach den Servietten, um die Überschwemmung so weit wie möglich einzudämmen. Rita will sich vom Tresen einen Lappen holen, doch ehe sie hinübereilen kann, ruft der ältere Herr am Nachbartisch sie zu sich. Dann muss sich eben Natálie um die Bescherung da draußen kümmern.

Während sie zu dem Nachbartisch hinübergeht, schüttelt Rita lächelnd den Kopf. Michals Ungeschicktheit, die sie noch vor wenigen Tagen wahnsinnig gemacht hat, wirkt mit einem Mal geradezu knuffig.

Als Rita den älteren Herrn mit einem Glas Wein versorgt hat, ist Natálie bereits hinausgeeilt, um draußen sauberzumachen. Mit knappen Bewegungen wischt sie den Saft zusammen, in ihrer Miene eine schlecht verhohlene Ungeduld. Michals Wangen haben eine Farbe angenommen, die dem Tomatensaft kaum nachsteht, und nervös schiebt er sich die Brille auf der Nase zurecht.

»Es … Das tut mir wirklich leid«, hört Rita ihn stammeln.

Er bemüht sich, ihr mit der Serviette zu helfen – mit dem Ergebnis, dass sich ein Nebenstrom des Safts nun über Natálies weiße Schürze ergießt. Ihr enerviertes Schnauben ist bis zu Rita herein zu hören.

»Oh nein, entschuldigen Sie bitte!« Michals Gesicht ist nun so purpurrot wie der Tomatenfleck auf Natálies Schürze. Er will sich ihr mit der Serviette nähern, doch Natálie schlägt seine Hand barsch beiseite. Vor Verlegenheit verhaspeln sich seine Worte: »Jetzt sieht es beinahe aus wie … also, ich meine, na ja … Das erinnert mich an einen dummen Witz. Was macht eine Elefantenkuh, wenn sie ihre Tage hat?« Schüchtern blickt er an Natálies fülliger Gestalt empor. »Sie setzt sich auf ein Schaf.«

Rita verzieht das Gesicht. Wie kann Michal so einen Witz gerade Natálie gegenüber bringen – hat er denn überhaupt kein Taktgefühl? Eilig stellt sie das Tablett ab, um hinauszulaufen und die Wogen zu glätten, da schallt Natálies Stimme schon schneidend über die Terrasse.

»Du unverschämte Rotznase! Was erlaubst du dir eigentlich?«

Wie erstarrt bleibt Rita stehen. Hilflos sieht sie nach draußen, wo ihre Freundin sich nun vor Michal aufgebaut hat, den Kopf erhoben und die Hände zu Fäusten geballt.

»Wen nennst du hier eine Elefantenkuh? So eine Frechheit muss ich mir nicht bieten lassen – schon gar nicht von einem Grünschnabel wie dir, der selbst noch nie bei einer Frau gelandet ist! Aber dreckige Witze auf Kosten anderer reißen, was?« Sie beugt sich zu ihm hinüber. »Lern du erstmal, ohne das ewige Gestottere vernünftig mit anderen Menschen zu reden!«

Es ist, als würde Rita untätig einen Verkehrsunfall beobachten.

Auch der letzte Gast auf der Terrasse hat nun den Kopf gewendet, um zu sehen, was da für solch einen Ausbruch gesorgt hat – oder besser, wer. Michal sitzt vor seinem rotbenetzten Tisch, als wäre er festgefroren. Die Hitze ist aus seinen Wangen gewichen; bleich wie Schnee sieht er zu Natálie auf, die sich wie ein Rachedämon vor ihm erhebt.

Auf wackeligen Beinen stakst Rita nach draußen, hin zu der Szene des Dramas. Sie will etwas sagen, will Natálie besänftigen oder Michal ein paar freundliche Worte schenken, doch ihre Zunge liegt wie Blei in ihrem Mund. Vielleicht ist es, weil sie Natálie nur allzu gut verstehen kann – weil sie genau weiß, wie es sich anfühlt, einen dummen Witz nach dem anderen über sich ergehen zu lassen. Mit einem Mal scheint es ihr unmöglich, auch nur ein Wort zu Michals Gunsten herauszubringen.

»Ich … es tut mir leid.« Mit steifen Bewegungen kämpft Michal sich von seinem Stuhl hoch. Sein Blick weicht dem von Natálie aus. »Ich wollte nicht …«

Nun endlich tritt Rita zu ihm hinüber, doch da hat er sich schon abgewandt. Fahrig zieht er ein paar Geldstücke aus der Hose und legt sie auf den Tisch. Dann stolpert er an ihr vorbei aus dem Lokal, ohne sich noch einmal umzusehen.

Unbeherrscht wendet sich Rita zu Natálie um. »War das wirklich nötig?«, fragt sie. Ihre Stimme zittert bei den Worten.

»Hast du gehört, was der Kerl gesagt hat?« Natálie sieht sie grimmig an; offenbar ist ihr Zorn noch lange nicht verraucht. Sie weist auf ihre rotverschmierte Schürze. »Ich habe es satt, mir solche Unverschämtheiten einfach gefallen zu lassen. Jetzt ist Schluss damit. Hast du mir das nicht letzte Woche selbst geraten?«

Rita öffnet den Mund, dann schließt sie die Lippen wieder.

Ihr fällt nichts ein, was sie Natálie entgegensetzen könnte. Genau das hat sie während der letzten Tage getan – unflätige Kerle auf ihren Platz verwiesen; sich selbst und ihre Gesundheit vor all den Widerlingen da draußen geschützt. In Notwehr ist schließlich alles erlaubt, oder nicht?

Das Bild des gedemütigten Michal dringt vor ihr inneres Auge – der zusammengepresste Mund, seine Augen, die hinter der Brille in Schockstarre aufgerissen sind. Bei der Erinnerung wird ihr übel. Ohne weiter auf Natálie einzugehen, stapft sie hinein ins Lokal, wo sie ihre Schürze neben dem Tresen über einen Stuhl hängt.

»Es tut mir leid, ich muss nach Hause«, murmelt sie an den Chef gewandt, der gerade aus der Küche tritt. »Mir geht es nicht gut ... Es tut mir leid.«

Sie erwartet, dass der Mann wütend wird, dass er sie anfährt dafür, dass sie das Lokal am Ostersonntag ohne Vorwarnung im Stich lassen will. Doch er nickt nur knapp, wobei er ihren Blick spürbar meidet. Rita erinnert sich daran, was sie zwei Tage zuvor zu ihm gesagt hat, und die Übelkeit in ihrem Magen breitet sich weiter aus.

Ohne noch etwas zu sagen, huscht sie aus dem Lokal hinaus, über den Bach auf die Wiese, um nach Michal zu suchen. Zu spät; von ihrem Freund ist keine Spur mehr zu sehen. Und Rita weiß noch nicht einmal, wo Michal wohnt. Soll sie versuchen, die umliegenden Straßen abzuklappern, um ihn zu finden? Aber selbst wenn, was soll sie ihm sagen? Dass sie ihm nicht zu Hilfe gekommen ist, weil sein Spruch wirklich allzu ungeschickt gewählt war?

Rita seufzt auf. Mit hängenden Schultern wandert sie über die Wiese, hinüber zur Moldau, die mit trägem Strom an der Kampa entlangfließt. Nachdenklich setzt sie sich an die Uferböschung und fährt mit den Händen durch das Wasser, um sich Hals und Kopf zu benetzen. Dann hebt sie den Blick und schaut nach Osten, zur Prager Neustadt mit ihren breiten Häusern und den spitzen Giebeln. Drüben, auf der anderen Seite der Uferpromenaden, ist sie vor noch nicht einer Woche in die Kanalisation hinabgestiegen – dort hat ihr ganzes Unglück erst angefangen. Wenn es denn wirklich ein Unglück war.

Und nun?

Ihr Blick wandert weiter, hoch zu dem Hügel, der sich über dem Wasser erhebt. In ihrem Kopf klingen die Worte wider, die Lucián zu ihr gesprochen hat: *Wenn du mich suchst, komm hinauf zur Hochfeste.*

Entschlossen steht sie auf und wendet sich flussaufwärts, hinüber zur nächsten Straßenbahnstation. Sie muss mit jemandem reden – irgendjemandem, der diese ganze Sache besser durchdringt als sie. Und Lucián scheint dafür geeigneter als jeder andere. Also wird sie ihren zweifachen Retter aufsuchen und ihn bitten, ihr ein drittes Mal zu helfen.

Erst in der Bahn beschließt Rita, zuerst einmal nach Hause zu fahren. Sie ist verschwitzt und noch für die Arbeit gekleidet. Aus irgendeinem Grund scheint ihr der knappe Rock unpassend für das Gespräch mit Lucián – sie möchte ihm lieber in ordentlicher Aufmachung entgegentreten; ganz so, als müsste sie einen guten Eindruck auf ihn machen. Also lässt sie sich nun von der Metro nach Süden tragen, hinaus zu ihrer Wohnung.

Der Hausflur riecht nach einer Mischung aus Essensdüften, die auf Rita zugleich lecker und abschreckend wirkt – die Kombination zu vieler Osterbraten, die in den verschiedenen Wohnungen gerichtet werden. Eilig stapft sie die Treppe hinauf in den zweiten Stock. Da erklingt über ihr das vertraute Öffnen der Tür und ein Schwall von Rosenkohlduft ergießt sich ins Treppenhaus.

»Ah, die Frau Černá!«, tönt es von oben herab. Rita muss nicht hochblicken, um zu wissen, wie ihre Vermieterin dasteht, die Arme auf das Treppengeländer gestützt und den Oberkörper weit nach vorne gelehnt. »Ich dachte, Sie müssten sonntags immer lange arbeiten?«

»Heute nicht«, murmelt Rita knapp. Noch eine halbe Treppe trennt sie von ihrer Wohnung. Sie hätte gut Lust, einfach weiterzugehen und die alte Vettel dort oben stehenzulassen.

»Soso, verstehe.« Rita kann das Naserümpfen geradezu in der Stimme der Frau hören. »Sehen Sie, ich frage das auch nicht zum Spaß. Aber ich muss ja Bescheid wissen, wann die Leute hier zuhause sind und wann nicht. Schließlich bin ich am Ende verantwortlich!« Ein lautes Knarren der Holzdielen unterstreicht ihre Worte. Die Vermieterin richtet sich offenbar auf, wie zum Zeichen, dass die Befragung beendet ist.

Mit einem stummen Seufzen schickt Rita sich an, weiter hinaufzusteigen.

»Also dann, Frau Černá, einen schönen Sonntag«, klingt es noch einmal herunter. »Und denken Sie an die Mülltonne, ja? Vorgestern war sie schon wieder überfüllt.«

Rita hält inne. Sie atmet tief ein, dann schaut sie hinauf, die Augenbrauen zusammengezogen. Mit scharfem Blick mustert sie die Vermieterin, wie sie dort über dem Geländer lehnt, immer nur einen Schubs davon entfernt, ihr Gleichgewicht zu verlieren. Ohne dass sie etwas dagegen tun kann, öffnet Rita den Mund und wirft ihr mit gebleckten Zähnen entgegen: »Es wäre auch einfacher, die Tonne zu füllen, wenn Sie Ihre leeren Weinflaschen nicht immer unter den Kartons verstecken würden!«

Ein Keuchen ist von oben zu hören, wie das letzte Japsen eines sterbenden Köters. »Was ... was erlauben Sie sich ...« Die Stimme der Vermieterin überschlägt sich vor Empörung. Rita sieht, wie sich die Frau an dem Geländer hochstemmt, sie hört das protestierende Ächzen des Holzes – dann klingt ein Bersten durch das Treppenhaus. Knarrend brechen die Holzstreben unter dem Gewicht der breiten Frau zusammen.

Reglos sieht Rita zu, wie die splitternden Stäbe des Treppengeländers wie in Zeitlupe an ihr vorbei in die Tiefe stürzen. Das Gesicht der Vermieterin verzieht sich zu einer Maske des Entsetzens, als sie sich so plötzlich ihrer Stütze beraubt sieht. Sie reißt die Hände nach oben, in einem verzweifelten Kampf um ihr Gleichgewicht – umsonst. Ihre Füße verlieren den Halt, die Arme in den geblümten Ärmeln drehen sich hilflos wie

Windmühlenflügel, während Frau Kučerová nach vorne kippt und über den Rand der Treppenstufen stürzt.

Rita betrachtet die Szene mit einer Mischung aus Faszination und Entsetzen. Die Lippen zu einem stummen Schrei verzogen, fällt die Frau an ihr vorbei ins Erdgeschoss, wo die Reste des Holzgeländers bereits krachend aufgeschlagen sind. Einen Augenblick später ist ein dumpfer Schlag zu hören, als die Vermieterin ihrem zerschmetterten Handlauf folgt. Rita eilt zur Brüstung, um mit angehaltenem Atem hinabzuschauen: Dort unten liegt Frau Kučerová auf dem Boden, die Augen verdreht, während sich ihr Mund immer noch lautlos öffnet und schließt.

Die Luft im Krankenhaus ist stickig und riecht nach Desinfektionsmittel. Rita sitzt neben der Rezeption, den Kopf gegen die Wand gelehnt und die Augen geschlossen. Auf ihrem Schoß liegt irgendein albernes Magazin, von dem sie nicht eine Seite gelesen hat. Ihre Hände sind verkrampft, schmerzhaft beißt sie sich auf die Unterlippe.

Was ist vorhin im Hausflur nur geschehen?

Die Frage ist nicht, was passiert ist – das weiß Rita gut genug. Wieder und wieder sieht sie die Szene vor sich: wie die alten Balken krachen, wie die Vermieterin das Gleichgewicht verliert und hinunterstürzt ... Genau so, wie Rita es sich schon mehr als einmal vorgestellt hat.

Wie sie es sich *gewünscht* hat.

Rita schüttelt den Kopf – das ist doch zu albern. Es war ein Unfall, mehr nicht. Schließlich hat nicht sie das Geländer zum Einsturz gebracht.

Nein, sie hat die Frau nur mit ihren Worten dazu angestachelt, sich stärker aufzuregen, sich noch weiter über das altersschwache Holz zu lehnen ... Übelkeit flammt in ihrem Magen auf, gefolgt von Schwindel. Rita ist dankbar, dass sie selbst sich gerade auf festem Boden befindet.

»Entschuldigen Sie? Sie hatten doch Frau Kučerová hierher begleitet?«

Hastig legt Rita das Magazin beiseite. Sie hebt den Kopf und zwingt sich, den Mann zu fokussieren, der da im Pflegergewand vor ihr steht.

»Ich habe gute Nachrichten: Ihrer Freundin geht es bereits

wieder besser. Sie hat sich ein paar Brüche zugezogen, aber ansonsten ist ihr Zustand stabil. Offenbar hatte sie einen guten Schutzengel – bei einem Sturz aus einer solchen Höhe haben wir schon ganz andere Sachen erlebt. Seit ein paar Minuten ist sie sogar wieder ansprechbar. Ich dachte, das sollten Sie wissen.« Der Pfleger lächelt ihr zu, zufrieden ob seiner Hilfsbereitschaft.

Mit einem erleichterten Seufzen lehnt sich Rita zurück. Frau Kučerová geht es den Umständen entsprechend gut ... was für ein Glück. Sie hat sich schon Sorgen gemacht, dass – aber nein. Trotz allen Unglücks ist am Ende doch nichts Schlimmeres geschehen.

»Wenn Sie möchten, können Sie Ihre Freundin jetzt besuchen.« Mit ausgestrecktem Arm weist der Pfleger den Gang entlang, dorthin, wo sie Frau Kučerová fast zwei Stunden zuvor hineingefahren haben.

»Sie meinen ...« Rita hält inne. Ihre Vermieterin besuchen – daran hat sie gar nicht gedacht. Aber warum eigentlich nicht? So hätte sie die Möglichkeit, sich persönlich für alles zu entschuldigen, was in den letzten Tagen geschehen ist. Sich quasi eine Absolution zu holen ... Das würde ihr nun mit Sicherheit helfen.

»Natürlich, ich komme mit«, sagt sie eilig. »Geben Sie mir nur einen Moment.« Sie greift nach ihrer Tasche und erhebt sich, um dem Pfleger in den Krankenflügel zu folgen.

Schwer atmend liegt Frau Kučerová in ihrem weißen Bett, umgeben von elektronischen Geräten. Der Anblick lässt Rita schlucken. Es sieht gruseliger aus, als sie es sich vorgestellt hat. So hilflos hat sie ihre Vermieterin nie gesehen – als wären die Schläuche, an denen sie hängt, alles, was sie noch auf der Erde hält.

Als sie neben das Bett tritt, öffnet die bleiche Gestalt die Augen. »Ah, die Frau Černá«, lässt sie müde hören. »Ich hätte nicht gedacht, dass ausgerechnet Sie sich die Mühe machen, nach mir zu schauen.«

In Rita rührt sich ein leiser Groll, doch sofort schluckt sie ihn hinunter. Am Ende hat die andere ja recht: Es ist keine reine Nächstenliebe, die sie hierher an das Krankenlager gerufen hat. In Wahrheit ist es ihr eigenes schlechtes Gewissen.

Also setzt sie eine betont heitere Miene auf. »Aber natürlich bin ich gekommen – ich wollte doch sehen, wie es Ihnen geht.« Sie präsentiert Frau Kučerová den überteuerten Blumenstrauß, den sie im Krankenhausshop besorgt hat. »Hier, um Sie etwas aufzuheitern.« Mit einem Lächeln legt sie die Tulpen auf dem Tischchen neben der Vermieterin ab.

Die blasse Frau verzieht die Lippen. »Danke, schon recht«, sagt sie heiser. Sie streckt die Hand aus, um nach den Blumen zu greifen, doch die Schläuche halten ihren Arm zurück. Mit einem müden Kopfschütteln wendet sie sich wieder zu Rita. »Sagen Sie, können Sie mir vielleicht erzählen, was nun eigentlich geschehen ist? Ich fürchte, ich kann mich nicht mehr erinnern. Sie waren doch dabei, nicht wahr?«

»Ich …« Rita verzieht das Gesicht. Hilfesuchend sieht sie sich nach dem Pfleger um, doch der ist wieder im Gang verschwunden. »Ja, ich war dabei«, sagt sie schließlich zögerlich. »Ich war gerade heimgekommen und Sie haben sich über das Geländer gebeugt, um mir etwas zu erzählen, und da … da hat eben das Holz nachgegeben. Ich habe es selbst kaum glauben können.«

Die Vermieterin mustert sie durchdringend, als würde sie den Worten nicht trauen. Unsicher ballt Rita die Hände zu Fäusten, die Fingernägel schaben über ihre Handballen. Mit einem Mal muss sie alle Kraft aufwenden, um dem bohrenden Blick der anderen Frau standzuhalten.

»Nachgegeben – einfach so?«, hakt Frau Kučerová nach. »Das kann ich mir kaum vorstellen.«

»Na ja«, murmelt Rita. Ihre Hände sind schmerzhaft ineinander verkrampft. »Ich glaube, ich habe etwas gesagt, was Sie abgelenkt hat – wegen der Mülltonnen, irgendeine patzige Antwort. Darüber haben Sie sich so aufgeregt, dass ...« Sie bricht ab, unsicher, was sie ihren Worten noch hinzufügen soll.

»Oh ... so ist das.« Die Augen der Vermieterin werden schmal. Ihre Miene ist abweisend, als sie sich ins Kissen zurücksinken lässt. »Nun, dann hoffe ich, dass Sie zufrieden sind mit dem, was Sie angerichtet haben. Ich wusste ja immer, dass Sie ein freches Ding sind, das keinen Respekt im Leib hat.«

Rita sackt noch etwas weiter in sich zusammen. So viel zu ihrer Absolution ... Das hier ist so ziemlich das Gegenteil von dem, was sie sich erhofft hat. Immer noch sind ihre Hände verkrampft, die Fingernägel kratzen über die wunde Haut. Gerne würde sie etwas auf die gehässigen Vorwürfe erwidern, aber sie weiß nicht, was. Hat sie nicht heute schon genug angerichtet?

Mit ein paar knappen Worten verabschiedet sich Rita von der bettlägerigen Frau und dreht sich um, um das Zimmer zu verlassen.

Als sie aus dem Krankenhaus tritt, senkt sich die Abendsonne gerade über die Hausdächer. Rita schirmt ihre Augen ab, während sie quer über die Einfahrt hinüber zur Haltestelle geht. Langsam überlegt sie, was sie nun anstellen soll. Sie wollte hinauf zur Hochfeste, um Lucián zu suchen ... Deswegen hat sie sich freigenommen; um ihn um Hilfe zu bitten.

Rita schnaubt. Nun, die Hilfe braucht sie jetzt dringender denn je zuvor. Aber heute wird sie nicht mehr hinaufgehen – heute wird sie eine große Flasche Rotwein köpfen und in einer Mischung aus Schuldbewusstsein und Selbstmitleid versinken. Vielleicht danach noch in die Badewanne steigen ... Der Gedanke an die Klinge, die in dem Kästchen neben der Wanne auf sie wartet, scheint auf einmal wieder allzu verlockend.

Nein, nicht das! Rita zwingt ihre Hände auseinander und reibt sich die wundgekratzten Handballen. Diese dumme Angewohnheit wollte sie doch hinter sich lassen – es gibt keinen Grund, jetzt erneut mit dem Ritzen anzufangen.

Morgen ist Ostermontag und trotz des Feiertags hat das Lokal geschlossen. Morgen wird Rita sich auf den Weg hinauf zur Feste machen, um Lucián zu suchen und ihn um Hilfe zu bitten ... wenn ihr nach alledem überhaupt noch zu helfen ist.

Am Ostermontag ist das Wetter ebenso strahlend wie am Sonntag. Die Luft ist kühl, aber frisch und schon früh kündigt die Sonne einen heißen Tag an. Mit gleißendem Licht lässt sie die Dächer der Neustadt erstrahlen, so als wollte sie Ritas düstere Laune gezielt verspotten.

Sie hat die Straßenbahn unten am Berg verlassen und wandert durch die morgendlich-kühle Luft hinauf, über glattgetretene Pflastersteine und durch alte Torbogen, die den Weg zur Feste weisen. Es ist ein schöner Weg, eine breite Prachtstraße, die wohl einmal für Kutschen und schmucke Reiter in Uniform erbaut wurde. Alte Bäume flankieren die Straße und werfen ihre Schatten über das Pflaster. Doch Rita nimmt all das nur beiläufig wahr – in ihr summt es voll dunkler Gedanken, während sie Schritt für Schritt hinaufstapft.

Wie es wohl Frau Kučerová heute geht? Der Pfleger hat gesagt, dass sie keine allzu schweren Verletzungen erlitten hat ... Wahrscheinlich wird sie in einer oder zwei Wochen wieder wohlgemut vor ihrer Wohnungstür stehen und ihre Schützlinge maßregeln. Rita zieht eine Grimasse. Als sie heute Morgen die Wohnung verlassen hat, ist sie als Erstes an den Überresten des zerstörten Treppengeländers vorbeigegangen. Es erschien ihr pietätlos, das Holz dort liegenzulassen, also hat sie es fein säuberlich beiseitegeräumt. Das Mindeste, was sie tun konnte ...

Ein paar Jugendliche laufen an ihr vorbei den Berg hinauf, jeder mit einer geflochtenen Rute in der Hand. Bei dem Anblick verdreht Rita die Augen – der alte Ostermontagsbrauch, natürlich. Die Jungen schlagen ungeduldig mit ihren Stöcken aus und blinzeln zu Rita herüber, doch ein böser Blick von ihr reicht aus, dass sich die beiden eilig verziehen.

Grimmig tritt Rita einen Kieselstein zur Seite. Wie hat sie es früher nur ausgehalten, als die Jungen aus ihrer Schule von Tür zu Tür gezogen sind, um den Mädchen Hiebe zu verpassen? Sie hat die Sache immer schon albern gefunden, aber damals hat sie eben gute Miene zu dem bösen Spiel gemacht. Und eigentlich, warum auch nicht? Es ist schließlich nicht mehr als eine alte Tradition.

Rita schüttelt den Kopf. Es ist, als sei sie seit einiger Zeit nicht sie selbst, als hätte sich eine rachsüchtige Furie in ihrer Brust eingenistet, die jeden Menschen verderben will, der ihr zu nahe kommt. Ihre Gedanken kehren wieder zum vergangenen Tag zurück; zu dem, was zwischen Natálie und Michal geschehen ist. Zugegeben, es war Natálie, die ihm diese Gemeinheiten an den Kopf geworfen hat. Aber auf der anderen Seite hat Rita nichts unternommen, um ihm zu Hilfe zu kommen. Sie beißt sich auf die Lippe. Und ohne sie hätte ihre Freundin wohl nie daran gedacht, so heftig auf den armen Kerl zu reagieren.

In einem weiten Bogen zieht sich die Straße den Berg hinauf, flankiert von uralten Gebäuden und hohen Hecken. Mittlerweile ist der Weg voller Spaziergänger, die ebenfalls zu der Parkanlage hinüberwandern. Zu ihrer Rechten sieht Rita drei dicke Steinstelen, die wie zu einer Pyramide aneinandergelehnt dastehen: *die Teufelssäule,* so wird die Skulptur im Volksmund genannt. Unwillig wendet sie den Blick ab und beeilt sich, weiterzugehen, hinüber zu der hohen Kirche, die ihre Türme gen Himmel streckt. Mit einem Mal sehnt sie sich danach, Lucián zu sehen und seine Stimme zu hören – hoffentlich kann er ihr helfen, ein wenig Klarheit in die ganze Sache zu bringen.

Vor der Kirche wendet Rita sich nach links, zu der Parkanlage mit den riesigen Standbildern, die von ihren Sockeln auf die Schaulustigen herabblicken. Dort vorne, nicht weit vom Kirchenportal entfernt, sieht sie die Statue der Fürstin Libuše, die neben ihrem Mann steht und mit der ausgestreckten Hand auf die Stadt Prag weist. Schon von weitem kann sie erkennen, dass die Wiese rund um das Denkmal leer ist: Nur ein alter Penner sitzt vor dem Sockel, eine halbleere Weinflasche in der Hand. Rita ärgert sich über sich selbst. Was hat sie denn gedacht? Dass Lucián neben der Statue Wache hält, nur um sie zu erwarten?

Unschlüssig schlendert sie hinüber, den Blick auf den betrunkenen Kerl gerichtet. Der Penner trägt einen alten Frack, der irgendwann einmal nicht billig war, und trinkt den Wein aus einem dreckigen Plastikbecher. Dazwischen erhebt er die Stimme, um einzelne Fetzen irgendeiner italienischen Arie anzustimmen – gar nicht so übel, wie Rita überrascht feststellt.

Eine Weile steht sie neben dem Denkmal und schaut sich um, in der Hoffnung, dass sie Lucián vielleicht irgendwo in der weiten Parkanlage entdecken könnte. Die Wiese ist heute voller Menschen, die den sonnigen Feiertag für einen Ausflug nutzen: Ehepaare, die über die Wege flanieren, herumtobende Kinder und Spaziergängerinnen mit ihren Hunden. Nur von Lucián ist weit und breit keine Spur zu sehen.

Endlich wendet sich Rita zu dem Penner unter der Statue um. »Entschuldigen Sie«, sagt sie vorsichtig, und dann, als der Alte nicht hört, noch einmal etwas lauter: »Verzeihung, dürfte ich Sie etwas fragen?«

Der Trinker bricht mitten in seiner Arie ab und dreht sich zu ihr um. Ein Lächeln zieht über sein Gesicht. »Aber natürlich, meine Hübsche. Frag nur, was dir beliebt!«

Rita verzieht bei der Anrede den Mund, doch der Blick des Alten zeigt, dass er es nicht böse meint. Also räuspert sie sich und fährt fort: »Es klingt vielleicht dumm, aber … Kennen Sie zufälligerweise einen Lucián? Er ist etwas älter als ich, hat dunkle Haare …«

»Lucián, aber natürlich«, unterbricht der alte Mann sie und blickt grinsend zu ihr auf. »Wer würde den wohl nicht kennen? Unser kleiner Goldjunge …« Er deutet mit der halbleeren Weinflasche in Richtung der Kirche. »Ich könnte mir vorstellen, dass du ihn drüben auf dem Friedhof findest. Da gibt es heute wohl einiges zu tun.«

Mit einem schiefen Lächeln nickt der Mann ihr zu, offenbar zufrieden, dass er weiterhelfen konnte. Also bedankt sich Rita und dreht sich um, um zur Kirche hinüberzugehen.

Drohend ragen die Kirchtürme vor ihr auf, zwei schwarze Dolche, die sich bis in den Himmel erstrecken. Die beiden Jugendlichen, die sie vorhin schon auf ihrem Weg gesehen hat, schleichen nun über den Kirchplatz und drohen ihr mit den Ruten. Rita setzt einen finsteren Blick auf. »Wag es bloß nicht«, zischt sie dem Größeren der beiden zu, als der sich ihr von der Seite nähert. Der Kerl pfeift ihr nur auf den Fingern zu, ehe er sich mit seinem Kumpan davonmacht.

An dem Portal vorbei wandert sie zum Friedhof, der drüben hinter einem eisernen Gitter liegt. Eine Akazie wächst neben dem Tor, ein uralter Wächter über den Gottesacker. Mit einem Kloß im Hals nähert Rita sich dem Friedhofstor. *Pax Vobis* steht dort oben – *Friede sei mit euch.* Nun, etwas Frieden könnte sie wirklich gut gebrauchen. Noch einen Moment zögert Rita, dann öffnet sie die metallene Pforte und tritt durch das Tor hindurch.

Anders als der weitläufige Park ist der Friedhof heute fast völlig leer. Die meisten der Gräber sind uralt – nur wenige der hier Beerdigten haben noch lebende Angehörige, die ihnen einen Besuch abstatten. Und auch von dem üblichen Strom an Touristen ist nichts zu sehen. Ein Duft weht über die Grabsteine, süßlich, wie von verwelkten Blüten. Suchend blickt Rita sich um. Links von ihr wandert ein älteres Paar zwischen den Reihen hindurch, adrett gekleidet, als hätten sie sich für ihren jährlichen Osterspaziergang herausgeputzt. Hinten bei den Arkaden sieht sie einen mageren Mann mit Gummistiefeln und Spitzhacke, wohl der Gärtner des Friedhofs. In den Bäumen pfeifen ein paar Vögel, sonst ist niemand zu sehen.

Rita beißt sich auf die Lippe und schüttelt den Kopf. Was hat sie auch erwartet, wenn sie dem Rat eines betrunkenen Penners folgt? Sie macht eine Kehrtwende, um durch das Tor zurückzugehen – da öffnet sich an der Rückseite der Kirche eine Pforte und eine helle Gestalt tritt aus dem Schatten der Kirchenfassade ins Licht.

Nur mühsam kann Rita das Hochgefühl unterdrücken, das sie bei Luciáns Anblick überkommt. Er hält einen wuchernden Strauß blauer Fliederzweige in Händen, mit dem er nun zu einem nahen Grab hinübergeht. Dort neigt er respektvoll den Kopf, ehe er einen der blühenden Zweige vor dem Grabstein ablegt. Der aufdringliche Fliederduft zieht bis zu ihr herüber, sodass Rita sich ein Niesen verkneifen muss.

Die Hände hinter dem Rücken verschränkt, wartet sie ab, bis der Mann sich schließlich umdreht und sie erblickt. »Hallo, Lucián«, begrüßt sie ihn freudig. »Ich hoffe, ich störe nicht …«

Lucián antwortet nicht, er nickt ihr nur zu und wandert hinüber zu der nächsten Gräberreihe. Dort geht er auf ein anderes

Grab mit einem schwarzgoldenen Kreuz zu, um einen Fliederzweig darauf niederzulegen.

Zögernd folgt Rita ihm über den gepflasterten Weg. Sie sieht, wie er den Kopf senkt und ein paar Worte murmelt, dann geht er mit dem duftenden Strauß im Arm weiter. Im Vorbeigehen wirft sie einen Blick auf den Grabstein: Es ist ein ausländisches Grab, dessen Besitzerin schon vor über hundert Jahren gestorben ist. Mit einem Schulterzucken folgt sie Lucián weiter.

»Ich wollte mit dir sprechen«, fängt Rita noch einmal an. »Wegen dem, was du vorgestern Abend gesagt hast …«

Ohne sie anzusehen, hebt Lucián die Hand und Rita hält inne. Stumm beobachtet sie, wie er von Grab zu Grab wandert, um hier und da innezuhalten und einen Fliederzweig niederzulegen. Dabei senkt er jedes Mal den Kopf und murmelt ein paar gedämpfte Worte. Vom Kirchturm tönt die Melodie des Glockenspiels herüber, um die Mittagszeit anzuzeigen.

Nachdem er die letzten Blüten vor einem Monument abgelegt hat, auf dem ein großer marmorner Engel sitzt, wendet sich Lucián zu ihr um. »Rita. Was möchtest du wissen?«

»Na ja, ich …« Rita holt Luft, während sie an all die Fragen denkt, die ihr seit einigen Tagen durch den Kopf schwirren. Endlich stellt sie die erste, die ihr auf der Zunge liegt: »Wer bist du? Und warum willst du mir helfen?«

Sobald sie die Worte ausgesprochen hat, kommen sie ihr selbst albern vor. Doch Lucián steht nur stumm vor ihr, den Kopf zur Seite geneigt. Hinter ihm sieht Rita die Engelsstatue, die sich wie ein übergroßer Schatten über ihm erhebt.

Endlich öffnet er den Mund zu einem schmalen Lächeln. »Ich arbeite für Mächte, die dir helfen wollen, Rita. Ich will dafür sorgen, dass wieder alles so wird, wie es war.«

Die Worte lassen sie schlucken. Betreten schabt sie mit dem Fuß über die Steine. »So, wie es war ... vor ein paar Tagen, meinst du?« Ihre Gedanken fahren zurück zur letzten Woche, bevor sie die Alte Basilika besucht hat. Wie unsicher sie gewesen war; all den Blicken und Bemerkungen hilflos ausgeliefert. »Ich soll mir also wieder alles gefallen lassen?«

»Das hast du auch früher nicht getan.« In Luciáns Stimme schwingt ein besänftigender Ton mit. »Du hattest deine Wege, mit deinem Groll umzugehen, oder etwa nicht? Unschuldige Streiche, für die kein böser Zauber nötig war.«

Rita sieht ihn misstrauisch an. Wie viel weiß Lucián von ihr und ihrem Leben? Ahnt er etwas von den Kreditkarten und den Schlüsseln – all den kleinen Tricks und Kniffen, mit denen sie ihren Unmut in der Vergangenheit ausgelassen hat?

Wie sie ihren eigenen Körper mit der Rasierklinge gezeichnet hat ...

Unwillkürlich schaut Rita an sich herab, als könnte sie durch den Stoff all die Kratzer und Male sehen, die ihre Haut bedecken. »Ich weiß nicht, ob ich das wieder tun will«, murmelt sie.

»Nun, das ist wohl deine Entscheidung. Wenn es dir lieber ist, deinen Weg mithilfe dunkler Magie zu finden ...« Lucián mustert sie unbewegt, in seinem Tonfall schwingt keine Wertung mit. Nur in seinen Augen liest sie eine leise Enttäuschung. »Natürlich steht es dir frei, bei deiner neuen Bekanntschaft zu bleiben.« Wie von ungefähr deutet er nach unten, als wäre die Alte Basilika direkt unter den Fundamenten des Friedhofs zu finden.

Eine kühle Bö zieht auf, sodass Rita trotz des hellen Sonnenscheins erzittert. Sie weiß ja kaum mehr, was an jenem Abend in der Bar geschehen ist ... ein breitschultriger Mann, der Bücher einsortiert hat, eine dunkelhäutige Frau, die am Rand des

Raumes gelesen hat ... der Füller, der wie von selbst zu ihr gefunden hat ...

»Woran liegt es, dass ich mich nicht erinnern kann?«, fragt sie schüchtern. Am liebsten würde sie den Kopf abwenden, doch sie zwingt sich, Luciáns Blick standzuhalten. »Immer wenn ich versuche, mich zu erinnern, verschwimmen meine Gedanken wie in einem Traum.«

»Nun – das liegt daran, dass die Gestalten, denen du dort unten begegnet bist, keine Menschen sind.« Lucián hebt bei den Worten die Augenbraue. »Ich dachte, so viel hättest du mittlerweile verstanden.«

»Aber wie ... Was soll das heißen?« Mühsam versucht Rita, die Aussage zu verarbeiten. *Keine Menschen* ... Wie kann Lucián glauben, dass sie ihm so eine Geschichte abnehmen wird?

Doch der weist nur beiläufig zu den Arkaden hinüber. »Siehst du die beiden dort?«

Rita folgt seinem Blick zum Ende des Friedhofs, wo das ältere Paar zwischen den Gräberreihen entlangschlendert. Sie hatte die beiden schon ganz vergessen. Nun nickt sie mit gerunzelter Stirn. »Was ist mit ihnen?«

Lucián schenkt ihr ein trockenes Lächeln. »Schau dir ihre Schatten an.«

Irritiert wendet sich Rita zu ihm um, dann blickt sie wieder hinüber. Sie muss den Kopf recken, um zwischen den Grabsteinen hindurch das Pflaster zu erkennen. Hart strahlt die Sonne auf den Friedhof herab, sie zeichnet scharfgeschnittene Schatten um die Gräber und Statuen – nur zu den Füßen der beiden Flanierenden ist keine Spur davon zu sehen.

Rita schnappt nach Luft. Unwillkürlich schaut sie zu Boden, um sich zu versichern, dass ihr eigener Schatten noch an Ort und

Stelle ist. Ja, brav folgt der dunkle Fleck auf den Steinen ihren Bewegungen, direkt neben dem Schatten von Lucián an ihrer Seite.

Noch einmal sieht sie hinüber zu dem schattenlosen Paar, das dort unbekümmert über die Wege wandert. »Aber wie kann das sein?«, haucht sie.

»Ich sagte doch, es sind keine gewöhnlichen Menschen.« Lucián scheint über ihr Erstaunen amüsiert. »Wenn du hinübergehen würdest, dann könntest du durch sie hindurch einen Schimmer des Sonnenlichts sehen. Aber ich würde dir davon abraten, es wäre doch allzu unhöflich.«

»Aber ...« Immer noch starrt Rita den beiden Gestalten hinterher. Ihr ist, als müssten die zwei das Fehlen ihrer Schatten auf irgendeine Weise registrieren. »Was sind sie denn dann?«, fragt sie schließlich leise.

»Die beiden?«, erwidert Lucián. »Das sind nur zwei harmlose Geister, die noch nicht akzeptiert haben, dass sie gestorben sind.« Er hebt die Schultern, ohne auf Ritas Keuchen zu achten. »Weit wichtiger ist, wer die Gesellen sind, mit denen du dich unten in der Basilika eingelassen hast. Komm mit.« Damit greift er Rita am Arm und zieht sie mit sich fort, hinüber zu dem Seitentor, das den Friedhof nach Osten hin begrenzt.

Zögerlich lässt sich Rita von ihm hinausführen, während ihr Blick immer noch an den zwei älteren Herrschaften hängt. Sie kann kaum glauben, was Lucián da so beiläufig erzählt hat, aber auf der anderen Seite kann sie auch nicht verleugnen, was sie sieht: den hellen Sonnenschein, der unter den beiden auf den Boden fällt, so als wären sie gar nicht vorhanden.

»Da sind viele andere wie sie«, fährt Lucián draußen fort, als hätten sie ihr Gespräch nicht unterbrochen. »Dämonen, dunkle

Spukgestalten ... Es gibt mehr von ihnen zwischen Himmel und Erde, als du dir vorstellen kannst.« Er verzieht die Lippen zu einem spöttischen Grinsen, dann wird er wieder ernst. »Die meisten von ihnen sind harmlose Geister, körperlos wie Dunst in der Luft. Sie schaffen es nicht, den Menschen in Erinnerung zu bleiben. Nur die Impulse, die sie setzen, dringen hin und wieder zu uns durch.«

Ritas Blicke hängen immer noch an dem Friedhofstor. Sie spürt bereits, wie die Erinnerung an ihr Erlebnis dort drinnen zerfasert. Schon könnte sie kaum noch sagen, was sie eigentlich gesehen hat.

Unterdessen fährt Lucián fort: »Nur die Stärksten von ihnen schaffen es, im Gedächtnis zu bleiben. Die Alten, Mächtigen.«

Sie sind wieder am Eingang zu den Parkanlagen angekommen. Links von ihrem Weg sieht Rita aufs Neue die drei dunklen Stelen, die zu einer Pyramide ineinandergeschoben sind. Unwillkürlich streckt sie ihre Hand nach den Teufelssäulen aus.

»Wie ...« Sie muss schlucken. »Wie der Teufel?«

Nun endlich bleibt Lucián stehen und blickt sie von der Seite an. »Ebender«, antwortet er ruhig.

Stumm hängt Ritas Blick an dem groben Gebilde, während ihr die Gedanken durch den Kopf schwirren. Ist sie dort unten in der Basilika wirklich dem Gefolge des Teufels begegnet? Oder gar Satan persönlich? Jener breitschultrige Mann, der an der Bar stand und ausgeschenkt hat, *Logos* ... Nein, das klingt doch zu märchenhaft.

Und doch ... Rita zieht den gläsernen Füller aus ihrer Tasche, den sie einfach nicht loszuwerden scheint. »Kannst du mir sagen, was das hier ist?«, fragt sie Lucián unsicher.

Der hebt die Augenbrauen und mustert den Glasstab. »Ein

interessantes Artefakt. Hast du es unten in der Basilika bekommen?«

Rita nickt. »Und jetzt kommt das verfluchte Teil immer wieder zu mir zurück.«

»Das kann ich mir denken«, erwidert Lucián, den Blick auf das Instrument gerichtet. Er legt den Kopf schräg. »Nun, wenn es das ist, was ich glaube, dann könnte ich mir vorstellen, dass es ein Blutopfer von dir verlangt, ehe es dich freigibt.«

Ein Schauer fährt Rita über den Rücken. »Ein Blutopfer? Meinst du das im übertragenen Sinn – meine aufopfernde Hingabe oder so?« Widerwillig steckt sie den Füller wieder ein.

Ohne ihr zu antworten, geht Lucián weiter, hinüber zu der Wiese, wo nun eine Gruppe Kinder um die Sockel der hohen Statuen springt. Aus einer Tasche seines Anzugs zieht er eine Handvoll Fliederblüten und verteilt sie sorgfältig vor den Standbildern. Der alte Penner vor dem Libuše-Denkmal ist verschwunden, aber Rita bemerkt, dass die Weinflasche noch neben dem Sockel steht. Naserümpfend stellt Lucián sie beiseite, ehe er auch hier die Blüten ausstreut. Als er fertig ist, kommt er zurück zu Rita, die auf der Wiese stehengeblieben ist.

Mit einer überbordenden Geste weist er auf die vier Statuen. »Sieh sie dir an ... die großen Helden unserer Vergangenheit. Šárka, Lumír, die Gebrüder dort drüben – und natürlich Libuše. Sie alle haben so viel für unser Land geopfert ...« Gedankenverloren blickt Lucián zu den Denkmälern hinauf. Dann wendet er sich wieder zu ihr um: »Müssen wir Sterblichen nicht dankbar sein für jede Möglichkeit, uns ihrer Opfer würdig zu erweisen? Sollten wir nicht etwas zurückgeben, wann immer sich die Gelegenheit ergibt?«

»Ich … denke schon?« Verwirrt bemüht sich Rita, dem plötzlichen Themenwechsel zu folgen. Was will er ihr mit der heroischen Rede sagen?

»Eben. Und deswegen wird es dir nicht schwerfallen, im entscheidenden Moment das Richtige zu tun.« Lucián sieht noch einmal zu der hohen Libuše-Statue hinüber und erweist ihr einen angedeuteten Salut. Dann wendet er sich nach rechts, zu dem Kiesweg, der zurück zur Kirche führt.

Rita bemüht sich, zu ihm aufzuschließen. »Sag, kann ich dich noch etwas fragen?«, hebt sie an, um auf das eigentliche Thema zurückzukommen. »Ich weiß ja nicht einmal mehr, von wem ich den Füller bekommen habe. Gibt es nicht irgendeine Möglichkeit, mich trotz allem zu erinnern?«

Ihr Begleiter runzelt die Stirn. »Nun … es gibt etwas, das du tun könntest, um deine Erinnerungen zu bewahren. Es kommt ein wenig darauf an, wie wichtig dir dein Gedächtnis ist.« Er wirft ihr von der Seite einen abschätzenden Blick zu, dann fährt er fort: »Erinnerungen sind eigensinnige Biester – sie können dir jederzeit zwischen den Fingern zerrinnen. Wenn du eine bestimmte Erinnerung unbedingt behalten willst, dann musst du sie einzigartig machen – musst sie an andere, stärkere Gefühle binden. Am einfachsten durch Schmerz.«

Irritiert wendet sich Rita um. In Luciáns Tonfall klingt eine Saite mit, die ihr nicht gefällt. »Welche Art von Schmerz?«, fragt sie misstrauisch.

Er hebt die Schultern. »Nichts Besonderes. Nichts, womit du dich nicht auskennst.« Mit erhobener Augenbraue sieht er auf sie herab. »Du hast doch Erfahrung damit, deine Erinnerungen mit dem Messer einzufangen, oder nicht?«

Wie von selbst fahren Ritas Arme hinab zu ihren Schenkeln –

dorthin, wo unter dem Sommerkleid ihre alten Narben zu spüren sind. Sie weiß noch immer nicht, woher Lucián davon erfahren hat, und für den Moment ist es ihr auch egal.

»Ich will das nicht«, erklärt sie leise, die Arme um den Körper geschlungen. »Das Ritzen, meine ich. Ich habe es gerade erst geschafft, damit aufzuhören. Und gestern Abend war es wieder so knapp … Fast dachte ich, es geht alles von vorne los.« Schaudernd erinnert sie sich an den Blick ihrer Vermieterin, an ihre beißenden Worte. Gestern im Krankenhaus hat sie sich beinahe die Hände blutig gekratzt, und es hat alle Selbstbeherrschung gebraucht, abends nicht fortzuführen, was sie begonnen hat.

Lucián wirft ihr einen neugierigen Blick zu. »Was genau ist geschehen?«, fragt er nach.

Unsicher hebt sie die Schultern. »Ich weiß es ja selbst nicht. Ich habe mich bei meiner Vermieterin entschuldigt für … na ja, für etwas Dummes, das ich zu ihr gesagt hatte. Und dann, als sie mich so vorwurfsvoll angeschaut hat, da hatte ich für einen Moment das Gefühl, als müsste ich wieder anfangen. Du weißt schon, mit …« Sie bricht ab.

»Mit dem Ritzen«, vervollständigt Lucián ihren Satz. Er nickt und mustert sie nachdenklich.

Etwas an seinem Blick lässt Rita aufmerken und zum ersten Mal fragt sie sich, ob ihr Gegenüber wohl irgendein verborgenes Ziel verfolgt. Argwöhnisch sieht sie ihn von der Seite an. »Du bist doch ein Mensch, nicht wahr?« Wie zum Beweis zeigt sie auf seinen Schatten. »Wie machst du es denn – die Erinnerungen behalten, meine ich?«

Lucián hält inne, so als würde er überlegen, was er Rita erzählen will. »Nun … Es gibt andere Gefühle, die du nutzen kannst, um deine Erinnerungen zu verwahren«, gibt er schließlich zögernd zu. »Du kannst dich auf bestimmte Assoziationen konzentrieren, kannst an Farben denken, an Töne oder Gerüche. Wenn du in deinen Gedanken ein Netz webst, das einen speziellen Dämon eng genug umwickelt, dann wirst du diese Bilder im Kopf behalten, auch wenn die Erinnerung an die Figur selbst schwächer wird. So habe ich es an jenem Abend getan, als wir unten in der Basilika waren.«

»Ich verstehe ...« Rita bemüht sich, ihre Gedanken zu sortieren. Jener erste Abend in der Alten Basilika – sie wüsste zu gerne, an welche Teile davon sie sich nicht mehr erinnern kann. Bei dem Gedanken runzelt sie die Stirn. »Du selbst hast mich letzte Woche hinunter in die Basilika geführt – du hast diese Nyoka dort unten begrüßt! Nach dem, was du gesagt hast, muss sie mächtig sein, sonst könnte ich mich kaum an sie erinnern. Wenn das dort unten wirklich die Gefolgschaft des Teufels ist, wieso hast du dann nichts dagegen getan?«

Zur Antwort schenkt Lucián ihr einen milden Blick, als wollte er ihr die Naivität nicht zum Vorwurf machen. »Es gibt in dieser Sache mehr zu beachten als die Frage der Moral, fürchte ich. Sie, die ich vertrete, hat Logos dort unten selbst den Zutritt erlaubt, das ist wahr. Auch er hat ein Recht, die Stadt zu besuchen – vor allem während der Karwoche. *Wir wollen und dürfen es ihm nicht verwehren.*« Luciáns Hand liegt fürsorglich auf ihrem Arm, seine Augen mustern sie aufmerksam. »Es ist das Gesetz des freien Willens. Die Verantwortung liegt am Ende bei dir – für das, was mit dir geschieht, ebenso wie für deine eigenen Taten.«

Rita wird bei den Worten mulmig, allzu genau erinnert sie sich an ihre Taten der letzten Tage. Wieder dringt ihr das Bild der Vermieterin vor die Augen – das geborstene Geländer, die leblose Gestalt auf dem Boden … Mühsam hält sie sich davon ab, die Fingernägel erneut in ihre Handballen zu graben.

Sie haben das Hauptportal der Kirche nun erreicht. Dort über dem Eingang ist ein breites Reliefbild zu sehen: das Jüngste Gericht, an dem Jesus die Sündigen von den Gerechten trennt, um sie in die feurigen Tiefen der Hölle zu werfen. Rita hat das Bild bislang nie beachtet, aber jetzt brennen sich ihr die Gesichter der verlorenen Seelen tief ins Herz ein. All die klagenden Gestalten, die flehentlich erhobenen Arme …

»Du solltest vorsichtig sein.« Sanft dringen Luciáns Worte an ihr Ohr. »Noch ist es nicht zu spät.«

Rita tritt einen Schritt zurück, einen festen Kloß in ihrem Hals. »Was soll ich denn tun?«, fragt sie. Die Worte klingen kleinlaut.

Lucián setzt ein mitfühlendes Lächeln auf. »Du könntest damit beginnen, das, was du die letzten Tage angestellt hast, wiedergutzumachen. Eigentlich hast du ja schon damit begonnen. Gestern Abend, als du deiner Vermieterin alles gebeichtet hast – hat sich das nicht befreiend angefühlt?«

Rita zieht eine Grimasse. *Befreiend* – das wäre nicht ganz das Wort, das sie selbst gewählt hätte. Sie erinnert sich an den Kloß, den sie am vergangenen Abend in der Kehle hatte, und an den vorwurfsvollen Blick von Frau Kučerová. Aber auf der anderen Seite war es wohl richtig gewesen, ihr zu sagen, was geschehen ist …

»Möglich«, antwortet Rita ausweichend. »Und nun? Meinst du, ich sollte zu jedem Einzelnen gehen, um ihnen alles zu erklären?« Betreten denkt sie an all die Menschen, die sie in den letzten Tagen vor den Kopf gestoßen hat, jeden Kerl, dem sie die Leviten gelesen hat. Wie soll sie die alle jemals wiederfinden?

»Vielleicht nicht zu jedem Einzelnen«, erwidert Lucián und sieht sie von der Seite an. »Nur zu denen, die dir etwas bedeuten …«

Rita schließt die Augen – so etwas hat sie beinahe befürchtet. Der Gedanke, wildfremde Menschen um Verzeihung zu bitten, ist das eine, aber bei denen, die ihr nahestehen, wird es noch viel schwieriger. Auf jeden Fall müsste sie mit Natálie reden und sich dafür entschuldigen, dass sie die Freundin in die ganze Sache hineingezogen hat. Und dann ist da Michal … Bei dem Gedanken wird ihr mulmig.

»Aber was ist, wenn ich jemanden durch mein Geständnis nur unglücklich mache?«, fragt Rita unsicher. *Was, wenn ich ihn dadurch verliere?*

Luciáns Lächeln wird breiter. »Wenn du wirklich Buße tun willst, dann wirst du auch darum nicht herumkommen.«

Mit Michal reden – ihm alles beichten, was sie in den letzten Tagen getan hat. Wo sie war und mit wem sie sich verbrüdert hat … Wie wird er auf so ein Geständnis wohl reagieren? Die Vorstellung, wie er sie ansehen wird, halb ungläubig und halb entsetzt, lässt Rita frösteln. Wieder krallen sich die Fingernägel in ihre Hände, als könnte der Schmerz ihr die drohende Beichte abnehmen.

Aus dem Augenwinkel sieht sie die Jugendlichen, die immer noch auf der Wiese stehen und mit ihren Ruten herumwedeln. Wenn es doch nur diese Art der Abbitte wäre, die von ihr verlangt würde … Ein paar Rutenschläge scheinen Rita nun sehr viel einfacher zu ertragen als das bevorstehende Gespräch mit Michal.

»Nun denn. Mach es gut, Rita.« Lucián streckt ihr die Hand entgegen, eine formelle Geste des Abschieds. »Ich wünsche dir viel Glück. Du wirst das Richtige tun, da habe ich keinen Zweifel.«

Rita zwingt sich ein Nicken ab, ehe sie seine Hand ergreift. »Ich … danke dir«, murmelt sie. »Ich werde mir Mühe geben …«

»Ich bin sicher, dass du das wirst.« Er nickt ihr ebenfalls zu. Dann wendet er sich um und wandert durch das Tor neben dem Kirchenportal zurück auf den sonnenbeschienenen Friedhof.

Rita bleibt mit ineinander gewrungenen Händen auf dem Kirchplatz zurück.

Am nächsten Morgen erwacht Rita voller Tatendrang, bereit, ihre guten Vorsätze in die Tat umzusetzen. Das Wetter ist heute nicht mehr ganz so strahlend – diesige Wolken bedecken den Himmel und verleihen der Luft eine drückende Schwüle –, doch von so einer Kleinigkeit lässt sie sich nicht bekümmern. Sie wird hinausgehen und ins Reine bringen, was geschehen ist.

Auf dem Weg in die Stadt blickt sie sich nach allen Seiten um. Auch wenn die Sonne immer wieder hinter dunstigen Wolken verschwindet, sind doch die Schatten der Menschen um sie her gut zu erkennen. Die Mutter dort drüben, die ihr Kind hinter sich herzieht ... die beiden Jugendlichen auf der anderen Straßenseite ... sie alle werden von ihren Schatten auf Schritt und Tritt begleitet. Nein, nicht alle: Dort vorne, vor dem Laden mit den Baumstriezeln, wandert eine vornehm gekleidete Frau den Bürgersteig entlang und auch wenn sie sich unter der Markise hält, kann Rita doch klar erkennen, dass zu ihren Füßen kein Schatten auf dem Pflaster liegt.

Hastig erinnert sich Rita an Luciáns Ratschlag. Während sie die Frau betrachtet, denkt sie an eine Farbe, die wohl zu der fülligen Gestalt passen könnte. Ein tiefes Braun vielleicht, wie von Weidenästen. In ihrer Vorstellung umgibt sie die schattenlose Frau mit dieser Farbe; ein hellbrauner Schein, der ihre Gestalt von allen Seiten umhüllt. Dazu denkt sie an den Geruch von frischem Holz, an Vogelgezwitscher und das Gefühl von Borke unter den Fingern.

Die fremde Frau hält inne, als würde sie Ritas starrenden Blick in ihrem Rücken spüren. Sie macht Anstalten, sich umzuwenden – da hat Rita schon den Kopf gesenkt und steigt hastig hinab in die Metrostation. Währenddessen besinnt sie sich auf die Gefühle, die sie gerade noch mit der anderen verbunden hat. Schon jetzt kann sie spüren, wie das Bild verblasst, wie die Fremde gleich Nebelschwaden aus ihrem Gedächtnis verwehen will. Was bleibt, sind die Erinnerungen, die Rita sich gemacht hat: der Geruch von Wald und das warme Braun der Holzstämme. Wie ein Negativbild kann sie die Gestalt der Frau zwischen all diesen Gefühlen erahnen ... die kurvige Silhouette, der aufrechte, weidengleiche Gang. Und sie weiß noch, weshalb die andere ihr überhaupt aufgefallen ist: Sie hat trotz der hellen Sonne keinen Schatten geworfen.

Rita schüttelt den Kopf, während ihre Überlegung sie zurück zu Luciáns Worten führt. Wie lange ist sie nun durch das Leben gestolpert, ohne auch nur die grundlegendsten Dinge über sich und ihre Welt zu erfahren? Und wie viel anderes gibt es wohl noch zu entdecken, von dem sie noch nie etwas gehört hat?

In der Metro sitzt Rita ein junger Kerl mit Ledermantel und ordentlich gepflegtem Bart gegenüber, der immer wieder zu ihr herüberschaut. Als Rita seinen Blick schließlich erwidert, verzieht sich seine Miene zu einem verlegenen Lächeln.

»Hey.«

»Hallo«, sagt Rita, entschlossen, sich von ihrer freundlichsten Seite zu zeigen.

Der Mann mustert sie, seine Finger ineinander gewrungen. Endlich holt er Luft. »Sag mal, wärst du mir böse, wenn ... Also, ich sag das jetzt einfach so: Ich finde dich echt niedlich und ich würde mich freuen, wenn du Lust hättest, dich auf 'nen Kaffee oder so mit mir zusammenzusetzen.«

Rita legt den Kopf schräg. Was ungefragte Anmachen angeht,

ist das hier wirklich nicht die schlechteste, die ihr bisher begegnet ist. Aber leider ist der Typ dort so gar nicht ihr Fall. Also lächelt sie ihm noch einmal zu und sagt: »Das ist echt lieb von dir – aber nein, ich habe leider kein Interesse. Ich wünsche dir noch einen schönen Tag.«

»Oh, ja klar. Kein Problem.« Ihr Gegenüber nickt hastig, dann wendet er den Kopf zur Seite.

Gedankenversunken lehnt Rita sich wieder gegen die Scheibe. Wahrscheinlich hat sie es in den letzten Tagen wirklich übertrieben. Am Ende ist es doch nicht schwer, gegenseitig ein wenig Höflichkeit zu zeigen.

Ein Scharren lässt sie aufblicken: Der bärtige Typ ist nun aufgestanden und kommt herüber, um sich auf den Platz neben ihr zu setzen. Als er ihre abwehrende Miene sieht, hebt er entschuldigend die Hände.

»Tut mir echt leid, wenn ich nochmal nachhake – ich wollte nur noch eine Sache von dir wissen. Weil ... na ja, ich hatte das Gefühl, dass meine Frage eben echt nett gestellt war. Und dann hast du so hart abgelehnt ... Ich wollte fragen, ob du mir vielleicht sagen kannst, warum. Also, damit ich das nächste Mal nichts Falsches sage und so ...«

Stirnrunzelnd sieht Rita ihn an. »Na ja«, sagt sie, immer noch um Höflichkeit bemüht, »deine Frage war wirklich in Ordnung – aber ich habe eben gerade kein Interesse. Vielleicht hast du ja bei der nächsten Frau mehr Glück ...«

Ein leises Schnauben bringt sie dazu, den Kopf zu heben: Dort drüben an der Tür steht ein vielleicht siebzehnjähriges Mädchen und beobachtet die Szene mit einer mitfühlenden Grimasse. Der Blick der Jugendlichen zeigt, dass ihr das Ganze nur allzu bekannt vorkommt.

Der Kerl neben Rita schüttelt den Kopf. »Okay, aber ... Na ja, was heißt es denn für dich, wenn du ›kein Interesse‹ hast? Liegt es an meinem Aussehen? Oder an dem, was ich gesagt habe?« Ein kurzes Leuchten zieht über sein Gesicht. »Wenn du sagst, dass du *gerade* kein Interesse hast, meinst du dann, später wäre es –«

»Ich stehe nur auf Frauen.« Der Satz kommt schneller heraus, als Rita denken kann. Es ist das Einzige, das ihr einfällt, um nicht heftiger auf ihren Sitznachbarn zu reagieren. Das junge Mädchen drüben an der Tür hebt spöttisch die Augenbraue, was Rita mit einem Schulterzucken quittiert.

»Oh, ach so ... Verstehe.« Dem Mann neben ihr scheint die Antwort voll und ganz zu genügen. »Ja klar, das ist was anderes. Das finde ich ja voll cool ... Also, ich hab ja gar keine Probleme mit ... mit der ...« Er räuspert sich, während er sie von der Seite betrachtet. Noch einmal hebt er an, als wäre ihm gerade eine Idee gekommen. »Aber, nur damit ich das verstehe: Heißt das, wenn du auf Männer stehen würdest ... Also, wenn du und deine Freundin ...«

Entnervt wartet Rita auf seine nächsten Worte. Er wird doch jetzt nicht immer noch weitermachen?

Da fährt die Metro in die nächste Station ein und widerwillig reißt sich der Kerl aus seinen Überlegungen. »Sorry, ich muss los«, ruft er Rita noch einmal zu, dann steht er auf und steigt aus dem Wagen.

Mit einem erschöpften Seufzer lehnt sich Rita auf ihrem Sitz zurück. Wie kann ein Mensch nur so verlegen und aufdringlich zugleich wirken? Aber sie hat sich erfolgreich zusammengerissen, das ist doch ein Anfang. Müde öffnet sie die Augen und blickt auf ihren Schoß: In ihrer rechten Hand liegt ein schmales Lederportemonnaie, das sie dem Kerl aus der Hosentasche gezogen hat. Keine Glanztat von ihr, aber es war alles, was sie tun konnte, um ihn nicht ungespitzt in den Boden zu rammen.

Die Metro fährt weiter zur Malostranská, Ritas Station. Die Jugendliche steht immer noch drüben an der Tür, nun wieder ganz in ihre eigenen Gedanken versunken.

Als sich die Türen öffnen, steht Rita auf und schiebt sich an der anderen vorbei. »Hier«, sagt sie und drückt dem Mädchen die Geldbörse in die Hand, »die hat der Typ eben vergessen. Behalt sie oder gib sie irgendwo ab, wie du willst.« Damit steigt sie aus der Metro aus und geht zur Treppe, um hinauf an die frische Luft zu kommen.

Auf der Arbeit bemüht sich Rita mehr als sonst, ihren Gästen freundlich und aufgeschlossen zu begegnen. Jedes Lächeln wird von ihr erwidert, auf jede Bemerkung antwortet sie mit ein paar netten Worten. Wirklich, wenn sie sich ein wenig anstrengt, ist es gar nicht so schwer, den Frieden zu wahren.

An einem Tisch am Rand der Terrasse sitzen zwei Kerle, die über den Teufelsbach auf die Kampa hinausblicken und allen vorbeikommenden Frauen anzügliche Kommentare hinterherrufen. Eine junge Frau im Business-Kostüm, die auf einer Parkbank sitzt, hat es den beiden besonders angetan: Verkrampft bemüht sie sich, keinen Blickkontakt zu den zwei Männern zuzulassen – was die beiden nur noch mehr dazu bringt, sie mit Pfiffen und flapsigen Zweideutigkeiten zu überhäufen.

Rita überlegt nur einen Moment, dann geht sie mit dem Tablett in der Hand zu den Männern hinüber. Einer von ihnen trägt ein Shirt mit einer lachenden Toilette, die Rita bekannt vorkommt: Es ist das Logo derselben Sanitärfirma, in der auch ihr Vater arbeitet.

Sie tippt ihm auf die Schulter und weist auf das Shirt. »Du bist bei denen beschäftigt?«

Der Kerl braucht einen Moment, um ihre Worte zu erfassen. Dann überzieht ein breites Grinsen sein Gesicht. »So ist es, Schätzchen. Brauchst du Hilfe bei einer Rohrverlegung?«

Ohne darauf einzugehen, nickt Rita zu der jungen Frau hinüber. »Meinst du nicht, du solltest etwas höflicher zu ihr sein? Du weißt schon, wer das ist, oder?« Sie beugt sich zu ihm und flüstert so laut, dass auch sein Freund und die Dame es mitbekommen müssen: »Das ist die Tochter vom Šnajdr; vom alten Chef.«

Mit weit aufgerissenen Augen schreckt der Mann zurück. »Oh, verdammt, das wusste ich nicht!« Er beugt sich über die Brüstung und winkt der jungen Frau zu. »Hören Sie, es tut mir furchtbar leid, ja? Ich wollte Ihnen nicht zu nahe treten ...«

»Schon gut«, antwortet die Frau, dann sieht sie zu Rita herüber und nickt ihr dankbar zu.

Rita erwidert das Nicken, ehe sie mit dem Tablett in der Hand wieder hineingeht, ein Pfeifen auf den Lippen und ein gutes Gefühl in der Brust.

Ihre Laune hält so lange an, bis Natálie zwei Stunden später zu ihrer Schicht erscheint. Rita hat sich vorgestellt, wie sie die Freundin beiseitezieht, um ein begütigendes Wort mit ihr zu wechseln.

Aber Natálie will nichts von Begütigung hören.

»Was soll das heißen, ich soll das mit dem Rausschmiss nochmal überdenken?«, fährt sie Rita an, während sie ihre Tasche in der Garderobe aufhängt. »Stellst du dich jetzt etwa auf Teodors Seite? Nach allem, was ich dir erzählt habe?«

»Ich bin nicht auf seiner Seite«, versucht Rita sich zu verteidigen. »Ich denke ja auch, dass du das Richtige getan hast – nur vielleicht aus den falschen Gründen. Willst du das Ganze nicht noch ein paar Wochen vertagen, bis du wirklich sicher bist, dass du weißt, was du willst?«

»Glaub mir, sicherer kann ich gar nicht mehr werden.« Natálies Wangen sind gerötet, ihre Augen glänzen. »Weißt du, was ich gestern Abend getan habe? Ich habe seinen Arbeitstisch freigeräumt – du glaubst nicht, wie lange der ganze Krempel dort schon liegt. All die Spiele und CDs, sein Computer ... Ich habe alles in eine große Kiste gepackt und hinüber zum Müll gebracht!«

»Was hast du?« Fassungslos sieht Rita zu, wie ihre Freundin nach ihrer Schürze greift. »Du hast seinen Computer weggeworfen? Und was, wenn das alles nur …« *Nur ein Teufelszauber ist,* will sie sagen, doch sie bekommt die Worte nicht über die Lippen.

»Wenn du wüsstest, wie viele Jahre ich jetzt mit diesem Elektromist um seine Aufmerksamkeit streiten musste …« Mit festen Bewegungen bindet Natálie sich die Schürze um, so als würde sie die weißen Bänder um Teodors Hals zurren. Dann dreht sie sich um und sieht die jüngere Frau an. »Ach Rita, glaub mir, du kannst das nicht verstehen. Wenn du eine Ahnung hättest, wie ich mich in den letzten Tagen fühle … jetzt, wo Teodor endlich fort ist. Was habe ich alles verpasst!«

Rita verzieht den Mund. Natürlich hat sie eine Ahnung davon, eine ziemlich gute sogar. Aber wie soll sie Natálie erklären, dass das, was sie tut, womöglich fehlgeleitet ist? Soll sie ihr vielleicht klarmachen, dass sie ihre neugefundene Entschlusskraft dem Teufel höchstpersönlich verdankt? Rita muss an den inständigen Blick denken, mit dem Teodor ihr den Blumenstrauß für Natálie übergeben hat – und wenn er nun gänzlich unschuldig ist und Natálie ihm die Seitensprünge zu Unrecht unterstellt? Jäh erinnert sie sich an Michals verletztes Gesicht, nachdem ihre Freundin ihn wie eine Dampflok überfahren hat. Ganz offenbar weckt der Füller in Natálie nicht die besten Eigenschaften.

»Wie du meinst«, hebt Rita noch einmal an, »dann stell mit dem ganzen Zeug eben an, was du willst. Aber trotzdem solltest du mir zuhören. Diese Veränderung der letzten Tage – bist du sicher, dass das wirklich aus dir selbst kommt? Ich habe auch wilde Ideen seit der Party und –«

»Ich weiß nicht, was du auf der Party angestellt hat, ich hatte jedenfalls eine wunderbare Zeit.« Natálies entschlossene Miene erstickt jedes weitere Wort von Rita im Keim. Mit einem Kopfschütteln sieht sie Rita an. »Du kannst ja tun, was du für richtig hältst. Aber ich weiß nun, dass mein Lebensglück nicht von einem Mann abhängt – schon gar nicht von dem! Ich lasse mir nicht weiter auf der Nase herumtanzen, von niemandem!«

Damit schnappt sie sich einen Block und geht hinaus, um die ersten Tische zu bedienen. Unwillkürlich spürt Rita Mitleid mit jedem Gast, der Natálie heute auch nur falsch anschaut – gepaart mit Groll über die Sturheit ihrer Freundin.

Sie hat es versucht, wirklich. Sie wollte Natálie erklären, was geschehen ist – sie vor den dunklen Mächten warnen, mit denen sie beide sich eingelassen haben. Aber wenn die Freundin ihr nicht zuhören will, kann Rita auch nichts daran ändern. Das Einzige, was sie nun tun kann, ist, mit Teodor zu sprechen … ihm gestehen, dass sie selbst es war, die Natálie erst auf diese Gedanken gebracht hat.

Rita seufzt entmutigt auf. Noch ein Gespräch, auf das sie so gar keine Lust hat. Was soll schließlich dabei herauskommen, außer dass Teodor wütend auf sie wird oder ihr schlichtweg nicht glaubt? Aber gut, sie hat sich vorgenommen, Buße zu tun, also kann sie es genauso gut hinter sich bringen. Zum Glück erinnert sie sich noch an seine Telefonnummer, die sie auf Natálies Handy gesehen hat.

Rita wirft einen kurzen Blick durchs Fenster – im Lokal ist es gerade einigermaßen ruhig, Natálie wird mit den paar Gästen auch allein fertigwerden. Also zieht sie das Handy hervor und tippt die Nummer ein.

Es tutet zweimal, dann ist die vertraute Männerstimme zu hören. »Hallo? Horák hier, was kann ich für Sie tun?«

Jäh kommt Rita sich mit ihrem Anruf furchtbar albern vor, doch nun ist es zu spät, einen Rückzieher zu machen. »Ja, hallo. Hier ist Rita ... Wir hatten uns vorgestern kurz im Mühlenlokal getroffen. Sie hatten mir die Rosen für Ihre Frau gegeben, wissen Sie noch?« Vor ihren Augen erscheint das Bild der roten und weißen Blumen, die geknickt im Wasser des Baches treiben. Ein Auftrag, den sie wirklich großartig ausgeführt hat.

»Rita, natürlich! Ich erinnere mich.« Bei diesen Worten wird die Stimme am Apparat um drei Tonlagen freundlicher. »Wie schön, dass du anrufst. Sag doch Teo zu mir. Was gibt es denn?«

»Also ... ich ...« Rita räuspert sich. Wieso ist diese ganze Geschichte nur so verflixt schwer zu erklären? »Ich glaube, ich sollte mit Ihnen ... mit dir reden. Unter vier Augen, meine ich. Es geht um Natálie und um das, was zwischen euch geschehen ist.«

Eine kurze Pause entsteht am anderen Ende der Leitung, dann ist ein leises Räuspern zu hören. »Ich verstehe. Danke, dass du dich meldest. Vielleicht können wir uns morgen Vormittag treffen?«

Rita wirft einen Blick auf den Arbeitsplan, der neben der Tür hängt. »Morgen habe ich Spätschicht ... Ja, das sollte passen. Gegen zehn Uhr früh vielleicht?«

»Gerne. Willst du dann zu mir kommen?« Teodor bemerkt wohl Ritas Zögern, denn er fährt sofort begütigend fort: »Nicht zu mir nach Hause natürlich. Ich wohne gerade im Hotel, dort gibt es eine ganz anständige Bar.«

Rita atmet auf. Natürlich, Teodor hat zurzeit ja gar keine eigene Wohnung. Eilig notiert sie sich den Namen des Hotels. »Das liegt drüben in der Neustadt, oder? Das werde ich schon finden.«

»Na wunderbar.« Teodors fröhlicher Tonfall wirkt seltsam unpassend, bedenkt man, worum es bei der Sache geht. Doch für den Anfang ist Rita einfach dankbar, dass sie das Telefongespräch beenden kann.

»In Ordnung«, sagt sie noch einmal, »dann bis morgen Vormittag.«

»Bis dann. Ich freue mich!« Damit legt Teodor auf.

Mit einem langen Seufzer lehnt Rita sich gegen die Wand. Worauf hat sie sich da nur eingelassen? Soll sie sich wirklich in die Eheprobleme ihrer Freundin einmischen? Aber im Innern weiß sie, dass es auch ihre Probleme sind – dass Natálie durch ihren Besuch auf der Feier erst auf die Idee gekommen ist, solch einen drastischen Schritt zu tun. Sicherlich wäre es feige von Rita, Teodor nun nicht gegenüberzutreten.

Und sie hat diese Woche schon zu vieles falsch gemacht.

Ein leises Tröpfeln gegen die Fensterscheiben lässt sie aufblicken: Es hat angefangen zu regnen. Schon kann sie aus dem Nachbarraum das Getrappel der Gäste hören, die ins Innere des Lokals flüchten.

Noch einmal zückt Rita das Handy, dieses Mal, um Michal anzurufen. Seit gestern Abend hat sie vergebens versucht, ihn zu erreichen. Sie würde sich so gerne bei ihm entschuldigen; ihm sagen, dass Natálies Worte ungerecht und überspitzt waren und dass er nichts darauf geben soll. Auch wenn sie selbst nicht weiß, wie sie ihm die Sache erklären soll. Muss sie ihm wirklich erzählen, was während der letzten Tage passiert ist – mit Natálie und auch mit ihr selbst? Von ihrem Ausflug unter die Stadt und von der Alten Basilika ... Die Vorstellung, ihm all das zu gestehen, treibt ihr einen Kloß in den Hals.

Das Handy klingelt fünfmal, sechsmal ... Sie seufzt und klickt den Anruf weg. Offensichtlich hat Michal keine Lust, mit ihr zu reden. Und Rita kann gerade kaum sagen, ob sie deswegen nun enttäuscht oder erleichtert ist.

Durch den feinen Nieselregen wandert Rita über die Karlsbrücke in die Altstadt. Sie weiß nicht, wohin sie geht oder in welche Richtung sie sich nun wenden soll. Im Westen ist die Wolkendecke aufgebrochen und die Sonne sendet ihre letzten Strahlen, um Ritas Umriss vor ihr auf die Pflastersteine zu zeichnen.

Gedankenverloren betrachtet sie die dunkle Silhouette, während sie darüber nachdenkt, was Lucián ihr oben auf der Hochfeste erzählt hat. Immer noch erscheint es ihr zu absonderlich, um wahr zu sein. Ist sie dort oben wirklich zwei Gestalten ohne eigenen Schatten begegnet? Unsicher erinnert sie sich an ihre kurze Begegnung in der Stadt, an das Braun von Weiden und an Waldesduft ... Ja, die schattenlose Frau auf der Straße kann sie zwischen all den Assoziationen noch in groben Zügen vor sich sehen. Immerhin: Luciáns Rat hat ihr ein Mittel an die Hand gegeben, um ihre Erinnerung einigermaßen zu bewahren.

Aber die Sache mit ihrem Gedächtnis ist ja nicht alles. Rita greift in ihre Tasche und zieht den Füller heraus, der dort folgsam auf seinen Einsatz wartet. Wie kann es sein, dass sie das Glasinstrument ums Verzweifeln nicht loswird? Hat Lucián mit seiner Vermutung recht – ist am Ende ein Blutopfer nötig, um sie von dem Zauber zu befreien? Und wie sollte so etwas wohl aussehen?

Sie schüttelt den Kopf. Kurzentschlossen geht sie zum Rand der Brücke hinüber und wirft den Füller mit einer weiten Bewegung in die Moldau. Der rosafarbene Stab zeichnet einen glänzenden Bogen in die Luft – dann trifft er ohne einen Laut im Flusswasser auf und ist noch im selben Moment verschwunden.

Rita steht an der Brüstung, das Gesicht grimmig verzogen,

und blickt hinab auf die schmutzig-braunen Fluten. Allein zu sehen, wie der verfluchte Stab in den Wellen untergeht, verschafft ihr eine tiefe Genugtuung. Sie beugt sich noch ein wenig weiter hinüber, um zu schauen, ob er nicht irgendwo im Strom wieder auftaucht …

»He du, geiler Arsch!«

Hastig springt Rita auf und dreht sich um. Der Passant, der ihr die Worte zugerufen hat, geht weiter, nicht ohne ihr noch ein anzügliches Grinsen zu schenken. Rita zieht die Augenbrauen zusammen, ihre Kiefer sind aufeinandergepresst … und in ihrer Hand hält sie den Füller, der durch welchen teuflischen Zauber auch immer in ihren Besitz zurückgekehrt ist.

Mit einem Seufzen lehnt sie sich gegen die Brüstung. So einfach wird sie das Instrument nicht los. Aber wie dann? *Ein Blutopfer* … Sie weiß ja nicht einmal, wie sie an jenem Abend an den Füller gekommen ist. Angestrengt denkt sie an ihren ersten Besuch in der Unterwelt zurück. Wenn sie damals wirklich dem Teufel begegnet ist, so müsste sie davon doch irgendetwas wissen. Es ist ja nicht so, dass sie sich an gar nichts erinnern könnte – das Bild der schwarzen Frau auf dem Sims ist klar in ihrem Gedächtnis verblieben. Und der breitschultrige Mann mit den Büchern, Logos. Aber ansonsten …

Rita presst die Kiefer zusammen, während sie sich wieder auf den Weg macht. Sie muss es sich noch einmal ansehen – muss mit eigenen Augen beurteilen, was dort unten vor sich geht. Sie hat genug von verschwommenen Erinnerungen und verlorenen Details. Wenn sie das verfluchte Zauberding loswerden will – wenn sie sich selbst von dem dunklen Zauber lösen will –, dann muss sie wissen, mit wem sie es zu tun hat.

Die Moldau liegt nun hinter ihr, Rita stapft durch das hohe

Tor am Ende der Karlsbrücke. Jetzt weiß sie, in welche Richtung sie unterwegs ist: hinüber zu der alten Weinschenke und von dort aus direkt in das verborgene Herz von Prag.

Die Kellnerin in der Weinschenke lässt keine Regung erkennen, als Rita an ihr vorbei in Richtung der Kellertreppe geht. Dort ist kaum jemand zu sehen, nur zwei Jugendliche spielen an dem Tischkicker, während ein alter Kerl mit Mopp und Wischeimer hinüber zum Schankraum schlurft. Rita wartet, bis den beiden Jugendlichen langweilig wird und sie hinaufgehen, um etwas zu trinken, dann öffnet sie die niedrige Pforte und schlüpft in den Lagerraum, von dem aus eine Hintertür in das nächste Kellergewölbe führt.

Während sie dem verzweigten Pfad unter der Stadt folgt, verlässt sich Rita ganz auf ihre Erinnerung. Nur begleitet vom Schein ihres Handys durchwandert sie das unterirdische Labyrinth, das ihr mittlerweile schon fast vertraut erscheint. Ein leises Tröpfeln ist zu hören, der Klang von Wasser, das irgendwo auf Stein fällt. Lagerräume wechseln sich ab mit Steingewölben, die wohl seit Jahrhunderten niemandem mehr gehören. Der trockene Geruch von altem Mauerwerk und Erde durchzieht die Luft.

Hinter dem nächsten Durchgang sieht Rita einen warmen Lichtschein: Ein paar dicke Stumpenkerzen stehen dort auf dem Boden, als unmissverständliche Einladung, dem Pfad durch die Kellergewölbe weiter zu folgen. Eine tiefe Ruhe überkommt sie, während sie im Flackerschein der Lichter weitergeht. Sie steckt das Handy in die Rocktasche und setzt Fuß vor Fuß, durch enge Pforten und über brüchige Treppenstufen – bis sie den Steinbogen erreicht, der in den Vorraum der Basilika führt.

Mit einem tiefen Atemzug tritt Rita durch den Vorraum in das weite Gewölbe. Kein Mensch ist hier unten zu sehen, leer und ungenutzt öffnet sich das Kirchenschiff vor ihr. Heute wird die Basilika nur von dem Schein einiger in den blinden Fenstern aufgestellter Grablichter erhellt. Die Scheinwerfer sind abgebaut, die Tische, Kissen und Stühle sind an den Rand des Raumes geschoben. Rita riecht die modrig-alte Luft, den allgegenwärtigen Geruch nach Wachs und Stein. Der Ballsaal ist zu einer Gruft geworden.

Ein leises Schaben ertönt am anderen Ende des Gewölbes und mit klopfendem Herzen blickt Rita auf. Sie ist nicht allein. Drüben auf dem erhöhten Altarraum, dort wo am Freitag die Tanzfläche lag, ist eine einsame Gestalt zu sehen: Ein breitschultriger Mann sitzt über einen Tisch gebeugt und blättert in einem Buch. Aufmerksam fährt sein Finger die Zeilen ab, während er sich mit der Linken auf einer Serviette Notizen macht.

Rita atmet tief durch und zwingt sich, ihren Puls unter Kontrolle zu bringen. Jäh steht ihr alles vor Augen, was Lucián erzählt hat – von den Spukgestalten oben auf dem Friedhof und darüber, wer sich hier unten in der Alten Basilika eingenistet hat. Einen Moment lang muss sie gegen den Impuls ankämpfen, sich umzudrehen und zu fliehen – aber ihr ist klar, wie albern dieser Gedanke ist. Schließlich ist sie freiwillig hier heruntergekommen, um herauszufinden, was es mit der ganzen Sache auf sich hat.

Also geht sie das Kirchenschiff entlang, hinüber zu dem erhöhten Altarraum. Mit trotzig vorgestrecktem Kinn blickt sie zu dem Mann hinauf. »Guten Abend! Logos, nicht wahr?« Seltsam, über seinen Namen musste sie keine Sekunde nachdenken.

Logos sieht kurz auf und nickt ihr zu. »Hallo Rita.« Dann schaut er wieder auf das Buch, das aufgeschlagen vor ihm liegt.

Rita überwindet ihre Scheu, stapft die drei Stufen hinauf und wandert hinüber zu der sitzenden Gestalt. Unauffällig sucht sie auf dem Steinboden nach dem Schatten des Mannes, doch im flackernden Kerzenlicht ist er nicht sicher zu erkennen. So beugt sie sich stattdessen über Logos' Schulter, um nach dem Buch auf dem Tisch zu sehen. Es ist irgendein Harry-Potter-Band, mit buntem Einband und großer Schrift. Auf der aufgeschlagenen Seite liest sie die Beschreibung eines freudigen Wiedersehens in einer Eisdiele. Ein Wort, »braun«, ist mit Bleistift durchgestrichen und durch ein fettes *braungebrannt* ersetzt. Ein anderer Leser hat versucht, dieses Wort auszuradieren, und stattdessen *dunkelhäutig* darübergeschrieben. Rita runzelt die Stirn – sie versteht nicht, warum die Kritzeleien Logos interessieren sollten.

Schließlich nimmt sie ihren Mut zusammen und räuspert sich. »Ist das dein großer Plan? Du sorgst dafür, dass deine Gäste Unfug in die Bücher kritzeln?«

Ein trockenes Lachen ist zu hören. »Glaub mir, das tun sie von ganz allein, wenn man ihnen nur die Erlaubnis gibt.« Logos' Stimme ist tief und ruhig, sie hat etwas Väterliches. Nun endlich wendet er sich um und blickt Rita durchdringend an. »Mich interessiert, was die Menschen denken. Ich will wissen, was sie schreiben, wenn sie meinen, dass niemand es liest.«

»Aber es sind nur ein paar hingeschmierte Worte auf Papier.«

Logos hebt die Schultern. »Zwischen Worten und Taten besteht für mich kein großer Unterschied.«

Er blättert ein paar Seiten weiter, zum Anfang des nächsten Kapitels. Hier hat jemand den Blitz über der Kapitelzahl weitergezeichnet, sodass er sich nun über die gesamte Seite erstreckt. Das Bild ist so ausufernd, dass der Text darunter kaum noch zu erkennen ist. Eine andere Leserin hat über die nächste Seite in dicken Buchstaben *TERF* geschrieben.

»Jeder hat seine eigene Art, mit seinen Gefühlen umzugehen.«

Rita zwingt sich, sich von der verunstalteten Seite loszureißen. Angestrengt erinnert sie sich an den eigentlichen Grund ihres Besuchs.

»Was willst du hier?«, fragt sie, bemüht, das Kinn vorzustrecken. »Hier in Prag, meine ich. Was haben du und dein Gefolge hier vor?«

Logos legt den Kopf schräg und blickt sie abschätzend an. »Nenn es eine Studienfahrt. Das ist der Grund, aus dem die meisten Reisenden hierherkommen, nicht wahr?«

»Du wirkst nicht wie ein Tourist«, erwidert Rita knapp. »Ich weiß nicht, warum du hier bist ... Vielleicht, um die Menschen in Versuchung zu führen? Um die Bösen zu bestrafen?«

»Glaubst du das?« Logos schiebt nun das Buch zur Seite; der Blick seiner unterschiedlichen Augen ist ganz auf Rita gerichtet. »Und was wäre deiner Meinung nach so schlecht daran, die Schuldigen zu bestrafen?«

Rita öffnet den Mund, dann verzieht sie nachdenklich die Stirn. Etwas warnt sie, dass sie ihre Worte vorsichtig wählen muss – Schritt für Schritt führt Logos sie auf dünnes Eis. »Aber wenn es um eine gerechte Strafe geht ...« Sie erinnert sich an das Gespräch mit Michal; an die Frage, die er ihr gestellt hat: »Wer entscheidet denn, wer sie verdient und wer nicht?«

»Deswegen bemühe ich mich, die Menschen zu durchdringen.« Logos sieht sie an, in seinem linken, rostroten Auge ein Funke. »Sag selbst: Kann irgendjemand anderes deine Schulden so gut einschätzen wie du selbst?«

Rita zwingt sich, dem undurchschaubaren Blick standzuhalten. Ihr ist, als würde sich ihr Innerstes vor ihr öffnen, als wären all ihre Fehler, ihre Unsicherheiten und Sünden offen dargelegt. All die grausamen Bemerkungen, der Sturz ihrer Vermieterin ... Michal ... Ihre Wangen werden heiß, während sie daran zurückdenkt, was in der letzten Woche geschehen ist.

»Ich weiß ja selbst nicht, ob es richtig war, was ich in den letzten Tagen getan habe«, murmelt sie beinahe gegen ihren Willen.

»Das kann keiner beurteilen außer dir.« Logos' Augen halten sie noch immer gefangen. Sie droht in seinen ungleichen Pupillen zu versinken, wie in einem Brunnen, in den sie zu lange hineingesehen hat. Dann, endlich, senkt er den Blick und weist auf ihre Tasche. »Zumindest trägst du das Werkzeug dafür bei dir.«

Der Füller – natürlich, deswegen ist Rita ja heruntergekommen. Mühsam reißt sie sich aus der Starre und zieht den Glasstab aus ihrer Tasche. »Ich will ihn nicht mehr haben. Nimm ihn zurück oder stell sonst etwas damit an.« Sie streckt ihm den gläsernen Stab entgegen, als könnte sie sich auf diese Weise von dem dunklen Zauber lossagen.

Doch Logos winkt ab: »Damit habe ich nichts zu tun. Ich habe dir den Füller nicht gegeben – das war Erika. Du solltest dich an sie wenden, wenn du Hilfe brauchst.«

»Erika?« Mühsam durchsucht Rita ihr Gedächtnis ... Ja, jetzt erinnert sie sich wieder an die dunkelhaarige Frau, die sie vor über einer Woche auf die Party eingeladen hat. Eilig versucht sie, diese Erinnerung an andere Gedanken zu binden, so wie Lucián es ihr gesagt hat. Sie denkt an Erikas Augen, an ihre schroffe Art ... Ein tiefes Grün vielleicht und der scharfe Geruch des Waldes nach einem Unwetter.

Erika hat ihr den Füller gegeben, an jenem ersten Abend in der

Alten Basilika. Damals hat Rita sich gewünscht, mehr zu sein wie sie. »Es war ein Fehler«, erklärt sie trotzig. »Der dumme Wunsch, alles. Jetzt will ich das Teil nur noch loswerden.«

Logos streckt die Hand aus und dankbar legt Rita den Füller hinein. Ernsthaft betrachtet der Mann das Instrument – dann schüttelt er den Kopf. »Er ist noch nicht zufriedengestellt«, stellt Logos ruhig fest. »Solange er hungrig ist, wird er immer wieder zu dir zurückkehren.«

Er reicht ihr den Füller und mechanisch greift Rita zu. »Aber was …« Sie schluckt, während ihr Luciáns Worte durch den Kopf gehen. *Ein Blutopfer* … Kleinlaut hebt Rita neu an: »Was soll ich denn tun, um ihn loszuwerden?«

»Das musst du schon selbst herausfinden«, sagt Logos nicht unfreundlich. Er wirft ihr noch einen abwägenden Blick zu, dann wendet er sich wieder dem aufgeschlagenen Buch zu. »Du solltest jetzt gehen. Hier unten wirst du die Antwort nicht finden.«

Zitternd dreht Rita sich um. Den Füller zwischen den Fingern, durchquert sie das weite Kirchenschiff, um durch den Vorraum wieder in das Kellerlabyrinth zu steigen. Logos' tiefe Stimme klingt den gesamten Rückweg in ihren Ohren nach, so lange, bis sie die Treppe hinaufsteigt, die sie zurück ans Tageslicht führt.

Das Wetter hat sich nicht gebessert; nach der sonnigen Karwoche wird Prag nun von einem dauerhaften Nieselregen heimgesucht. Rita schlägt den Kragen ihrer Jacke hoch, als sie am nächsten Morgen am Hauptbahnhof aus der Metro steigt und sich umblickt. Die Dächer der Stadt schimmern matt im Regen und das Band der Moldau wirkt braun und trüb.

Während sie dem Weg an den Cafés und Läden vorbei zu ihrem Treffpunkt mit Teodor folgt, zieht Rita wohl zum zehnten Mal das Handy aus ihrer Tasche. Kein neuer Anruf, natürlich nicht. Sie wischt die feinen Tröpfchen vom Display und drückt auf Michals Namen, ganz oben in ihrer Anrufliste.

Nichts ... nur ein paar nichtssagende Töne.

Rita beißt sich auf die Lippe. Mit einem missmutigen Murmeln schiebt sie das Handy zurück in die Tasche, streicht sich die Tropfen aus der Stirn und stapft weiter. Noch zwei Querstraßen, dann hat sie das Hotel erreicht.

Massiv erhebt sich die weiße Fassade zwischen den umliegenden Häusern. Unwillkürlich hält Rita inne und blickt an dem Gebäude empor, ehe sie sich zum Eingang wendet. Sie hat das Hotel schon häufiger im Vorbeigehen bemerkt – es ist eines der großen Businesshotels, in dem die ausländischen Geschäftsleute unterkommen, Deutsche, Japanerinnen und Russen. Irgendwie erscheint es ihr unpassend, Teodor nun hier zu treffen.

Als sie zur Rezeption wandelt, bedenkt die Concierge sie mit einem fragenden Blick, als würde die adrett gekleidete Frau ebenfalls daran zweifeln, ob Rita wirklich hierhergehört. Doch schon hat sich die Dame wieder gefasst und schenkt ihr ein strahlendes

Lächeln. Auf Ritas Frage weist sie ihr den Weg zur Hotelbar, die geschminkten Züge zu einer einladenden Maske verzogen.

Die Bar wirkt ebenso unpersönlich wie das gesamte Hotel. Rita sucht sich einen Tisch am Rand des Raumes, nahe den riesigen Fenstern, die hinaus auf die Straße weisen. Im Vorbeigehen bittet sie den Kellner, ihr ein Glas Wasser zu bringen, dann lässt sie sich in einem der Sessel nieder und hängt ihre nassgeregnete Jacke über die Lehne. Sie atmet auf. Warum hat sie nicht darauf bestanden, sich in einem der Cafés in der Stadt zu treffen? Jede Kneipe wäre besser als diese sterile Umgebung.

Einige Minuten lang beschäftigt sich Rita damit, die Muster der Tischplatte nachzufahren und durch das Fenster auf die regenverhangene Straße zu blicken. Sie schreckt auf, als sie Schritte neben sich hört – aber nein, es ist nur der Kellner, der ihr das Wasserglas bringt. Dankbar nimmt Rita das Glas entgegen und trinkt ein paar tiefe Schlucke, die Finger fest um das Gefäß gekrallt.

War es ein Fehler, heute hierherzukommen? Rita schüttelt den Kopf. Sie muss mit Teodor reden – muss ihm offen gestehen, was sie zu Natálie gesagt hat und wie weit sie Mitschuld an der Trennung hat. Ihre Gedanken wandern zurück zu der Szene am Sonntag im Lokal und zu dem, was an jenem Abend mit Frau Kučerová geschehen ist. Es ist höchste Zeit, dass sie zu ihren Taten steht. Fest stellt sie das Glas auf dem Tisch ab, mit einem *Klong*, der durch die Bar hallt und den Kellner dazu bringt, in ihre Richtung zu schauen. Rita beantwortet seinen Blick mit einer entschuldigenden Grimasse, ehe sie wieder nach dem Wasserglas greift, um es in einem Zug zu leeren.

»Na? Darf ich mich zu dir setzen?« Aufgeschreckt hebt Rita den Kopf. Vor ihrem Tisch steht Teodor und blickt mit einem jovialen Lächeln auf sie herab. »Du siehst aus, als hättest du Sorgen zu ertränken«, meint er und nickt auf das leere Glas in ihrer Hand.

Rita zieht die Augenbrauen zusammen. Er wird doch nicht glauben, dass sie um diese Zeit schon Alkohol getrunken hat? »Noch ein Glas Wasser, bitte«, ruft sie dem Kellner zu, dann wendet sie sich wieder zu Teodor. »Wie schön, dass du kommen konntest.«

»Aber natürlich. Ich freue mich, dass du dich gemeldet hast.« Er legt sein Jackett auf den Nachbarsessel und setzt sich ihr gegenüber. Heute hat er sich die Haare nicht zurückgegelt; ungebändigt fallen ihm die braunen Locken um das Gesicht. Rita muss zugeben, dass Teodor mit seinem kurzgestutzten Bart und den blauen Augen wirklich unverschämt gut aussieht. Mit einer einladenden Geste öffnet er die Hände. »Also, was kann ich für dich tun?«

»Na ja ...« Rita verzieht ihren Mund. Es ist schwierig, den richtigen Anfang zu finden. »Ich habe gehört, dass es Probleme zwischen dir und Natálie gibt. Dass sie dich rausgeworfen hat?«

»Oh ja, das kann man wohl sagen.« Teodor setzt eine betroffene Miene auf. »Ehrlich gesagt habe ich keine Ahnung, was sie geritten hat. Sie will ja nicht einmal mit mir reden. Kannst du es mir vielleicht sagen?«

Rita zieht eine Grimasse – so weit hat sie sich eigentlich nicht in die Beziehung der beiden einmischen wollen. Aber wo sie nun einmal hier ist, kann sie auch offen mit ihm reden. »Natálie ist überzeugt, dass du sie betrogen hast. Mehr als einmal.«

Sie sieht ihr Gegenüber prüfend an, um seine Reaktion abzuschätzen. Von drüben kommt der Kellner zu ihnen und stellt zwei Gläser vor ihnen ab – ein neues Wasserglas vor Rita und ein dunkles, mit Eiswürfeln gefülltes vor Teodor. Sie runzelt die Stirn; sie hat gar nicht mitbekommen, dass er sich einen Drink bestellt hat.

Teodor dreht das Glas nachdenklich zwischen den Fingern, dann nimmt er einen großen Schluck. »So, das denkt sie also«, sagt er, den Blick auf den Tisch gerichtet. So sehr sie sich auch bemüht, Rita kann nicht erraten, was hinter seiner Stirn vorgehen mag. Endlich hebt er den Kopf und sieht ihr in die Augen. »Darf ich ehrlich sein? Ich bin dir dankbar dafür, dass du so offen mit mir sprichst – aber da muss doch noch etwas anderes sein, nicht wahr? Warum hast du dir die Mühe gemacht, persönlich mit mir zu reden?«

Rita atmet tief ein. Jetzt ist er gekommen, der Moment, da sie dazu stehen muss, was geschehen ist. »Es ist ... Ich habe dir etwas zu beichten.« Bei den Worten ballen sich ihre Hände zu Fäusten; die Fingernägel kratzen über die Handballen. Noch einmal holt sie Luft. »Die Sache ist die: Ich selbst habe Natálie geraten, sich von dir zu trennen. Vor ein paar Tagen erst, als sie sich auf der Arbeit über eure Beziehung aufgeregt hat.« Vorsichtig blickt sie auf, doch Teodor sieht sie nur abwartend an. Also gut, dann kann sie nun auch alles sagen. »Ich hatte die letzten Tage ein paar seltsame Begegnungen, musst du wissen. Ich war am Wochenende auf einer Party, irgendwo in den Kellern unter der Stadt, und ich habe auch Natálie mitgenommen. Und seitdem ... Na ja, ich glaube nicht, dass sie vorher auf die Idee gekommen wäre, so einen Schritt zu tun. Und deswegen fühle ich mich verantwortlich.«

Ernst erwidert Teodor ihren Blick. Endlich ergreift er das Wort: »Ich danke dir dafür, dass du so offen mit mir sprichst.« Über den Tisch hinweg fasst er nach ihrer Hand und umschließt sie mit der seinen. »Ich kann mir vorstellen, dass es dir schwergefallen ist, hierherzukommen – gerade weil du Natálies Freundin bist. Und ich finde es bemerkenswert, dass du für das, was zwischen uns geschehen ist, geradestehen willst. Aber meinst du nicht, dass es etwas übertrieben ist, das alles nun auf deine Kappe zu nehmen? Schließlich ist Natálie ein erwachsener Mensch.«

Rita hört ihm stumm zu. Es gefällt ihr nicht, wie er ihre Hand hält, und unauffällig zieht sie die Finger wieder aus seinen. »Das ist nett, dass du das sagst«, antwortet sie vorsichtig. »Aber ich denke ...«

»Nein, rede dir keinen Unfug ein!« Teodors Tonfall ist überzeugend, sein Blick liegt fest auf ihr. »Du bist nicht schuld daran, was Natálie anstellt – ganz egal, was du zu ihr gesagt hast. Glaub mir das!«

Sie bemerkt, dass er schon wieder versucht, ihre Finger zu ergreifen, und lehnt sich unauffällig zurück. »Das ist wirklich freundlich von dir.« Ihr ist nicht entgangen, dass Teodor nichts zu den Vorwürfen seiner Frau gesagt hat. Wenn sie ehrlich ist, entwickelt sich das gesamte Gespräch anders, als sie es erwartet hat. Sie ist auf Anklagen gefasst gewesen, auf Selbstvorwürfe, vielleicht sogar auf Tränen. Aber die ruhige, fast heitere Art, mit der Teodor mit dem Zusammenbruch seiner Ehe umgeht, lässt einen schalen Nachgeschmack in ihrem Mund zurück.

Rita überlegt, was sie nun tun soll – soll sie mehr erzählen, von der Bar unten und dem gläsernen Füller? Doch wahrscheinlich würde Teodor den Bericht sowieso nicht glauben. Unsicher öffnet sie den Mund ... Da fängt das Handy in ihrer Tasche an zu summen. Hastig greift sie nach dem Gerät und hält es sich ans Ohr.

»Hallo? Wer ist da?«

»Ha... Hallo Rita«, klingt es am anderen Ende. »Du hattest mich angerufen ...«

»Michal!« Rita springt fast vom Sessel. Ihre Wangen glühen vor Erleichterung, als sie ihm hastig antwortet: »Wie gut, dass du zurückgerufen hast! Ich habe mir Sorgen gemacht, wegen ... na ja, wegen dem, was am Sonntag geschehen ist.«

»Es ist schon in Ordnung.« Michals genuschelte Stimme straft seine Worte Lügen. Rita kann hören, wie er schluckt. »Also ... warum wolltest du mich sprechen?«

»Na ja, ich ...« Nervös fahren Ritas Finger über den polierten Tisch. »Ich wollte mit dir reden ... eigentlich nur das. Mich entschuldigen. Und ... und dir vielleicht ein paar Dinge erzählen.« Sie lächelt verlegen, als könnte ihr Gesprächspartner es sehen. »Vielleicht können wir uns ja irgendwo treffen ... Wenn du Lust hast, versteht sich.«

Eine endlos lange Zeit ist nichts zu hören – dann tönt Michals Stimme aus dem Handy: »Heute, meinst du?«

»Ja, zum Beispiel. Also, wenn es dir passt.« Rita muss sich zwingen, ihre Stimme nicht zu hoch klingen zu lassen. Kurz überlegt sie – das Lokal am Teufelsbach wäre wohl kein passender Treffpunkt und draußen an *Libuses Bad* erscheint es ihr jetzt, am helllichten Tag, auch nicht geeignet. »Wie wäre es oben auf der Hochfeste?«, schlägt sie schließlich vor. »Auf der Wiese vor der Kirche?«

»In Ordnung. Ich bin in zwei Stunden da.« Mit einem vernehmbaren Rauschen legt Michal auf, ohne sich von ihr zu verabschieden.

Rita schaut starr auf ihr Handy, als könnte sie auf diese Weise Michals Gefühle deuten. Es tut gut, wieder etwas von ihm zu hören – sie hat schon angefangen, sich ernsthafte Sorgen zu machen. Gleichzeitig ist ihr bang zumute, wenn sie an das bevorstehende Gespräch denkt. Was wird Michal wohl zu ihrem Bericht sagen?

Schnaubend schüttelt sie den Kopf. Vor einer Woche hätte sie sich nicht vorstellen können, ihn überhaupt noch einmal zu treffen, und nun ...

»Du hast noch etwas vor?«

Irritiert blickt sie auf. Teodor sitzt immer noch vor ihr, den Oberkörper vorgebeugt und die Arme auf den Tisch gestützt. Jetzt erst wird ihr bewusst, dass er ihr Gespräch mitangehört hat. Die Tatsache ist ihr unangenehm, so als wären ihre Worte nicht für fremde Ohren gedacht gewesen.

Rita bemüht sich, ein freundliches Lächeln aufzusetzen. »Ja, leider. Ich muss los.« Mit fahrigen Fingern steckt sie das Handy ein. »Das war ein Freund von mir ... Er braucht gerade ein wenig Unterstützung. Ich habe etwas wiedergutzumachen bei ihm. Ich ...« Ihre Stimme klingt heiser. Rasch greift sie nach dem Wasserglas und leert es in einem Zug.

Sie weiß nicht, wie Michal auf ihre Erklärung reagieren wird – weiß ja nicht einmal genau, was sie ihm sagen will. Dass sie einen Pakt mit dem Teufel geschlossen hat und ihm deswegen nicht beistehen konnte? Dass Natálies ungerechte Worte genauso verflucht waren wie ihre eigenen Taten der letzten Tage? Es klingt absurd. Und doch muss sie mit ihm reden, nicht nur wegen dem, was Lucián gesagt hat. Sie muss ehrlich zu Michal sein – gerade weil sie ihn mittlerweile wirklich mag.

Mit den Fingern fährt sich Rita durch die offenen Haare. »Es ist einfach alles so verfahren«, murmelt sie und schüttelt den Kopf.

»Rita, hör mir zu.« Teodors Tonfall ist fest und sicher. Unwillkürlich hebt sie den Blick. »Wenn meine Meinung dir etwas bedeutet: Ich glaube nicht, dass du an irgendetwas, das Natálie getan oder gesagt hat, schuld bist. Du bist eine wundervolle, aufrichtige Frau und jeder Mann sollte glücklich sein, wenn du ihm Zeit widmest.« Er schenkt ihr ein Lächeln, so offen, dass Rita es wie von selbst erwidert. Dann zuckt er die Schultern. »Und schließlich kannst du nichts dafür, wenn Natálie manchmal etwas überschnappt.«

Bei diesen Worten presst Rita die Lippen zusammen. Am Ende hat sie ihm eben doch nicht alles erzählt. »Ich hoffe, du hast recht«, sagt sie leise. *Ich hoffe, Michal sieht es genauso.*

Sie greift nach ihrer Jacke und bedeutet dem Kellner, ihr die Rechnung zu bringen. »Also dann, ich muss mich auf den Weg machen.«

»Aber ich bitte dich, lass mich das erledigen.« Teodor wendet sich zum Kellner: »Schreiben Sie es auf meine Hotelrechnung. Das ist wirklich das Mindeste.«

Rita verzieht die Stirn – auch wenn es nur zwei Gläser Wasser sind, sie lässt sich nicht gerne einladen, schon gar nicht von dem Ehemann ihrer Freundin. Aber andererseits wäre es wohl unhöflich, darauf zu bestehen. Also ringt sie sich ein Lächeln ab. »Vielen Dank. Ich hoffe, dass zwischen dir und Natálie wieder alles ins Lot kommt.«

»Das hoffe ich auch.« Teodor seufzt, sein Blick wirkt bei diesen Worten regelrecht melancholisch. Seltsam, nach wie vor kann Rita den fremden Mann kein bisschen einschätzen. Aber immerhin ist das nun nicht mehr ihr Problem.

Mit einem kurzen Nicken verabschiedet sie sich von ihm und wendet sich zum Hoteleingang. So weit, so gut – jetzt bleibt nur noch das Gespräch mit Michal zu überstehen. Hoffentlich ohne dass er ihr auf ewig die Freundschaft kündigt. In der Lobby lächelt Rita der Concierge noch einmal zu, dann geht sie zurück zum Hauptbahnhof, um die nächste Straßenbahn hinüber zur Hochfeste zu nehmen.

Der Nieselregen lässt langsam nach, als Rita über die Straße hinauf zur Feste stapft. Sie kümmert sich nicht um die Tropfen; in ihre Jacke gehüllt betritt sie die feuchten Kieswege, während ihr der Regen von der Nase perlt.

Heute hat sich kaum jemand die Mühe gemacht, heraufzukommen, um die Aussicht zu bewundern. Nur am Rand des Parks sieht sie einen jungen Mann mit seinem Hund und dort drüben unter der Libuše-Statue spielen zwei Kinder, ohne sich um das schlechte Wetter zu kümmern. Rita versucht abzuschätzen, ob die beiden einen Schatten werfen, doch umsonst; im trüben Dämmerlicht der Wolken ist nichts zu erkennen.

Auch Michal scheint noch nicht angekommen zu sein – natürlich nicht, es ist viel zu früh für ihre Verabredung. Aber Rita wollte nicht länger warten. Suchend lässt sie ihren Blick über den Park schweifen, von der alten Befestigungsmauer im Süden bis zu der hohen Pforte der Kirche. Sie verschränkt die Arme vor der Brust. Wahrscheinlich wird er am Ende gar nicht kommen – wäre das nicht vielleicht das Beste? Nach dem, was sie ihm zu sagen hat, würde er wohl sowieso schnell das Weite suchen. Teufelspakte und dunkle Vergeltungsschläge ... Wer würde sich auf so etwas schon einlassen? So oder so, nach dem heutigen Tag wird Michal nichts mehr mit ihr zu tun haben wollen. Bei dem Gedanken zieht sich ihr Herz zusammen.

»Suchst du jemanden?«

Rita schreckt auf, dann wendet sie sich um. Hinter ihr warten die Teufelssäulen im Regen – sie hat gar nicht bemerkt, dass sie zu der Skulptur hinübergewandert ist. Und gegen die linke Säule gelehnt steht Erika und blickt sie lauernd an. Die Frau ist in einen olivfarbenen Trenchcoat gehüllt, der sie vor der Feuchtigkeit schützt; nur ihre durchnässten Haare liegen offen über ihren Schultern.

»Ich habe gehört, dass du mit mir sprechen willst.«

Rita braucht einen Moment, um sich von ihrem Schreck zu erholen. Unwillkürlich fahren ihre Gedanken zu dunklen Tannen und dem Geruch des Regens – ja, ihre Erinnerung an die andere Frau ist so real wie eh und je. Sie zwingt ihre nassen Lippen zu einer Grimasse.

»Ja, das wollte ich. Ich will dir etwas zurückgeben.« Mit der rechten Hand greift sie in ihre Jackentasche und zieht den Füller heraus, der dort verborgen liegt. »Hier. Ich will ihn nicht mehr haben.«

»So.« Erika kommt aus dem Schatten der Bäume und streicht sich die Tropfen aus dem Gesicht. Ohne eine Regung blickt sie auf den Füller in Ritas Hand. »Und wieso wirfst du ihn dann nicht einfach fort?«

»Weil es nicht geht«, bringt Rita heftig hervor. »Das weißt du selbst gut genug! Er kommt zu mir zurück, was ich auch tue. Logos meint, der Füller wäre noch hungrig, und Lucián ...«

Sie verstummt. Lucián hat von einem Blutopfer geredet, aber er hat nicht gesagt, wessen Blut vergossen werden soll. Ihr Daumen fährt über die Füllerspitze – sie ist spitz, wahrscheinlich scharf genug, um damit Haut aufzuritzen. Erika hat ihr den Füller gegeben; wäre es dann nicht recht und billig, wenn sie die Sache auch ausbadet?

Rita kämpft noch mit ihren Emotionen, da schüttelt Erika den Kopf. »Süße, dir ist klar, dass ich weiß, worüber du gerade nachdenkst?«

Mit weit aufgerissenen Augen sieht Rita ihr Gegenüber an. »Du … du kannst meine Gedanken lesen?«, fragt sie atemlos. Davon hat Lucián nichts gesagt.

»Zumindest dann, wenn sie dir so offen ins Gesicht geschrieben sind.« Erika verschränkt die Arme vor der Brust und blickt mit hochgezogener Augenbraue auf sie herab. »Du willst also mein Blut – und Lucián hat dich auf diese Idee gebracht?«

Der Regen ist nun gänzlich vergangen. Die Wolkendecke über ihnen wird dünner und ein einsamer Sonnenstrahl dringt hindurch, um die beiden Frauen zu beleuchten. Es ist wahr: Auf dem Boden zu Erikas Füßen ist kein Schatten zu sehen.

Rita zieht die Augenbrauen zusammen. Es ist, als würde ihr der Anblick helfen, ihre ungeordneten Gedanken zu sortieren. »Lucián hat mir gesagt, dass du kein Mensch bist!«, wirft sie Erika entgegen. Dabei weist sie auf den Boden, wie um ihre Behauptung zu beweisen.

Erika folgt ihrem Blick und mustert den sonnenbeschienenen Grund, als würde sie ihn zum ersten Mal wahrnehmen. »In der Tat. Das hätte ich dir auch sagen können, wenn du mich gefragt hättest.« Mit einem leisen Schnauben schaut sie wieder auf. »Also, du willst mein Blut sehen? Wenn das alles ist …«

Sie hebt die Hand und streckt sie Rita fordernd entgegen. Die braucht einen Moment, um zu verstehen, dann reicht sie der anderen Frau den Glasfüller. »Danke«, murmelt Rita erleichtert. »Ich glaube nicht, dass es viel sein muss …«

Ohne zu antworten, schiebt Erika den Ärmel ihres Mantels bis zum Ellbogen hoch. Dann nimmt sie den Füller in die Linke, setzt die Spitze an und ritzt sich mit dem scharfen Glasstab längs über den Unterarm. Rita muss sich zwingen, den Blick nicht abzuwenden. Sie erwartet, dass rotes Blut aus der Wunde dringt – doch stattdessen klafft in Erikas Arm nur ein grauschwarzer Schlitz, so als hätte ihr Blut die Farbe schwarzer Tinte. Noch ehe etwas davon austreten kann, verschließt sich die Wunde wieder, als wäre sie nie dagewesen.

Mit offenem Mund streckt Rita die Finger aus und streicht Erika über die unversehrte Haut. Sie sieht irgendwie frisch aus, nicht ganz fertig – aber nur wenige Sekunden lang, dann lässt sich der Streifen nicht mehr von dem Rest der Haut unterscheiden. Die Wunde ist vergangen wie ein Kiesel, der im Wasser versinkt und keine Spuren hinterlässt.

»Das ist unglaublich«, murmelt sie.

»Gewöhnungssache. Veränderung fällt unsereinem nicht leicht.« Erikas Stimme klingt bei den Worten unbewegt. Sie dreht den Füller zwischen ihren Fingern, den Blick auf Rita gerichtet. »Ich kann ihn nehmen, wenn du es willst. Aber solange du nicht vollendest, was du angefangen hast, wird er immer wieder zu dir zurückkehren.«

»Aber dann ...« In Ritas Kopf rumort es. Immer noch starrt sie auf Erikas Arm – die unversehrte Haut zeugt deutlich von dem Hexenwerk, das sie gerade mitangesehen hat. Mit regennassen Fingern reibt sie sich die Stirn, dann schaut sie die andere Frau an. »Dann ist es wirklich wahr, was Lucián sagt. Was du selbst mir damals erzählt hast.« Unwillkürlich wird ihre Stimme leiser. »Du arbeitest für den Leibhaftigen?«

Erika lacht auf und lehnt sich gegen die feuchte Steinsäule. »Hast du jemals von dem Ausdruck *des Teufels Advokat* gehört?«, fragt sie, während sie den Füller zwischen den Fingern kreisen lässt. Mit einem Schulterzucken schiebt sie den Glasstab in ihre Manteltasche. »Nun, ich bin wohl eher sein Sekretär.«

Sie scheint Ritas entsetzten Gesichtsausdruck zu bemerken und nickt hinüber, in Richtung der Kirche, die drüben am Rand der Wiese aufragt.

»Lass uns einen Spaziergang machen«, schlägt Erika vor.

Rita folgt ihr, ohne zu wissen, wie ihr geschieht.

Nur noch ein leises Tröpfeln ist zwischen den Bäumen zu hören, während die beiden Frauen über die Kieswege durch den Park laufen. Die Wolkendecke ist so weit aufgerissen, dass Rita einen klaren Schatten unter ihren Füßen ausmachen kann. Unter Erika hingegen ist nichts zu sehen als der helle Kies. Der Anblick erfüllt sie mit einer dumpfen Übelkeit.

»Werde ich dieses Gespräch auch wieder vergessen?«, murmelt Rita unsicher. Sie denkt an Luciáns Ratschlag und bemüht sich, Erikas Gestalt mit Assoziationen zu umgeben – das Grün dunkler Tannen, der scharfe Geruch von Unwetter, der Klang von Donnergrollen in der Ferne.

Erika schürzt die Lippen und blickt sie abschätzend an, so als könnte sie Ritas Bemühungen an ihrer Stirn ablesen. »Schwer zu sagen«, gibt sie schließlich zu. »Wenn du dich genug anstrengst, dann vielleicht nicht ... Auf der anderen Seite kann man niemals sicher sein. Zumindest wirst du die Entschlüsse behalten, die du jetzt und hier triffst.«

Der unzufriedene Ausdruck auf Erikas Gesicht lässt Rita aufhorchen. Zum ersten Mal überlegt sie, wie es wohl sein muss, wenn man keine Erinnerung im Geist der Menschen hinterlässt. Sie stellt es sich einsam vor.

»Komm mit, ich will dir etwas zeigen.« Ungeduldig nickt die andere hinüber zum Kirchenportal.

Rita folgt ihr zögerlich. Sie muss daran denken, wie Lucián mit ihr zusammen das Bild des Jüngsten Gerichts über dem Portal betrachtet hat – die wehklagenden Seelen, die ins ewige Höllenfeuer geschickt werden.

»Siehst du das?« Erika weist nun ebenfalls hinauf zu dem Relief. »Die ganzen Heuchler dort drüben, all die Vergewaltiger und Mörder sind mit einem Mal richtig kleinlaut.« Ein selbstzufriedenes Lächeln streicht über ihre Züge, als sie sich zu Rita umdreht. »Das ist mein Job.«

»Die ... die Schuldigen zu bestrafen?« Rita runzelt die Stirn. Natürlich, wenn man es recht bedenkt, ergibt es Sinn ... Schließlich soll ja genau das die Aufgabe des Teufels sein.

»Genau«, bestätigt Erika. In ihrem Blick erkennt Rita ein zufriedenes Funkeln. »Keine Gnade, keine albernen Engelschöre – einfach klare, ausgeglichene Gerechtigkeit. Das Gleiche, was du nun auch tust.«

»Aber ich ...« Ritas Finger fahren zu dem verblassten Mal auf ihrem Arm. *Gerechtigkeit* – in diesem Licht hat sie ihre Taten der letzten Tage noch nicht betrachtet. Kleinlaut erwidert sie: »Ich habe nicht das Gefühl, als wären meine Taten besonders gerecht gewesen.«

»Warum denn nicht?«, gibt Erika zurück. »Haben sie nicht allesamt verdient, was ihnen geschehen ist? Die unverschämten Kerle, dein Chef, die Vermieterin ...«

Rita spart sich die Frage, woher Erika so genau über ihr Leben Bescheid weiß. Stattdessen überlegt sie, ob wohl etwas an den Worten dran sein könnte. *Gerechtigkeit* ... Nein, dieser Begriff scheint ihr doch zu groß für ihre Taten. *Rache,* das trifft es schon eher ...

»Lucián hat gesagt, ich solle beichten, was ich getan habe«, sagt Rita leise, während sie sich immer noch über den Arm reibt. »Er meinte, ich müsse zu den Menschen gehen, die wegen mir verletzt wurden, und ihnen alles erzählen. Dann würde ich mich besser fühlen.« Unsicher seufzt sie auf. Sie denkt an ihre Vermieterin, an ihr Gespräch im Krankenzimmer. Auch mit

Teodor hat sie geredet und mit Natálie. Der Einzige, der nun noch fehlt ...

»Es geht dir um den Jungen, nicht wahr?«, fragt Erika interessiert. »Der, der bei dir war, letzte Woche im Club. Michal. Du willst ihm wirklich erzählen, was seitdem passiert ist?«

Rita senkt den Blick. »Wenn er dann nichts mehr von mir wissen will, ist das vielleicht gerade die gerechte Strafe.« Wie von selbst ballen sich ihre Hände zu Fäusten, mit den Nägeln fährt sie sich über die Handballen. Noch etwas stärker, und sie wird die wunde Haut blutig kratzen ...

»Warum tust du das?«, fragt Erika und weist auf ihre Hände. »Was bringt es dir, dich selbst zu verletzen?«

»Das – das ist nichts.« Eilig schiebt Rita die Fäuste in die Jackentaschen. »Es ist nur ... Ich kann mich so besser konzentrieren.« Ihre wunden Handballen pochen protestierend, als wollten sie sie der Lüge bezichtigen – dabei ist die Erklärung ja nicht einmal unwahr.

»Wie du meinst«, erwidert Erika ungerührt. »Aber du solltest aufpassen, wenn Lucián seine Finger im Spiel hat. Unschuldiges Blut ist gerade das richtige Opfer für seine Fürstin.«

»Unschuldig, ich?« Rita lacht unglücklich auf. »So komme ich mir wirklich nicht vor.« Immer noch schaben ihre Fingernägel über die weiche Haut. Der Schmerz fühlt sich gut an, tröstlich. Als gäbe es zumindest irgendetwas in ihrem Leben, worüber sie selbst die Kontrolle innehat.

Erika hebt die Schultern. »Nun, Lucián scheint das anders zu sehen. Er hat dich letztens als ›eines ihrer Schäfchen‹ bezeichnet. Und schließlich hat seine Fürstin den Ruf, sich zu nehmen, was immer sie für das Ihre hält. Ich würde an deiner Stelle also gut aufpassen, wenn du mit Blut hantierst – und wenn es nur ein

Kratzer ist. Gut möglich, dass sie es sonst als persönlichen Tribut annimmt.«

Rita zieht die Augenbrauen zusammen. Sie versteht nur die Hälfte von dem, was Erika erzählt – und nichts davon sollte sie wohl unbesehen glauben. Und doch, etwas ist faul an der Sache, so viel spürt sie selbst. Kann es denn Zufall sein, dass Lucián ihr gegenüber immer wieder vom Thema Blut anfängt?

»*Seine Fürstin* – wen meinst du denn damit?«, fragt sie Erika. Gegen ihren Willen fahren ihre Gedanken zurück zu all den Schnitten, die sie sich im Lauf der Jahre zugefügt hat. Könnte es sein, dass eine unbekannte Macht ihr Ritzen als persönlichen Tribut angesehen hat?

»Aber Süße, was glaubst du denn, in wessen Namen Lucián hier große Töne spuckt? Ohne die alte –« Erika hält inne, die Stirn misstrauisch gerunzelt, und wirft einen Blick über Ritas Schulter. »Sieht aus, als hättest du einen Verehrer«, meint sie trocken.

Auch Rita hat die Tritte gehört. Michal – an ihr Treffen hat sie überhaupt nicht mehr gedacht. Sie zwingt ihre Züge zu einem freundlichen Lächeln und dreht sich um – nur um erschrocken zurückzufahren.

»Teodor! Was machst du denn hier?«

Vor ihr auf dem Weg steht Natálies Ehemann unter einem nassen Regenschirm und sieht sie bittend an. »Rita, wie gut, dass ich dich gefunden habe. Ich konnte unser Gespräch von vorhin nicht einfach so stehenlassen – ich musste noch einmal mit dir reden. Und als ich gehört habe, wie du dich am Telefon verabredet hast …«

»Ich verstehe schon«, murmelt Rita, nur um seinen Redeschwall zu unterbrechen. Hier oben geht es ja heute zu wie in einem Taubenschlag. Eigentlich ist sie nur hergekommen, um sich in Ruhe mit Michal zu treffen ...

Ihr Blick fährt an Teodors tropfender Gestalt entlang, unsicher, was sie aus der Sache machen soll. Wenn sie ehrlich ist, hat sie keine Lust, weiter mit ihm zu sprechen. Haben sie vorhin in der Hotelbar nicht alles geklärt, was es zwischen ihnen zu bereden gibt? Aber auf der anderen Seite will sie ihm auch keine Abfuhr geben – schließlich fühlt sie sich immer noch mitverantwortlich für seine Lage.

»Wie ist es?«, fragt Teodor mit einem Seitenblick auf Erika. »Hast du vielleicht ein paar Minuten Zeit für mich?«

Rita bemerkt, wie Erika den Mann misstrauisch mustert, und nickt der anderen beschwichtigend zu. »Meinetwegen«, sagt sie an Teodor gewandt, »lass uns reden.«

Durch das Tor mit dem Schriftzug betreten die beiden den Friedhof. Erika ist am Kirchenportal zurückgeblieben, von wo aus sie ihnen mit hochgezogener Augenbraue hinterherschaut. Der alte Gottesacker liegt heute wie ausgestorben da, nicht eine Seele hat Lust, die Gräberreihen bei diesem Wetter zu besuchen. Teodor scheint diese Abgeschiedenheit gerade recht zu kommen: Schützend hält er seinen Schirm über Rita, sodass die beiden eng aneinandergedrückt an den Gräbern entlangwandern.

»Hör zu, Rita, ich habe nachgedacht«, beginnt Teodor endlich das Gespräch. »Mir geht einfach nicht aus dem Kopf, was du vorhin gesagt hast. Darüber, was Natálie von mir denkt ... Es macht mich fertig.« Er schüttelt den Kopf, tiefe Sorgenfalten auf der Stirn. Dann seufzt er auf. »Aber vielleicht sagt das noch etwas anderes aus – über uns, Natálie und mich. Siehst du, zwischen uns funktioniert es schon seit einiger Zeit nicht so wie früher.«

Mit zusammengepresstem Mund lauscht Rita den Worten. Will Teodor die Gelegenheit nutzen, um mit ihr anzubandeln? Kann es sein, dass er ihre Intention vorhin dermaßen falsch verstanden hat?

Endlich bleibt sie stehen und dreht sich zu ihm um. »Hör zu ...«, beginnt sie, dann unterbricht sie sich: »Tu erstmal den Schirm weg. Es hat längst aufgehört zu regnen.«

Zweifelnd blickt Teodor zum Rand des dunklen Stoffs, von dem immer noch einzelne Tropfen herunterfallen. Aber immerhin lässt er den Regenschirm nun sinken; wie eine Riesenfledermaus bleibt der schwarze Schatten auf dem Pflasterstein liegen. Dann wendet sich sein Blick wieder ihr zu.

Rita stöhnt innerlich auf. Wahrscheinlich ist es allein ihre Schuld. Was hätte Teodor denn denken sollen, nach all dem zusammenhanglosen Gestammel, das sie bei ihrem Treffen von sich gegeben hat? Jetzt ist es an ihr, ihm klipp und klar zu sagen, dass sie nichts von ihm will.

Doch noch ehe sie den Mund öffnen kann, sieht Teodor sie mit großen Augen an. »Weißt du, Rita, dass du mich gestern angerufen hast … dass du die Initiative ergriffen hast, dich heute mit mir zu treffen … du glaubst nicht, wie dankbar ich dafür bin. Und ich spüre ja, dass da bei dir auch etwas ist, sonst hättest du dir diese Mühe doch nicht gemacht.«

Es besteht kein Zweifel; das hier ist der einzige Grund, weshalb Teodor ihr auf die Hochfeste gefolgt ist. Er will ihr an die Wäsche – genau wie jeder anderen Frau, mit der er Natálie schon betrogen hat. Der Gedanke an ihre Freundin versetzt Rita einen Stich. Natálie hatte recht: Es war das einzig Richtige, den treulosen Ehemann so schnell wie möglich zu verlassen. Und Rita hat geargwöhnt, dass sie einfach überreagieren würde …

Teodor tritt noch einen Schritt näher an sie heran. »Du bist eine ganz besondere Frau, Rita«, haucht er ihr zu, in einem Tonfall, der wohl verführerisch klingen soll.

Mit einem tiefen Atemzug dreht Rita sich zu ihm um. Sie hebt den Kopf, um ihm direkt in die Augen zu blicken: »Nein, Teodor, du irrst dich. Da ist nichts zwischen uns. Es tut mir leid, wenn ich dich auf falsche Ideen gebracht habe, aber ich empfinde nichts für dich. Wir sollten das Gespräch jetzt beenden.«

»Aber Rita, bitte … Sei doch nicht so!« Mit einer flehenden Grimasse sieht Teodor sie an. »Ich weiß, du bist Natálies Freundin. Aber du hast es ja selbst gesehen: Sie will nichts mehr von mir wissen.«

Die beiden stehen nun vor den Arkaden am Rand des Friedhofs – Rita weiß kaum, wie sie hierhergekommen sind. Sie spürt das Gitter in ihrem Rücken, während Teodor sie von der Seite bedrängt.

»Gib mir doch wenigstens eine Chance, Rita … uns beiden!«

Teodor ist ihr nun so nahe, dass sie seinen Körper an ihrem spüren kann. Er überragt sie um beinahe einen Kopf, sodass Rita nicht einmal versucht, ihn von sich fortzuschieben. Sie schüttelt nur den Kopf, die Lippen zusammengepresst.

»Geh weg«, sagt sie, »jetzt sofort. Lass mich in Ruhe.«

Ritas Stimme klingt bei den Worten ungewohnt hart. Mit stählernem Blick sieht sie ihn von unten an, die Arme eng gegen den Körper gepresst. Jäh bemerkt sie, dass sie den Glasfüller wieder in den Fingern hält.

Teodor scheint ihre Reglosigkeit für Zustimmung zu halten; er hebt die Hand, um über ihren Arm zu streichen. »Sei ehrlich zu dir, Rita«, murmelt er dabei. »Du willst es doch auch …«

In dem Moment, da er sie berührt, bewegt sich Rita wie von selbst. Sie weicht seinem Griff aus und in der gleichen Drehung hebt sie die rechte Hand mit dem Füller. Mit einer zielgerichteten Bewegung stößt sie ihm das Glasinstrument in die Brust.

Kein Laut ist zu hören, als der Füller in das Fleisch eindringt. Es fühlt sich sonderbar an – viel leichter, als sie erwartet hätte; als würde sie einen Laib Brot durchstechen. Ritas Finger streifen das Hemd, in das der Füller nun ein sauberes Loch gestanzt hat, und hastig lässt sie los. Atemlos blickt sie hinauf in Teodors Gesicht.

Der sieht stumm auf sie herunter, den Mund zu einem überraschten O geöffnet. Dann senkt sich sein Blick, hinab zu dem rosafarbenen Glasdolch, der wie eine Spindel aus seiner Brust herausschaut. Jetzt erst bemerkt Rita, dass der Füller in rhythmischen Bewegungen zuckt, wie der Taktstock eines unsichtbaren Dirigenten. Das weiße Hemd färbt sich langsam rot – es sieht aus wie eine Blüte, die sich um den Füller herum aus Teodors Brust entfaltet. Bei dem Anblick lässt Teodor einen wehklagenden Ton hören. Dann sinkt er langsam in die Knie und kippt zur Seite weg.

Ohne eine Regung steht Rita da und blickt auf den Leichnam hinab. Das Tröpfeln hat aufgehört, ein vereinzelter Sonnenstrahl dringt durch die Wolken und taucht die Szene in ein schläfriges, verzaubertes Licht. Im Hintergrund tanzt der Regenschirm einsam über die Gräberreihen. Rita schüttelt den Kopf, während sie versucht, das groteske Bild mit Sinn zu füllen. Sie will verstehen, was hier geschehen ist ... was sie getan hat.

Warum sie es getan hat.

Ein Keuchen lässt sie zusammenfahren. Panisch sieht sie zu der Leiche hinüber – hat Teodor einen letzten Laut von sich gegeben? Aber nein, der große Körper liegt reglos auf dem Pflaster ... Nur die rote Blume auf seiner Brust hat sich weiter ausgebreitet und tropft nun ihre Blütenblätter auf den Weg hinab.

Aber woher ist der Laut dann gekommen? Rita schaut sich auf dem leeren Friedhof um – und ihr Blick trifft auf den von Michal, der wenige Schritte entfernt neben einem weißen Obelisken steht und sie fassungslos anstarrt.

Rita schluckt trocken, während sie versucht, ihre Gedanken zusammenzubringen. »Michal«, haucht sie und streckt die Hand nach ihm aus. »Das hier, das ist ... Du weißt nicht, was er getan hat ...« Sie will zu ihm hinübergehen, doch ein Grabstein mit marmornem Totenschädel versperrt ihr den Weg.

Michal wendet den Kopf hin und her, auf eine seltsam abgehackte Weise. »Ich habe gesehen, was *du* getan hast«, antwortet er stumpf, den Blick starr auf sie gerichtet.

»Das haben wir alle!«

Hastig dreht Rita sich um. Die Stimme kommt vom Eingang

des Friedhofs, wo Lucián mit verschränkten Armen vor den Torflügeln steht. Schräg dahinter sieht sie Erika, die das Tor hinter ihnen schließt.

Lucián kommt zwischen den Gräbern herübergeschlendert, ein zufriedenes Lächeln auf den Lippen. Wie in Trance bemerkt Rita, dass seine Haare trocken sind – als Einziger hier scheint er nichts von dem Regenguss mitbekommen zu haben. Auf dem Weg zu Rita greift er nach dem Regenschirm und klappt ihn zusammen. Mit dem zusammengefalteten Schirm weist er auf die Leiche neben Ritas Füßen.

»Gut gemacht, Rita. *Wir nehmen das Opfer dankend an.* Unschuldiges Blut für die Fürstin.«

»Das ist kein Opfer für deine Fürstin!« Wütend kommt nun auch Erika herübergestapft, quer über die Gräberreihen, ohne sich um Wege oder Einfriedungen zu kümmern. Sie weist auf den leblosen Körper: »Das dort ist kein unschuldiges Blut! Er hat seine angemessene Strafe bekommen, nicht mehr und nicht weniger.«

»*Angemessen?*« Lucián schnaubt belustigt. »Er wollte nur mit Rita reden. Sie selbst hat ihn doch erst dazu gebracht. Und schließlich hätte die Kleine jederzeit gehen können. Du willst doch nicht sagen, dass das hier die sinnvollste Reaktion war?« Bei diesen Worten weist er auf Teodors Leichnam, der mittlerweile von einer roten Lache umgeben ist. Er lächelt. »Es ist ein Blutopfer für Fürstin Libuše.«

»Deine Libuše kann ihre Opfer selbst einfordern«, fährt Erika schneidend ein. »Wo ist sie denn? Wenn die alte Hexe Ritas Tat für sich beanspruchen will, dann soll sie das persönlich tun!«

»*Das Mädchen hat uns ihr Opfer erbracht*«, hebt Lucián an, »*wie schon ungezählte Male zuvor –*«

Doch da unterbricht Rita ihn: »›Die alte Hexe‹? Was soll das heißen?« Mit gefurchter Stirn blickt Rita von Lucián zu Erika und wieder zurück. »Ich habe gedacht, er wäre ... na ja.« Sie beißt sich auf die Zunge. Was soll sie sagen – dass sie Lucián für einen göttlichen Boten gehalten hat? Hilflos nickt sie zur Kirche hinüber. »Ich dachte, er arbeitet für die *da oben.*«

»Oh, Schätzchen«, hakt da Lucián ein und schenkt ihr ein breites Lächeln, »du solltest in die Worte anderer nie etwas hineinlesen, das sie nicht gesagt haben.«

»Seine ›Fürstin‹ ist so heilig wie mein linker Schuh«, bekräftigt Erika abschätzig. »Die alte Hexe meint, sie wäre wer weiß was, weil sie die Stadt in ihrer Hand hält.«

Bei diesen Worten beginnt Rita zu zittern. Was hat sie nur getan? Mit einem Mal ist es ihr unerträglich, wie Lucián und Erika so beiläufig um ihre Tat streiten – sie hat gerade einen Menschen getötet und die beiden tun so, als ginge es um nicht mehr als irgendeine Wette. Verzweifelt fliehen ihre Augen hin und her – und treffen auf Michal, der immer noch wortlos zwischen den Gräbern steht. Seine Hände sind verkrampft und sein Blick ist starr, so als würde es ihm schwerfallen, die Szene mitanzusehen. Jäh will Rita nichts, als von hier zu fliehen, all das hinter sich zu lassen wie einen dunklen Albtraum.

»Wie auch immer«, hebt Erika nun wieder an. »Es ändert nichts daran, dass die Tat gerechtfertigt war.«

Lucián schenkt ihr einen spöttischen Blick. »Das hast kaum du zu entscheiden, nicht wahr?«, stellt er abschätzig fest.

»Nein, das entscheidet nur eine.«

Mit einem Satz dreht sich Rita um. Neben ihr, im Halbschatten der Mauer, steht Logos und sieht sie ungerührt an. Ihr Herz schlägt heftig – sie ist sicher, dass der breitschultrige Mann eine

Minute zuvor noch nicht hier war. Doch nun steht er da, in einen weiten, altmodischen Mantel gehüllt und mit einer roten Hahnenfeder am Hut. Selbst im Zwielicht der Sonne, die zwischen den Wolken hindurchscheint, kann Rita erkennen, dass er keinen Schatten auf den Boden wirft.

»Also, was sagst du?«, fragt Logos sie. »War es richtig, was du getan hast?«

Unwillkürlich zieht Rita die Luft ein. Unter dem Blick seiner ungleichen Augen fühlt sie sich durchschaut – als sei jetzt und hier ihre Meinung das Einzige, das zählt. Vorsichtig sieht sie sich um, zu Erika, die abwartend dasteht und zu ihr herübersieht, und Lucián, der angesichts des Neuankömmlings eine respektvolle Haltung eingenommen hat. Auch Michal starrt sie an, mit großen Augen, die durch die regenbenetzten Brillengläser schauen – alle Blicke sind auf sie gerichtet, ob es Rita nun gefällt oder nicht.

Noch einmal sieht sie hinab auf den Leichnam. Dies ist ihr Werk, daran besteht kein Zweifel. Das Blut ist mittlerweile zwischen den Pflastersteinen versickert, als hätte der hungrige Boden es aufgesogen. Was bleibt, ist die dunkelrote Blume auf Teodors Hemd, mit dem rosafarbenen Füller in der Mitte. Die Blüte erinnert Rita an den Blumenstrauß, den er ihr bei ihrer ersten Begegnung übergeben hat, damit sie ihn an Natálie weitergibt. Und heute, nicht eine Woche später ...

Rita tritt zu dem Toten hinüber, kniet sich nieder und zieht den Füller aus seiner Brust. Ja, sie hätte wohl fliehen können – sie hätte um Hilfe rufen oder mit ihm reden oder ihn mit aller Kraft von sich wegstoßen können. Oder sich einfach nicht so haben, gute Miene zum bösen Spiel machen. Es gibt vieles, das sie hätte tun können, um mit so einer Situation umzugehen. Alles, außer ihm einen Dolch in die Brust zu stoßen.

Grimmig verzieht Rita den Mund. Den gläsernen Füller in der Hand, richtet sie sich wieder auf und schaut Lucián an. »Ich habe es so satt«, sagt sie herausfordernd, »all dieses *Hätte* und *Könnte.* Natürlich hätte ich etwas anderes tun können – ich habe es ja versucht. Ich habe versucht, höflich zu bleiben und diesem arroganten Kerl in aller Ruhe zu erklären, dass ich nichts von ihm will. Und was hat es mir gebracht?« Abschätzig blickt sie zu Teodors Körper, der stumm zwischen den Gräberreihen liegt. »Noch etwas mehr Höflichkeit und statt ihm wäre ich hinter irgendeinem Grabstein gelandet, auf dem Rücken liegend, mit hochgeschobenem Rock, während ich ihn höflich anlächele.«

Noch einen Augenblick lang schaut sie auf Teodor hinab – der glasige Blick, der hilflos geöffnete Mund. Die alte Rita hätte Bedauern gezeigt, Entsetzen über das, was hier geschehen ist. »Nein«, murmelt sie mehr zu sich selbst als zu Lucián, »jetzt ist Schluss damit.« Schluss mit der Höflichkeit, Schluss mit all der freundlichen Diplomatie. Schluss auch mit den sinnlosen Selbstvorwürfen. Teodor ist ihr unaufgefordert gefolgt, hat sie bedrängt, hat jede Weigerung ignoriert und sie gegen ihren Willen angefasst. Er hat verdient, was er dafür bekommen hat.

Mit hocherhobenem Kopf wendet Rita sich zu Logos. Dieses Mal hält sie seinem bohrenden Blick ohne Probleme stand. »Ich weiß nicht, ob es richtig war, was ich getan habe«, beantwortet sie seine Frage, »aber es war sicherlich gerecht. Ich hatte einen guten Grund dafür.«

Ihre Stimme ist hart, kein Zweifel ist mehr in ihren Worten zu hören. Aus dem Augenwinkel sieht sie, wie Michal sich umwendet und das Friedhofstor öffnet, um hinauszugehen.

Logos nickt knapp, dann schaut er sich in der Runde um. »Ist damit alles geklärt?«

Mühsam zwingt Rita sich, ihren Blick von Michal loszureißen und zu Lucián hinüberzusehen. Sie hat noch nicht ganz verstanden, was bei dieser Versammlung eigentlich auf dem Spiel steht – ist es ihr Seelenheil, das hier verhandelt wird, ein Strafmaß für ihre Tat oder etwas ganz anderes? Doch worum es auch geht, Lucián, auf den sie die letzten Tage vertraut hat, scheint dabei nicht auf ihrer Seite zu stehen.

Lucián erwidert Logos' fragenden Blick einige Sekunden lang ungebeugt – dann verzieht sich sein Mund zu einem Lächeln und er deutet in einer etwas übertriebenen Geste eine Verbeugung an. »Was immer du sagst. *Ihr seid schließlich Gäste in unserer Stadt.*« Dabei kommt es Rita vor, als hätte er das *unserer* einen Hauch zu stark betont.

Rita beißt sich auf die Lippe. Angestrengt versucht sie, nicht auf den Toten hinabzusehen, der immer noch nur einen Meter entfernt am Boden liegt. Sie wendet sich zu Logos hinüber, mit einem Räuspern, um ihrer Stimme Festigkeit zu geben. »Und was … was wird nun mit mir geschehen?« Jäh spürt sie, wie ihr die Tränen in die Augen schießen.

Der breitschultrige Mann sieht sie einen Augenblick lang durchdringend an. »Wegen ihm?«, fragt er dann, mit einem Blick auf Teodors Leichnam. »Die weltliche Gerichtsbarkeit interessiert uns nicht. Und was den Rest angeht, so hängt das davon ab, was du jetzt tun willst.«

Er nickt zu ihrer Hand und nun erst wird Rita bewusst, dass sie den gläsernen Füller immer noch zwischen den Fingern hält. Sie presst die Lippen zusammen. Jetzt könnte sie den Füller ohne Probleme loswerden, das spürt sie genau. Das Zauberding hat seinen Zweck erfüllt. Oder sie kann es behalten, kann weiter tun, was Erika ihr aufgetragen hat. *Gerechtigkeit üben* … Rita schluckt, während sie das Instrument zwischen Daumen und Zeigefinger dreht. Der Gedanke gefällt ihr.

Den Füller fest in den Fingern, geht sie hinüber zu Lucián, der immer noch unbewegt neben den Gräbern steht. Die Sonne ist nun zwischen den Wolken hervorgekommen und zeichnet einen klaren Schatten unter seine Füße – eine Erinnerung daran, dass er am Ende ebenso wie sie selbst nur ein Mensch ist.

»Du hast mich belogen«, stellt Rita fest. Sie sieht, dass Lucián einhaken will, und schüttelt den Kopf. »Vielleicht nicht mit Worten, aber ganz sicher hast du mich hinters Licht geführt. Du hast mich manipuliert und wolltest mich dazu bringen, gegen meine eigene Überzeugung zu handeln.« Einen Moment hält sie inne, dann setzt sie fort: »Auf der anderen Seite hast du mir geholfen – zweimal. Und du hast mich erst in die Alte Basilika geführt. Also erkläre ich uns für quitt. Ich werde keine Rache an dir fordern.« Sie hebt das Kinn, um ihren Worten den nötigen Nachdruck zu verleihen.

Lucián blickt sie ein paar Herzschläge lang an, dann nickt er. In seinen Augen funkelt es spöttisch. »Eine kluge Entscheidung.« Mit dem Regenschirm weist er auf den Leichnam, so als wäre der tote Teodor nicht mehr als ein Sack Erde. »Dann werde ich hier wohl besser aufräumen – setz das als Nummer drei auf deine Liste. In Gedenken an frühere Zeiten.« Er zwinkert ihr zu. »Wollen doch sehen, ob sich der Geselle nicht noch nützlich machen kann.« Damit geht er hinüber zum Friedhofstor, wo Rita eine Schaufel an der Mauer lehnen sieht.

Ein tiefer Seufzer dringt aus ihrer Brust – ihr ist, als wäre ihr ein schweres Gewicht von der Seele genommen. Beiläufig bekommt sie mit, wie Erika nun zu Logos hinübertritt und sich neben ihm aufstellt.

»Ich denke, wir bleiben noch ein wenig in Prag«, klingt Logos' Stimme herüber. »Die Stadt fängt an, mir zu gefallen.«

Rita wendet sich nicht zu den beiden um. Ihr Blick schweift über die Gräberreihen, die friedlich in der Sonne liegen, so als sei hier nie etwas Besonderes vorgefallen. Der Engel oben auf dem Monument sieht auf sie herab, in seinen Augen eine Mischung aus Mitgefühl und Trauer. Ein kalter Schauer fährt Rita den Rücken hinunter – *jemand geht über mein Grab,* kommt es ihr in den Sinn. Stumm wendet sie sich um, um hinüber zu der hohen Kirche zu wandern, zum Ausgang des Friedhofs.

Michal steht draußen vor dem Kirchenportal und blickt hinauf zu dem steinernen Reliefbild. Seine Brille ist nun vom Regen befreit, auch wenn ihm die Haare immer noch feucht um das Gesicht hängen. In der hellen Frühlingssonne ist sein Schatten auf dem Pflaster klar zu erkennen. Er zuckt zusammen, als Ritas Schritte zu ihm hinüberklingen, doch er wendet sich nicht zu ihr um. Erst als sie direkt neben ihm steht und mit einem Räuspern auf sich aufmerksam macht, dreht er den Kopf und schaut sie fragend an.

Rita schluckt und senkt für einen Moment den Blick. »Kannst du dich noch daran erinnern, was dort drinnen geschehen ist?«, fragt sie leise.

Michal nickt. »An das meiste, denke ich. Den hellgekleideten Mann und den anderen Mann ohne Schatten – und an …« Seine Stimme wird heiser, während er sie hilflos mustert.

»Daran, dass ich einen Menschen getötet habe.« Ihre Lippen verziehen sich zu einem grimmigen Lächeln. Es fällt ihr schwer, die Worte so unbeteiligt auszusprechen, aber es erscheint ihr nötig. Hat sie nicht selbst gerade gesagt, dass es eine gerechte Tat gewesen ist?

»Ich habe nicht genau gesehen, was eigentlich geschehen ist«, sagt Michal leise. Durch die Brillengläser sieht er sie von der Seite an. »Hat er … War es wirklich …« Er unterbricht sich und fängt noch einmal an: »Du sagst, du hattest einen guten Grund, das zu tun?«

»Ich …« Rita sucht vergebens nach den richtigen Worten, um sich zu erklären. Endlich stößt sie die Luft aus und senkt den

Blick. »Ja, den hatte ich«, sagt sie schlicht. Nachdenklich dreht sie den Füller zwischen ihren Fingern. »Ich habe mich verändert, in den letzten Tagen. Das solltest du wissen. Ich weiß nicht, auf was für einen Weg ich mich da begeben habe – aber ich muss ihn weitergehen, zumindest für eine Weile. Ich kann nicht wieder die Hände in den Schoß legen ...« Die Worte klingen voll Trauer, wie ein endgültiger Abschied.

Michal streift sich ein paar feuchte Haare hinters Ohr, dann rückt er sich die Brille zurecht. Endlich atmet er ein. »Also gut, machen wir uns auf den Weg.«

»Wir?« Verwundert sieht Rita ihn an. Doch er hebt nur die Schultern.

»Natürlich nur, wenn du willst. Wir könnten uns irgendwo in der Stadt ein sonniges Eckchen suchen und du erzählst mir, was während der letzten Tage nun eigentlich geschehen ist.« Er lächelt verlegen. »Also, wenn du es möchtest.«

»Ich ...« Verwirrt hält Rita inne. Zwei Tage lang hatte sie Angst davor, Michal gegenüber ihre Beichte abzulegen – und nun fragt er selbst danach, so als ob es das Gewöhnlichste von der Welt wäre. Schließlich nickt sie. »Ja, ich denke schon. Ich würde dir gerne davon erzählen.«

Sie schenkt Michal ein scheues Lächeln, das er unsicher erwidert. Dabei bemerkt sie, wie seine Mundwinkel zucken, auch wenn er die Bewegung zu verbergen sucht.

Rita seufzt auf: »Nun spuck schon aus. Was für einen Witz hast du jetzt parat?«

»Nein, ich ... ich meinte nur ...« Michal zieht eine Grimasse. »Also gut. Fragt ein Nachbar den anderen: ›Lässt euer Hund eigentlich Fremde an sich heran?‹ Da meint der andere: ›Ja klar doch, wie soll er sie denn sonst beißen?‹«

Ergeben schüttelt Rita den Kopf. Sie hat es wohl nicht anders verdient – was musste sie auch nachfragen? Also gibt sie Michal nur einen Knuff in die Seite, den er mit einem Grinsen abtut.

Gemeinsam machen sie sich auf den Rückweg, über regennasse Wege und unter tropfenden Bäumen hinab in Richtung der Stadt.

Du kennst die Situation.

Sagen wir, du bist ein ganz normaler Typ und möchtest am Samstagabend etwas erleben. Die Osterferien sind zu Ende, aber das Wetter ist schön und in den Prager Clubs ist schon früh am Abend der Teufel los. Der *Goldbaum* ist heute überfüllt, aber unten im *Roten Hut* findest du schnell ein gemütliches Eckchen in der Nähe der Bar.

Also setzt du dich an den Tresen, ein Bier in der Hand, und schaust zu den Tanzenden hinüber. Dort vorne, nur wenige Schritte entfernt, bewegt sich eine niedliche Blondine selbstvergessen zur Musik. Sie ist hübsch und ihr kurzes Kleidchen schwingt locker im Takt mit. Neben ihr am Rand der Tanzfläche steht ein ungelenker Kerl und sieht ihr bewundernd zu. Ihr Freund vielleicht? Oder ihr Begleiter. Unsicher rückt sich der Mann seine Brille zurecht – nein, das Fliegengewicht ist wohl keine Bedrohung für dich.

Du trinkst dein Bier leer und gehst selbstbewusst auf die Tanzfläche. Dabei beginnst du, dich im Takt der Musik zu bewegen, ganz lässig, als wärst du einfach nur wegen der Mucke hier. Aus dem Augenwinkel siehst du, dass der schlaksige Kerl dich misstrauisch mustert, aber er tut nichts, um dich von seinem Mädchen abzuhalten. War doch klar, ein Feigling.

Die Musik wechselt, wird langsamer. Perfekt. Du schiebst dich zu der Kleinen hinüber, immer noch ganz locker, aber mit einem klaren Ziel vor Augen. Jetzt dreht sie sich um und sieht dich von der Seite an. Mit gesenktem Kopf wirft sie dir einen Blick zu, von unten herauf, mit einem Ausdruck, der viel zu alt für das junge Ding wirkt.

Irgendetwas stimmt nicht ... Die dunklen Pupillen, der wissende Ausdruck ihrer Augen prägen sich dir wie ein Brenneisen ins Herz. Es ist, als würde sie dich, all deine Ängste und Schwächen, ohne Probleme durchschauen. So, als ... na ja, als könnte sie schon wegen jeder Kleinigkeit einen Aufstand machen.

Du schüttelst den Kopf. Dein Gefühl sagt dir, dass es die Sache nicht wert ist. Also schluckst du die coole Anmache herunter, die dir schon auf der Zunge lag. Mit einem verlegenen Grinsen weichst du vor ihr zurück – fort von der Tanzfläche, weg aus dem Sichtbereich dieser Frau. Vielleicht hast du für heute ja einfach genug gefeiert – vielleicht ist es Zeit, nach Hause zu gehen.

Währenddessen tanzt Rita weiter, ihr Körper bewegt sich hingebungsvoll zur Musik und ihre Gedanken sind längst wieder weit fort von hier. Ein leises Lächeln umspielt ihre Lippen, mit einem Hauch von Melancholie darin.

Der erste Stein ist im Wasser, die Wellen ziehen ihre Kreise.

Willst du lesen, wie es weitergeht?

Ich möchte gerne noch weitere Bände der Nachtschattengewächse *schreiben, aber dafür brauche ich deine Unterstützung!*
Wenn dieses Buch dir gefallen hat, dann empfiehl es doch weiter, an Bekannte oder Verwandte. Vielleicht suchst du ja noch ein Geschenk für eine gute Freundin?
Auch jede Rezension hilft mir enorm, ob auf Amazon oder anderswo, genau wie jede positive Bewertung.

Ich danke dir für deine Hilfe!

Weißer Stechapfel

Der zweite Teil der Nachtschattengewächse

Ann-Kathrin Wasle
1. Dezember 2021
12 Euro (Taschenbuch)
ISBN: 978-3-949198-04-5

Das Leben als Dämon ist kein Zuckerschlecken.
Niemand weiß das besser als Erika, die im Gefolge des Leibhaftigen seit fast hundert Jahren durch die Welt zieht. Überall gibt es Sünder, die zur Rechenschaft gezogen werden müssen, unschuldige Kinder, die es in Versuchung zu führen gilt, und andere Aufträge, die Erika für ihren teuflischen Dienstherrn ausführt. Nicht dass sie dabei eine Wahl hätte – schließlich weiß sie nur zu gut, was passiert, wenn man sich mit dem Teufel anlegt.
Und dann ist da noch Salome, ein allzu süßer Gnadenengel, der Erika zunehmend den Kopf verdreht …

Das Lied des Gaukelspielers

Ein mystischer Historienroman zur Zeit des Dreißigjährigen Kriegs

Ann-Kathrin Wasle
592 Seiten
26 Euro (Gebundenes Buch)
ISBN: 978-3-949198-00-7

Deutschland zu Beginn des Dreißigjährigen Kriegs:
Ohne jede Erinnerung erwacht Balthasar als einziger Überlebender in einem Dorf voller Leichen. Schnell wird ihm klar, dass er über magische Kräfte verfügt, die es ihm erlauben, über andere Menschen zu bestimmen und ihre tiefsten Geheimnisse zu ergründen. Nichts bleibt seinem durchdringenden Blick verschlossen – nichts außer dem Geheimnis um seine eigene Vergangenheit.
Einsam macht er sich auf den Weg durch die vom Krieg zerrissenen Lande, in der Hoffnung, auf diese Weise seinem eigenen Schicksal auf die Spur zu kommen. Dabei durchstreift er die Geschichten anderer Menschen, ohne für sie jemals mehr als ein Außenstehender zu sein. So zieht Balthasar vom pestgeplagten Venedig bis zum wilden Tanz der Walpurgisnacht, um Antworten auf seine Fragen zu finden – Fragen nach Verantwortung, nach seiner eigenen Moral und nach der Macht, die er so ungebeten in Händen hält.

Der Feuervogel von Istradar

Zwei Frauen auf der Suche nach einem gestohlenen Wunder …

Ria Winter
300 Seiten
12,99 Euro (Taschenbuch)
ISBN: 978-3-751902-14-4

Als Firaya beim Einbruch in die Festung von Istradar erwischt wird, rechnet sie mit dem sicheren Tod. Doch anstatt sie zu verhaften, schlägt die Gardistin Alina ihr einen Handel vor: Sie lässt Firaya davonkommen, wenn diese ihr hilft, den gestohlenen Feuervogel zu finden, dem mystische Kräfte zugeschrieben werden.
Der Diebstahl des legendären Schatzes droht Istradar in einen Krieg mit dem Zaren zu stürzen, den Alina um jeden Preis verhindern will. Mit Firayas Hilfe taucht sie in die Unterwelt der Stadt ein. Doch die Frau selbst ist für Alina fast so ein großes Rätsel wie der Feuervogel. Je näher sie einander kommen, desto mehr fühlt Alina sich zu ihr hingezogen, auch wenn diese Gefühle ihre Welt auf den Kopf zu stellen drohen. Firaya hütet jedoch ein großes Geheimnis.
Gibt es für die beiden eine gemeinsame Zukunft, wenn der Feuervogel den Himmel in Brand setzt?

Inhaltswarnungen

Dieses Buch enthält fiktive Schilderungen von Erlebnissen, die ggfs. Auslösereiz bei Betroffenen sein können. Die folgende Liste wurde gewissenhaft erstellt, allerdings kann keine Garantie für Vollständigkeit übernommen werden.

- Diebstahl
- Gaslighting
- Körperliche Gewalt, Mord
- Krankenhaus-Aufenthalt
- Selbstverletzendes Verhalten, insbesondere Ritzen
- Sturz aus großer Höhe
- Verschiedene Formen von misogynem Verhalten
- Verwendung religiöser Symbole